Tina Wolf

Labskaus für Anfänger

Roman

WILHELM HEYNE VERLAG
MÜNCHEN

Penguin Random House Verlagsgruppe FSC® N001967

3. Auflage
Originalausgabe 05/2020
Copyright © 2020 dieser Ausgabe by Wilhelm Heyne Verlag,
München, in der Penguin Random House Verlagsgruppe GmbH,
Neumarkter Str. 28, 81673 München
Printed in Germany
Redaktion: Steffi Korda, Büro für Kinder- &
Erwachsenenliteratur, Hamburg
Umschlaggestaltung: zero-media.net, München,
unter Verwendung von FinePic®, München
Satz: Uhl + Massopust, Aalen
Druck und Bindung: GGP Media GmbH, Pößneck
ISBN: 978-3-453-42389-3
www.heyne.de

Prolog

Beim Anblick des Essens auf dem weiß-blauen Porzellanteller, das der leicht mürrisch wirkende Wirt vor ihr auf den Holztisch gestellt hatte, kam Tilda plötzlich der Gedanke, dass es im Grunde ein Spiegelbild ihres eigenen Lebens sei. Das Gericht zum aktuellen Stand sozusagen. Man wusste einfach nicht, was es sein sollte. Ein buntes, formloses Durcheinander – mit Spiegelei. Und selbst bei dem war nicht klar, ob es weich oder hart war. Nichts Halbes und nichts Ganzes, dachte Tilda, während sie das Gericht vor sich betrachtete.

Was auch immer es war, es sah nicht lecker aus.

»Entschuldigung«, rief sie dem Wirt hinterher.

Er blieb stehen, drehte sich langsam um und sah sie fragend an.

»Ähm. Nur eine kurze Frage … Was ist das denn?« Tilda zeigte auf ihren Teller.

»Labskaus für Anfänger«, sagte er, lachte zu ihrer Überraschung tatsächlich kurz und verschwand samt seinem Bierbauch wieder hinter dem alten Holztresen.

Tilda nahm das Besteck und betrachtete erneut mit hochgezogenen Augenbrauen ihr Essen.

»Ach, wissen Sie was? Ich lass mich einfach überraschen«, hatte sie vor einer guten Viertelstunde zu ihm gesagt, einen verwirrten Blick geerntet und die Speisekarte wieder zugeklappt. »Ist ja eh gerade ein großes Thema bei mir. Vielleicht sollte ich einfach so weitermachen. Abwarten, was kommt.«

Entscheidungen waren noch nie ihr Ding gewesen, und jetzt, wo eh' alles Schlag auf Schlag kam, wie es wollte, konnte ihretwegen auch das Essen in dieser Fischerklause mitten auf dieser Nordseeinsel eine Überraschung sein. Hauptsache, es war etwas Essbares. Die Luft hier machte sie nicht nur müde, sondern auch hungrig ohne Ende. Wenn das so weiterging, würde sie demnächst ihr letztes Erspartes für einen Personal Trainer ausgeben müssen. Falls es so jemanden auf Amrum überhaupt gab.

Tilda bewegte kurz den Kopf hin und her, als wollte sie die Gedanken abschütteln, und fing an, zu essen.

Gar nicht so schlecht, dachte sie nach dem ersten Bissen, griff nach Salz und Pfeffer und streute beides über das Spiegelei. Vielleicht traf das ja auch auf ihr neues Leben zu, und sie wusste es nur noch nicht? Auch wenn es gerade nicht wirklich danach aussah.

Es sah eben einfach nach einem bunten, formlosen Durcheinander aus. Nichts Halbes und nichts Ganzes. Ohne Ei.

Während sie weiteraß, sah sie aus dem mit Regentropfen besprenkelten Fenster auf den schier endlosen Strand, dessen Hellgrau in das Mittelgrau des Meeres und das Dunkelgrau des Himmels überging. Eine einzige graue Soße, dachte sie und blickte lieber wieder auf ihren Teller, auf dem es zumindest etwas Farbe gab.

Sie hatte den Eindruck mit dem Auspusten der Kerzen

an ihrem 40. Geburtstag alles, was ihr Leben bis zu diesem Zeitpunkt ausgemacht hatte, ausgepustet zu haben. Das klang dramatisch, war es im Grunde auch. Schließlich war inzwischen nichts mehr so wie vor diesem Moment, als sie vor der großen Torte mit den 40 brennenden Kerzen gestanden hatte, die Ingo, ihre beste »Freundin«, ihr gebacken hatte.

Dabei war das gerade mal ein paar Tage her.

1.

Eine Woche zuvor

»Bibel und Leuchtturm habe ich schon«, ratterte Tilda ihren Standardspruch runter, als es zum x-ten Mal an der Wohnungstür klingelte. Sie sah auf die Uhr neben der Garderobe. 10:23 Uhr. Für den Postboten und die Müllabfuhr war es eigentlich zu spät. Es konnte sich also nur um die Zeugen Jehovas, Spendensammler oder Werbung handeln. Oder einen Klingelstreich. Und weil sie sich an ihrem freien Samstag mehr vorgenommen hatte als den Weg zur Tür, war sie kurz davor, den Hörer der Gegensprechanlage einfach wieder zurückzuhängen und die Klingel auf stumm zu schalten. Die letzte Nacht war definitiv zu kurz gewesen. Sie hätte einfach nach dem letzten Prosecco am Elbstrand gehen sollen, statt mit den anderen noch weiterzuziehen.

»Frau Wagner? Einschreiben für Sie«, hörte sie eine männliche Stimme aus dem Hörer rufen.

Oh. Doch der Postbote, stellte Tilda überrascht fest und fragte sich, was das sein konnte. Vielleicht ein verspäteter Geburtstagsgruß. Aber per Einschreiben? Und eine Woche zu spät? Neugierig drückte sie auf den Türsummer, hängte den Hörer wieder ein, öffnete die Wohnungstür und sah über das alte gusseiserne Treppengeländer nach unten in den Hausflur, wo im gleichen Moment ein junger Mann in gelbem T-Shirt erschien und zu ihr hochblickte.

»Moment!«, rief sie runter, gab der Fußmatte sicherheitshalber einen kräftigen Schubs, sodass die Wohnungstür nicht zufallen konnte, und lief auf Strümpfen die Treppe runter.

»Hier, bitte«, sagte der Postbote, als sie im Erdgeschoss angekommen war, und hielt ihr einen Plastikstift und den Scanner entgegen. Tilda versuchte, auf dem Display ihren Namen zu schreiben. Das Ergebnis erinnerte an die Schreibübungen einer Erstklässlerin, aber das interessierte ihn nicht. Ohne genau hinzusehen, nahm der Mann ihr den Stift wieder ab, sagte knapp »Tschüss« und verschwand.

Tilda sah auf den Umschlag in ihren Händen. Er war aus Umweltpapier und sah so aus, als hätte er schon Ewigkeiten in irgendeiner Schublade gelegen. Neugierig öffnete sie ihn und überflog, während sie die Stufen langsam wieder hochging, den Text.

Moin Frau Wagner,

Nils Johannsen mein Name. Ich war ein guter Freund von ihrem Onkel Hannes, der leider vor Kurzem von uns gegangen ist. Er hat mich gebeten, Ihnen als sein Testamentsvollstrecker mitzuteilen, dass er Ihnen seine Kate vermacht. Hier auf Amrum. Bitte melden Sie sich bei mir – so schnell wie möglich.

Nils Johannsen

Tilda blieb an ihrer Wohnungstür stehen. Bitte? Was für ein Quatsch. Da musste sich jemand einen dummen Scherz erlaubt haben. Sie sollte Besitzerin einer Kate auf Amrum sein? Und von welchem Onkel war da zum Teufel die Rede?! Tilda ging das kurze Schreiben noch mal Wort für Wort durch.

Das Ergebnis blieb das gleiche. Sie sollte angeblich Erbin einer Kate auf der Nordseeinsel sein, sofern das, was hier stand, stimmte. Nur wieso, das wusste sie nicht.

Inge, ihre Mutter, hatte keine Geschwister und ihr Vater ... doch, stimmte ja. Horst hatte einen Halbbruder, zu dem sie alle seit Jahrzehnten keinen Kontakt hatten, nachdem es einen fürchterlichen Streit gegeben hatte. Den hatte sie ja völlig vergessen! War sie mal bei ihm auf Amrum gewesen? Tilda dachte angestrengt nach. Ja, da war mal etwas. Sie erinnerte sich an einen unfassbar breiten Strand, an eine riesige Düne, in der sie gespielt hatte und die sie liegend runtergerollt war. Fast konnte sie nun den weichen Sand spüren. War das auf Amrum gewesen? Hatte sie ihn mit ihren Eltern dort besucht oder verwechselte sie das gerade mit ihren Urlauben in Dänemark?

Noch einmal sah sie auf den Namen in dem Schreiben. Hannes. War das der Name des Halbbruders ihres Vaters? Sie war sich nicht mehr sicher.

Tilda schob die Fußmatte zurück, ging in ihre Wohnung, drückte die Tür mit dem Po wieder zu, ging in die Küche und schenkte sich noch einen Kaffee ein. Ihr Blick fiel auf die Flaschensammlung links in der Ecke neben dem Mülleimer. Reste eines rauschenden Festes, hatte Ingo gemeint. So rauschend, dass sie drei Tage lang Kopfschmerzen gehabt hatte. Neuer Rekord. Aber er hatte recht. Es war wirklich ein toller Abend gewesen! Und das, obwohl sie sich fest vorgenommen hatte, auf keinen Fall zu feiern. Aber das musste man mal jemandem erzählen, der das Feiern erfunden hat! Ingo hatte klammheimlich alle, die ihr wichtig waren und die sie mochte, eingeladen. Und das waren ziemlich viele. Statt also mit Ingo zu zweit ins Restaurant zu gehen, wie sie es geplant hatte, hatten abends knapp 20 Leute vor ihrer Tür gestanden. Mit Partyhütchen auf dem Kopf und Essen, Getränken und Heißluftballons in Form einer Vierzig in den Händen. Tilda war völlig baff gewesen! Damit hatte sie absolut nicht gerechnet.

In Gedanken bei der Party haftete ihr Blick immer noch an den leeren Flaschen. Die ganze Woche über hatte sie es nicht geschafft, das Altglas und die Pfandflaschen wegzubringen, und jetzt war sie einfach zu faul, um alles ins Erdgeschoss und von dort ins Auto zu schleppen. Dabei war ihr Ordnung sonst immer extrem wichtig. Aber vielleicht hatte sich ja auch das über Nacht geändert. So wie alles. Ihr feiger Ex hatte sich ja auch passend zu ihrem nahenden runden Geburtstag spontan entschlossen, sie zu verlassen. So hatte es sich zumindest in seiner schriftlichen Stellungnahme – um es mal in seinem Beamtendeutsch auszudrücken – angehört, das er einfach vor vier Wochen unter ihrer Wohnungstür durchgeschoben hatte. Keine WhatsApp, keine Mail, kein Gespräch. Nein. Ein Zettel. Unter ihrer Tür. Dieses blöde, feige, unverschämte Arschloch.

Tilda versuchte, ihr Gedankenkarussell zu stoppen. Dieser Mistkerl hatte ihr schon genug Zeit und Energie geraubt. Damit musste jetzt endlich Schluss sein.

Bei all dem Chaos im Kopf war Ordnung ihr Halt, ihre Struktur, das Gerüst, das sie brauchte. So etwas in der Art hatte Ingo mal gesagt, als sie wieder einen ihrer Aufräumanfälle gehabt und er dabei zugesehen hatte. Und der musste es ja wissen.

Im Grunde war es nichts anderes als eine Möglichkeit, nicht nachdenken zu müssen, fand Tilda. Aber nun gut.

Während sie die Champagnerflaschen in die großen Papiereinkaufstüten vom Supermarkt stellte und die Bierflaschen in die leere Kiste, die unter dem Küchentisch stand, fragte sie sich, ob es so etwas wirklich gab: Dass zeitgleich – und zwar auf die Minute genau um Mitternacht – mit einem bestimmten Datum, das zufälligerweise ihr 40. Geburtstag war, ein neuer Lebensabschnitt startete. Davon mal abgesehen, dass sie hätte schwören können, dass sich ihr Hautbild über Nacht verändert hatte, als hätte es »klick« gemacht. Wie bei einem Lichtschalter. An, aus. Ohne Dimmer. Frisch – verbraucht. Fertig.

Um es auf den Punkt zu bringen: Es passierten einfach seitdem ausschließlich Dinge, die ihr bisheriges Leben auf den Kopf stellten. Nicht, dass ihr Leben vorher langweilig gewesen war. Das auf keinen Fall. Aber es war einfach immer sehr gut gelaufen. Sie war Moderatorin beim Fernsehen. Nicht bei irgendeinem Regionalsender, sondern bei DEM Sender mit den höchsten Einschaltquoten. Trotz Netflix und Co. Das machte ihr so schnell keiner nach. Ihre Sendung gehörte seit Jahren zu den erfolgreichsten des Senders. Es war sozusagen die GALA für alle, die zu faul waren, selbst die Seiten umzublättern. Wer war mit wem zusammen, wer ging mit wem parallel fremd, und trug man die Haare jetzt so oder war das ein Versehen?

Bisher war alles tipptopp gewesen. Und plötzlich, über Nacht, war ihr gesamtes Leben ein einziges Versehen! Auf einmal geschahen lauter Dinge, die die Welt einfach nicht brauchte. So wie die Kündigung ihres Vermieters, das Schreiben ihres Ex-Freundes und die mehr als merkwürdigen Anwandlungen ihres Chefs.

Tilda kam sich in diesem Moment, hier in der Küche zwischen all den leeren Flaschen, vor wie einer der Promis aus ihren Beiträgen und überlegte, wie man den Bericht über ihr aktuelles Leben anmoderieren könnte. Vielleicht so etwas in der Art: »Guten Abend! Schön, dass Sie wieder dabei sind! Es ist Samstagabend, und das heißt natürlich: Wir schauen auf die Ereignisse der Woche zurück. Dabei richten wir unseren Fokus heute vor allem auf eine Person: die Fernsehmoderatorin Tilda Wagner. Für sie verlief die Woche – lassen Sie es mich so sagen – nicht ganz so glücklich, wie sie es bisher gewohnt war. Aber das Leben ist schließlich kein Ponyhof. Und außerdem – so viel sei schon einmal verraten – wird sie sich daran sowieso gewöhnen müssen, denn ab jetzt haben wir leider nur noch Mist für sie im Angebot. Aber macht ja nichts. Was soll schließlich noch kommen? Sie ist ja eh schon vierzig.«

Das erste Bild eines jeden TV-Beitrags, egal ob Reportage, Porträt oder einfache Berichterstattung, sollte immer das stärkste sein. Tilda blätterte in Gedanken alle Situationen der letzten sieben Tage durch und entschied sich spontan für das Auspusten der kleinen pinken Kerzen auf der Torte, die Ingo ihr gebacken hatte. Im Grunde genommen stand das sinnbildlich für das Auspusten ihres bisherigen schönen Lebens. Vegane Sachertorte übrigens. Und sie hatte tatsächlich noch besser geschmeckt, als ihr lieb war!

Schnitt. Dann ein Zeitsprung. Der nächste Tag. Neue Szene: Tilda steht am Briefkasten, mit Ringen unter den Augen und Falten im Gesicht, die da vorher definitiv nicht waren. Kameraschwenk auf den Brief in ihrer Hand. Ein Schreiben ihres Vermieters, der ihr mitteilt, dass er Eigenbedarf anmeldet und sie daher freundlich bittet, sich um eine neue Bleibe zu kümmern. Zeitnah! Tildas geschockter, ungläubiger Blick in Nahaufnahme. Große Augen.

Schnitt. Tilda sitzt an ihrem Schreibtisch im Newsroom. Auf den Bildschirmen an der Wand sieht sie, dass im Studio ein Casting stattfindet. Eine Blondine, höchstens Mitte zwanzig, steht dort, wo sie selbst sonst jeden Abend steht – hinter dem Newsdesk. Udo, der Tontechniker, befestigt gerade das Ansteckmikro an ihrem hellblauen, viel zu engen Jackett.

Schnitt. Wieder ihr Blick, dieses Mal fragend. Wozu ein Casting? Sie moderiert die Sendung seit acht Jahren. Und wenn sie krank ist oder im Urlaub, übernimmt Sarah die Moderation.

Schnitt. Tilda holt sich einen Cappuccino, die Kamera folgt ihr den Flur entlang bis in die Redaktionsküche. Die Maschine funktioniert nicht. Warum sollte sie auch an so einem Tag? Moritz, einer der Volontäre, kommt rein. Er erklärt ihr erst, was mit der Cappuccino-Maschine los ist, dann was im Studio: Es wird – das ist die offizielle Version – eine Vertretung für sie gesucht. Wieder: Tildas irritierter Blick, sozusagen der rote Faden durch den Beitrag, Augen groß, jetzt auch Falten zwischen den Augenbrauen. Schwenk auf den schlauen Moritz, der alles kann, nur nicht gut schauspielern. Ende.

Tilda schloss die Augen, fuhr sich mit den Handflächen ein paarmal über das Gesicht, bis sie das Gefühl hatte, alle schlechten Gedanken damit weggewischt zu haben. *Atmen nicht vergessen*, hörte sie die Stimme ihres Yoga-Lehrers. Einatmen, ausatmen und unauffällig weiterleben. Sie öffnete die Augen wieder.

Berufskrankheit, dachte sie. Ich muss damit aufhören, ständig alles in Beiträgen oder Filmen zu sehen. Das HIER war kein Film. Es war ihr Leben! Und das ließ sich leider nicht umschneiden.

Tilda stand auf, holte ihr Handy vom Sideboard im Flur und drückte auf die Nummer ihrer Mutter. Heute war Samstag. Also gab es eine reelle Chance, sie zu erreichen. Wenn sie sich richtig erinnerte, war das der Tag, an

dem weder Senioren-Speed-Dating stattfand noch Floh-
märkte für Frühchen oder Häkelkurse für Obdachlose.

Inge hatte Freizeitstress. Anders konnte man es nicht
nennen. Während sie sich früher in regelmäßigen Abständen beschwert hatte, dass ihre Tochter sich ja nie
melden würde, außer an Weihnachten und zum Geburtstag, war es heute genau andersrum. Ohne Termin
ging gar nichts mehr, und wenn man endlich einen bekam, konnte man nur hoffen, dass Inge ihn nicht doch
noch spontan absagte, weil sie im Zentrum für verlas-
sene, traumatisierte Männer aushelfen musste. Es gab
offenbar mehr Vereine für und gegen irgendetwas, als es
Menschen in dieser Stadt gab. Seit Tildas Vater vor vier
Jahren gestorben war, blühte ihre Mutter regelrecht auf.
Was die beiden für eine Ehe geführt hatten, war für die
Tochter bis zum Ende ein großes Rätsel geblieben. Sie
hatte ihre Eltern nie Arm in Arm geschweige denn sich
küssen gesehen. Es war, aus ihrer Sicht, eine Freundschaft
gewesen. Nicht mehr und nicht weniger. Eine gut funk-
tionierende Zweckgemeinschaft. Man hatte einander gebraucht – irgendwie.

Nun brauchte Tildas Mutter ganz offensichtlich etwas
anderes. Und zwar all das, was sie in den Jahren an der
Seite ihres Mannes nicht gehabt hatte. Ihr Nachholbe-
dürfnis war immens. Erst war es nur ein Sambakurs,
doch schnell wurde aus der neu gewonnenen Freizeit ein
einziger Ich-muss-die-Welt-retten-Plan. Tilda blickte da
schon lange nicht mehr durch. Ihre Mutter konnte liebend gern retten, wen sie wollte, aber hin und wieder

17

wäre es einfach schön, auch mal gefragt zu werden, wie es ihr ging.

Es klingelte.

»Wagner«, hörte Tilda die laute Stimme ihrer Mutter am anderen Ende der Leitung, obwohl völlig klar war, dass sie es war, die anrief. Es stand schließlich »Lieblingstochter« auf dem Display. Inge hatte es – nachdem sie verstanden hatte, was alles mit so einem Smartphone möglich war – eingetippt. Und obwohl Tilda keine Geschwister hatte, war es eine süße Geste. Weniger süß war das, was auf dem Display stand, wenn andere anriefen. Inge hatte nämlich bei fast jedem Kontakt statt des Namens eine Bemerkung gespeichert. »Nicht rangehen!«, war eine Nachbarin, »Laut sprechen!«, Oma und »Little Secrets«, Manfred, der Samba-Lehrer.

»Ich bin's«, meldete Tilda sich.

»Ja, das sehe ich«, sagte ihre Mutter.

So verliefen die meisten Gespräche mit Inge. Ein einziges Kommunikationsproblem. Seit 40 Jahren.

»Warum meldest du dich dann immer mit Wagner?«, fragte Tilda und bekam umgehend die Antwort:

»Warum denn nicht? So heiße ich doch.«

Tilda holte tief Luft.

»Ich bin gleich wieder da … es ist nur meine Tochter«, hörte sie ihre Mutter zu jemandem sagen.

Nur! Tilda versuchte, sich nicht aufzuregen. Es hatte keinen Sinn. Einatmen. Ausatmen.

»Was möchtest du denn, Schätzchen?«, wollte ihre Mutter jetzt gehetzt wissen.

»Ich hab nur kurz eine Frage …«

»Ja, genau. Draußen nur Kännchen … nein, der Kuchen ist nicht aus Dinkel, aber wenn Sie mögen, kann ich Ihnen diesen hier … ach so. Ja, natürlich, gern. Nein, nein, setzen Sie sich. Ich bringe es Ihnen gleich! … Was wolltest du denn nun? Ich hab gerade echt total viel zu tun.«

»Das hört man. Hast ein Café eröffnet?«

»Nein«, lachte Inge. »So weit ist es noch nicht. Aber eigentlich ein ganz schöner Gedanke.«

»Wo steckst du denn?«

»In Uschis Teestübchen!«

»Wer ist Uschi?«

»Uschi ist die Frau mit dem Mann, der auf Mallorca im Gefängnis sitzt, weil man am Flughafen Haschkekse in seinem Handgepäck gefunden hat, und jetzt muss sie hier alles allein machen!«

»Ach ja, jetzt erinnere ich mich wieder. Der mit den Heilmantras, oder?«

»Ja, genau. Was wolltest du denn eigentlich? Versteh mich nicht falsch, aber …«

»Ähm, ach so, ja. Ich hab ein Schreiben bekommen. Sag mal, wie heißt Paps Halbbruder noch? Beziehungsweise hieß? Der, mit dem ihr keinen Kontakt hattet.«

»Wieso hieß? Wie kommst du denn jetzt auf Hannes? Ist was mit ihm?«

»Hannes? Ach! Dann ist er es wirklich. Das gibt's ja gar nicht. Ich werd' verrückt!«

»Die Leute warten. Meld dich, wenn du mal Zeit hast, ja? Tschüss, Schätzchen!«

Aufgelegt.

Wenn ich mal Zeit habe, dachte Tilda, sah aus dem Fenster über das Dach der gegenüberliegenden Gebäude in einen hellblauen Himmel und versuchte, ein Gesicht aus ihrem Gedächtnis zu kramen. Es gelang ihr nicht. Sie nahm ihr Handy, stand auf und ging über das alte Parkett durch den Flur, vorbei an Klamottenhaufen, die darauf warteten, zur Waschmaschine getragen zu werden, in ihr großes helles Wohnzimmer, dessen schmaler Balkon nach vorn rausging. Unten, von der Straße, drang die übliche Geräuschkulisse zu ihr hoch. An die Autos hatte sie sich schnell gewöhnt. Selbst wenn die Flügeltür zum Balkon offen stand, konnte sie den Lärmpegel nach all den Jahren, die sie schon hier lebte, fast völlig ausblenden.

Die alten Fotoalben, die sie mitgenommen hatte, als ihre Mutter sich vor vier Jahren entschieden hatte, das Haus aufzulösen und in eine kleinere Wohnung zu ziehen, standen ganz unten in dem Bücherregal. Tilda kniete sich hin und zog sie raus.

Es waren drei Stück. Eins war mit rotem, gewebtem Stoff eingeschlagen, eins mit einem braunen Plastikumschlag und ein dunkelblaues. Mit Abstand betrachtet unfassbar hässlich. Aber in diesen drei Alben waren alle ihre Kindheitserinnerungen festgehalten. Auf vergilbtem Fotopapier.

Tilda setzte sich auf ihren gewebten bunten Teppich auf den Boden, blätterte eins nach dem anderen durch und überlegte, wann sie das zum letzten Mal getan hatte.

Im Grunde kannte sie alle Fotos, hatte aber doch die Hoffnung, auf einer der alten Familienaufnahmen aus den Siebziger- oder Achtzigerjahren vielleicht Hannes zu entdecken. Irgendwo zwischen den anderen Freunden ihres Vaters mit Vollbärten, Schnauzern, Jeans-Schlaghosen, engen, geringelten Pullovern und dunklen Hornbrillen.

Tilda zog mit den Alben und einer Wolldecke vom Teppich um auf ihr neues Sofa mit dem Holzgestell und dem dunkelgrauen Stoffbezug von Fin Juhl, das sie sich gerade auf einem Vintagemarkt gekauft und selbst zum Geburtstag geschenkt hatte. Seit Jahren liebte sie alles, was aus Skandinavien kam. Egal welche Bücher über Designer und Einrichtungen herauskamen, sie hatte sie alle. Sie lagen gestapelt neben dem Sofa.

Am liebsten würde sie sowieso nach Kopenhagen ziehen. Dieser Wunsch scheiterte allerdings an ihren mageren Dänischkenntnissen. Und an der Tatsache, dass sie hier – in Hamburg – einen Job hatte, den sie dort nicht haben würde. Zumindest nicht mit ihrem gebrochenen Dänisch. Sie konnte sich gerade mal einen Kaffee und ein Stück Kuchen bestellen. Aber sicher nicht über die aktuellen Nachrichten des Tages sprechen. Also mussten die Wochenenden und der Urlaub reichen.

Sie machte es sich gemütlich, blätterte weiter in den Seiten der alten Alben und suchte nach Hannes. Und gerade als sie dachte, sie würde ihn nicht finden, fiel ihr Blick auf ein altes, quadratisches Foto. Sie erkannte sich selbst, höchstens fünf, sechs Jahre alt. Sie trug eine rote

Sommerhose, die kurz unter ihrem Po endete, eine kurzärmlige weiße Bluse und ein rotes Dreieckskopftuch mit weißen Punkten. Sie erinnerte sich, dass ihre Mutter ihr, wenn sie am Meer waren, immer solche Stofftücher um den Kopf gebunden hatte, damit ihr die Haare nicht die ganze Zeit ins Gesicht wehten. Ein junger, schüchtern wirkender Mann, der ihrem Vater verdammt ähnlich sah, hielt sie an der Hand und zeigte zum Himmel, an dem ein bunter Drachen an einer Schnur flog. Im Hintergrund tobte die Nordsee. War das Hannes? Sie schloss für einen Moment die Augen und versuchte, sich an den Moment damals am Strand zu erinnern. Es kamen Bilder, nicht vom Strand, aber von einer Wiese, einem Lagerfeuer und jungen Leuten, die darumsaßen. Jemand spielte Gitarre. Es war der Mann vom Strand, der ihrem Vater ähnelte.

Doch sie erinnerte sich auch noch an etwas anderes: Ihr Vater hatte sich damals fürchterlich über irgendetwas aufgeregt. Es hatte einen Streit gegeben. Danach hatten sie keinen Kontakt mehr zu dem netten Mann gehabt, der ihr das Drachensteigen beigebracht hatte. Tilda hatte das tieftraurig gemacht, das fiel ihr jetzt schlagartig wieder ein. Sie wollte zurück, zu dem bunten Drachen, dem unfassbar großen Strand, von dem sie nicht mehr sicher sagen konnte, wo er sich befand. Sie wusste noch, wie irritiert sie als Kind gewesen war. Wenn sie mit Manu, ihrer besten Freundin, Ärger gehabt hatte, hatte sie nachts nicht schlafen können. Und es hatte nie lange gedauert, bis sich eine von den beiden wieder gemeldet hatte und alles vergessen gewesen war. Dass es bei den Erwachsenen so ganz und gar anders und für immer und ewig sein sollte, wenn sie sich stritten, hatte ihr damals Angst gemacht und sie hatte sich vorgenommen, niemals so zu werden. Komme, was wolle. Bei dem Gedanken bekam sie ein schlechtes Gewissen. Sie wusste gar nicht, was Manu inzwischen machte. Nachdem sie mit ihren Eltern und den beiden älteren Brüdern weggezogen war, hatten sie sich nur noch ein paarmal geschrieben. »Schau nach vorn, nicht zurück, in der Zukunft liegt das Glück«, hatte sie ihr zum Abschied in das rosa Poesiealbum geschrieben.

Manu hatte genau das getan. Nicht zurückgeschaut. Zumindest nicht lange.

Über diesen Gedanken döste sie ein. Als sie die Augen wieder aufschlug, fiel ihr Blick auf ihren Laptop am Ende des Sofas.

Sie schob die Wolldecke beiseite, setzte sich, klappte den Laptop auf, ging auf den Routenplaner und gab Amrum ein. 3 Stunden 31 Minuten. Alternative Route 3 Stunden und 36 oder 58 Minuten. Diese drei Möglichkeiten gab es. Halleluja, dachte sie und sah sich die Strecke quer durch Schleswig-Holstein an. Obwohl sie natürlich wusste, wo die Insel lag, hatte sie nicht mit einer so langen Anreise gerechnet. »Auf dieser Route gibt es eine Fährstrecke« stand über der Karte. *Ach nee!*, dachte Tilda, schloss den Routenplaner und suchte im Internet nach Bildern von der Insel.

Auch damit hatte sie nicht gerechnet. Zwischen traumhaften Strandbildern, kitschigen Sonnenuntergängen, putzigen Reetdachhäusern und Fotos eines Leuchtturmes, die an eine Bierwerbung erinnerten, befand sich eine Luftaufnahme der Insel: Ein kilometerlanger, breiter heller Strand legte sich wie ein riesiges, breites U um die Insel, deren Grünfläche dagegen klein wirkte.

Sie scrollte die Bilder auf dem Laptop runter und sah sich alles in Ruhe an. Vielleicht war das hier ja die Wende, überlegte sie. Der Punkt in ihrem ganz persönlichen Fernsehbeitrag, an dem sich alles ändern und wieder so sein würde wie vor einer Woche. Die Wahrscheinlichkeit, dass ihr Vermieter seinen Eigenbedarf zurückzog und man im Sender keinen Ersatz für sie suchte, der ihre Tochter hätte sein können, wollte sie sich lieber nicht ausrechnen. Mit Sicherheit war die Chance nicht hoch, aber man wusste ja nie. Verrückte Sachen gehörten zu ihrem Alltag, das war eine Tatsache. Warum sollte sie also nicht eine alte Kate auf Amrum erben, und alles wurde wieder gut?

»Nils Johannsen Amrum« ergab vier Treffer. Immerhin schien es eine Person mit diesem Namen zu geben, die auf Amrum lebte. Die Chance auf eine Wende stieg. Tilda klickte auf das erste Suchergebnis und überflog den Text. So wie es aussah, war dieser Nils Johannsen Besitzer eines kleinen Fischrestaurants auf Amrum. Oder eher einer Bude mit Sitzgelegenheit. Eine Homepage gab es nicht, allerdings fand sie unter »Bilder« ein paar Aufnahmen. Vermutlich von Touristen. »Fischerklause« stand in großen Holzlettern über der Eingangstür des kleinen Reetdachhauses, das sich offensichtlich direkt an einer Düne befand und neben dessen Eingangsbereich ein altes Fischernetz hing. Und falls der Mann in dem blauen Fischerhemd mit dem tätowierten Anker und der barbusigen Frau auf dem Unterarm Nils Johannsen sein sollte, dann hatte sie jetzt schon mal eine Idee davon, wer ihr den Brief geschrieben hatte. Je mehr Bilder sie sah, desto mehr Lust bekam sie, jetzt am Strand zu sitzen und aufs Meer zu schauen.

Tilda beschloss, die Telefonnummer zu wählen, die in dem Brief stand.

Es klingelte nur einmal, bevor eine tiefe Stimme verkündete, wer am Apparat war. »Johannsen«, brummte es in ihr Ohr.

»Ah, guten Morgen! Tilda Wagner, ich ...«

»Ich weiß, wer du bist«, unterbrach der Mann sie.

»Ach, dann sind Sie ...«

»Jo.«

»Gut. Ja ... ähm ... ich habe Ihren Brief gerade erhalten und wollte mich mal melden. So eine Nachricht bekommt man ja nicht jeden Tag. Und da ich ...«

»Wann kommst du?«

»Wann ich ...? Ach so. Keine Ahnung. Ich muss mal schauen. Es ist nicht gerade um die Ecke, und ich muss ja auch arbeiten.«

»Es gibt da noch was, was du wissen musst.«

»Ja, mit Sicherheit. Da fällt mir auf Anhieb ein ganzer Haufen Sachen ein. Ich weiß ja im Grunde gar nichts. Oder geht es um etwas Konkretes?«

»Jo.«

»Ah. Okay, und was wäre das?«

»Ich hab den Schlüssel von Hannes' Haus. Ist gleich nebenan. Komm rum.«

»Verstehen Sie mich bitte nicht falsch, aber können Sie mir das Ganze nicht kurz erläutern? Also: Warum?«

»Hannes hat mich vor ein paar Wochen gefragt, ob ich sein Testamentsvollstrecker sein kann. Keine Ahnung, warum er da plötzlich draufkam. Er hat wohl irgendwie geahnt, dass es bald zu Ende geht.« Tilda hörte, wie die Nase hochgezogen wurde, und hielt den Hörer ein Stück vom Ohr weg.

»Er wollte es jedenfalls alles geregelt haben. Und da erzählte er von dir.«

»Von mir?«, fragte Tilda erstaunt.

»Jo. Er meinte du wärst aus einem anderen Holz geschnitzt als der Rest der Bande.«

Tilda hatte ein Déjà-vu. Genau diese Worte hatte sie schon einmal gehört – irgendwann vor langer Zeit. Hatte ihr Onkel es vielleicht schon einmal zu ihr gesagt? Damals, am Strand?

»Aha … aber er hat mich das letzte Mal gesehen, als ich ein Kind war. Das wundert mich jetzt ein bisschen.«

»Holz ist Holz. Einmal Buche, immer Buche. Da wird kein Zierholz mehr draus. Das ist wie mit den Fischen.«

Tilda fragte sich, was genau er meinte, wagte aber nicht nachzufragen. Ihr Wissen über Fische reichte definitiv nicht für eine Unterhaltung mit einem Fischer. Oder was auch immer er war.

»Was hatte er denn? Ich meine, mein Onkel? Woran ist er gestorben?« Und wie alt war er überhaupt, fragte sie sich. Es war ihr zu peinlich nachzufragen. Ihrer Meinung nach war ihr Vater der Jüngere. Hannes stammte aus einer vorherigen Beziehung. Er musste also auf alle Fälle um die 70 Jahre alt gewesen sein. Was aber im Grunde auch kein Alter war, wenn sie an ihre Oma dachte, die mit 85 noch dreimal die Woche ins Fitnesscenter lief. Schwimmen und Sauna. Ohne ging's nicht, erklärte sie immer.

Am anderen Ende war es etwas zu lange still.

»Hallo?«

»Hannes hatte Krebs. Aber er wollte wohl nicht, dass es jemand weiß. Ich hab's erst nach seinem Tod gehört.«

»Von wem haben Sie es denn ... gehört?«

»Ach, so was spricht sich hier schnell rum. Kennt man einen, kennt man alle. Wir leben ja auf einer Insel. Da bleibt nix lange geheim.«

Es sei denn, es ist Krebs, dachte Tilda und fragte nach der Beerdigung.

Nils Johannsen erzählte von Hannes Wunsch, verbrannt zu werden und auf dem Meer seine letzte Ruhe zu finden.

»Und wann?«, hakte sie nach, denn von allein kam ja aus diesem Mann nichts raus.

»Dienstag. Übernächste Woche. Wir haben hier ja kein Krematorium. Dat dürt.«

Tilda überlegte, ob sie einfach nach der nächsten Fähre gucken sollte, aber heute hin und heute zurück wäre verrückt, und zum Übernachten brauchte man ein Zimmer. Ob sie in der Kate schlafen konnte? In dem Bett ihres verstorbenen Onkels? Nein. Auf keinen Fall.

»Ich könnte nächstes Wochenende kommen. Vielleicht am besten gleich Freitagabend. Wissen Sie vielleicht, wann da die letzte …«

»20 Uhr geht die letzte Fähre von Dagebüll«, fiel er ihr erneut ins Wort.

Kein Mann der großen Worte, aber der direkten, dachte sie und fragte sich, ob sie überhaupt Lust hatte, ihn zu treffen. Aber ihr blieb wohl nichts anderes übrig.

»Oh, schade. Das wird knapp beziehungsweise nichts. Ich muss bis 18:30 Uhr arbeiten. Dann komme ich einfach Samstag, gleich früh.«

»Jo, mach das. Du weißt ja, wo ich bin.«

Tilda überlegte, was sie sagen sollte, doch bevor ihr eine passende Antwort einfiel, hörte sie den Ton, der signalisierte, dass er aufgelegt hatte. Sie sah auf ihr Handy. Die Verbindung war beendet worden.

»Tja, dann. Schönen Tag noch und bis nächste Woche. Ich kann ja kurz vorher noch mal durchklingeln, wenn ich weiß, welche Fähre ich nehme. Tschüüüss!«, sagte sie mit Blick auf ihr Telefon. Dann legte sie es kopfschüttelnd weg.

Das kann ja was werden, dachte sie, stand auf und ging ins Bad. Manchmal half nur eine kalte Dusche.

Und Ingo anrufen. Sie musste ihm unbedingt davon erzählen!

2.

»Du siehst ja aus wie Puck, die Stubenfliege«, begrüßte Ingo sie charmant wie immer, beugte sich leicht vor und gab ihr, so gut es mit der riesigen Sonnenbrille, die ihr halbes Gesicht abdeckte, ging, einen Kuss auf den Mund. Das hatte zwar schon mehr als einmal für Verwirrung gesorgt, war aber Tradition, seit sie sich kannten. Und das waren jetzt immerhin schon knapp 20 Jahre.

»Danke. Wie lieb von dir! Ich bin mir sicher, du guckst lieber Puck in die Augen als mir.«

»Was ist los? Nicht geschlafen?«, wollte Ingo wissen und setzte sich wieder.

Tilda fand, es war eine bodenlose Frechheit, dass Ingo feiern konnte, wie er wollte, und trotzdem immer aussah, als wäre er gerade mit dem Bügeleisen über sein Gesicht gefahren. Warum reichten bei ihr schon ein, zwei Stunden weniger Schlaf – ohne Party wohlbemerkt –, und sie wurde nicht mehr von ihren eigenen Nachbarn gegrüßt?

Die Sonne schien seit drei Wochen ununterbrochen, und die Temperaturen erinnerten eher an Mallorca als an Hamburg. Tilda setzte sich auf den freien Stuhl, der im Schatten stand. Dem Himmel sei Dank wehte an der Alster ein laues Lüftchen. Sonst wäre es nicht auszuhalten gewesen. Nichts gegen gutes Wetter, über die Sonne freute sie sich wirklich von Herzen, aber alles über

27 Grad war nicht für sie gemacht. Kein Deo der Welt hielt dieser Hitze stand. Sie war ein Nordlicht und keine Kaktee.

»Ich konnte nicht einschlafen. Mein Schlafzimmer hat die Temperatur einer Biosauna. Dabei ziehe ich die Vorhänge schon gar nicht mehr auf.«

»Das klingt nach einem echten Problem«, stellte Ingo fest und zwinkerte ihr zu. »Und sonst so?«

»Frag nicht«, entgegnete Tilda, machte eine abwehrende Handbewegung und griff nach der Getränkekarte.

»So schlimm?«

»Schlimmer. Mein Vermieter hat Eigenbedarf angemeldet. Ich vermute mal, dass er die Wohnung für seinen Sohn haben will. Oder er hat sich von seiner 86-jährigen Frau getrennt und zieht aus dem gemeinsamen Appartement im Servicestützpunkt für Senioren aus«, meinte Tilda und schob hinterher, »was ich mir allerdings nicht wirklich vorstellen kann.«

Ingo sah sie mit hochgezogenen Augenbrauen an. »Ist nicht wahr!«

»Doch. Leider.« Tilda blätterte in der Karte, dann legte sie sie wieder weg. »Wollen wir uns vielleicht eine große Flasche Wasser teilen? Mir ist bei der Hitze gerade nach nichts anderem.«

»Klar«, meinte Ingo, schlug seine dünnen Beine unter dem Holztisch übereinander, winkte der Kellnerin, drehte sich dann wieder zu Tilda und sah sie mit seinem Dackelblick mitleidig an. »Ich kann es nicht fassen. So ein Mist! Sie ist so schön!«, stellte Ingo fest.

»Ja, allerdings. Ich kann mir gar nicht vorstellen auszuziehen. Vor allem nicht, wohin!« Tilda seufzte so laut, dass sich das Paar am Nachbartisch zu ihnen umdrehte. »Na ja, irgendetwas wird mir schon einfallen. Notfalls zelte ich. Ist ja gerade so schön warm.«

»Du und zelten … Vorher verliebe ich mich in eine Frau!«, meinte Ingo lachend.

»Du wirst es nicht glauben, aber ich habe tatsächlich schon mal gezeltet!«

»Lass mich raten. Du warst sieben Jahre alt, und das Zelt stand im Garten deiner Eltern?«

»Woher weißt du das?« Tilda nahm ihre Brille ab und sah ihn mit hochgezogenen Augenbrauen an. »Langsam bekomme ich Angst vor dir!«

»Ich kenne dich halt«, erklärte Ingo lachend.

»Außerdem war ich neun«, schob Tilda nach und setzte ihre Sonnenbrille wieder auf.

»Ich hör mich im Salon mal um, vielleicht hat ja jemand vor, demnächst umzuziehen. Aktuell findet man ja höchstens noch etwas durch Mundpropaganda. Alles andere kannst du knicken. Es sei denn, man möchte zweitausend Euro kalt ausgeben, aber das weißt du ja selbst«, stellte Ingo kopfschüttelnd fest. »Das kann man sich echt gar nicht mehr vorstellen, dass ich damals … warte mal, wie lange ist das her? Na ja, auch schon fünfzehn, sechzehn Jahre … auf alle Fälle war ich einer von vielleicht zehn Interessenten für meine Wohnung in St. Georg! Wenn heute so eine Anzeige in der Zeitung stünde, würde die Schlange der Leute, die die Wohnung besichtigen wollen, vermutlich einmal quer durch die Innenstadt gehen.«

»Mindestens!«, murmelte Tilda und mochte gar nicht daran denken, was alles noch auf sie zukam.

Er hatte recht. Es war aussichtslos. Der Wohnungsmarkt in Hamburg war nur noch etwas für Menschen, die nicht mehr wussten, wohin mit ihrem Geld. Auch außerhalb der beliebten Stadtviertel fand man nichts. Selbst der Stadtrand war inzwischen kein Geheimtipp mehr. Davon abgesehen, dass sie da auch gar nicht hinwollte. Aber das, was sie wollte, war komplett utopisch. Denn das wollten alle.

»Ich mag es ja gar nicht laut sagen, aber du siehst so aus, als wäre das nicht alles«, vermutete Ingo und sah sie an, als habe er Angst vor dem, was noch kommen könnte. Zu Recht.

Das war immer so. Sie musste gar nichts sagen, er sah sowieso, was mit ihr los war. Ingo hatte eine Menge Menschenkenntnis oder besser: Tildakenntnis. Was aber auch nicht wirklich schwer war, denn ihre aktuelle Gefühlslage war nicht mehr zu verbergen. Dafür reichte ihr schauspielerisches Talent nicht aus. Und wozu sollte es auch?

»Stimmt. Leider«, murmelte sie, »von dem Unaussprechlichen, meinem Ex, der zu feige ist, mir Was-auch-immer direkt ins Gesicht zu sagen und sich wie ein nazistischer, gestörter Idiot verhält …«, Tilda hielt kurz inne, denn die Leute an den angrenzenden Tischen hatten sich zu ihr umgedreht und schienen auf das zu warten, was jetzt kommen würde. »Da fällt mir ein«, fuhr sie fort, »ich könnte ein Foto von ihm ausdrucken und an alle Bäume und Fassaden kleben.«

»Grundsätzlich eine schöne Idee. Ich dachte allerdings, du wolltest ihn vergessen? Solch eine Aktion könnte dabei etwas hinderlich sein«, gab Ingo zu bedenken. »Wie kommst du denn darauf?«

»Wie ich darauf komme? Na, um die restliche Frauenwelt vor diesem Arschloch zu warnen, das den EQ einer Bananenschale hat!«

Tilda dachte daran, dass sie mit diesem Menschen drei Jahre lang zusammen gewesen war. Drei Jahre, in denen sie vermutlich besser etwas Sinnvolleres hätte tun sollen, als einem Egoisten hinterherzulaufen. In der Hoffnung, er würde sich von seinem Ich-binde-mich-niemals-Denken doch noch verabschieden. Obwohl, überlegte sie, der Sex war gut gewesen. Sehr gut sogar. Immerhin.

Warum hatte sie bei Männern nur immer so ein Talent, grundsätzlich nach denen zu schauen, die definitiv zur Kategorie *ganz schwerer Fall* gehörten? Konnte nicht irgendwann mal ein normaler, netter intelligenter Typ dabei sein? Attraktiv wäre auch schön. Und belesen, sportlich … Um es kurz zu machen: einer, den es nicht gab. Zumindest nicht in dieser Stadt. Da war sie sich inzwischen ziemlich sicher. Aktuell gab es nur noch entweder die besonders schweren Fälle oder Secondhandmänner, die man sich an den Wochenenden mit den Kindern aus den ersten drei Ehen teilen musste.

»Ah, verstehe. Mit dem EQ gebe ich dir recht. Von

dem Rest würde ich dir trotzdem abraten. Zu viel Arbeit. Aber erzähl doch jetzt mal, was wirklich los ist. Von dem … Unaussprechlichen mal abgesehen.«

Tilda holte tief Luft und sah auf das Wasser hinaus. Der Unaussprechliche. Jetzt bloß nicht an den denken! Sie versuchte, ihre Gedanken von ihrer langjährigen On-Off-Beziehung wegzulenken. Lieber schnell mit den anderen Problemen ablenken! »Mittwoch war ein Casting. Ich habe es nur durch Zufall entdeckt, weil die Herren Sendeleiter nicht daran gedacht hatten, die Bildschirme im Newsroom auszustellen. Oder umzustellen. Oder weil sie zu feige waren, es mir zu sagen, und sich dachten, so sehe ich es dann gleich. Keine Ahnung. Angeblich suchen sie eine Vertretung für mich.«

»Aber das wäre doch nicht schlimm. Oder?«

»Na ja. Da gibt es ein Problem: Ich habe schon eine Vertretung.«

»Aber vielleicht ist es einfach nur eine … Vertretung der Vertretung. Für den Notfall … oder so?«

Tilda schüttelte den Kopf.

»Glaube ich nicht.«

Die Kellnerin, eine junge Frau in weißer Bluse, kam an ihren Tisch und fragte, was sie bestellen wollten. Als sie wieder weg war, rückte Ingo ein Stück vor und sagte etwas leiser: »Meinst du echt, die wollen dich austauschen? Warum denn? Ist irgendetwas passiert, wovon ich nichts weiß?«

»Ja. Ich bin vierzig geworden.«

»Davon weiß ich!«

Tilda zog die Schultern hoch. »Keine Ahnung. Die Quote war eigentlich nicht schlechter als sonst. Natürlich gab es hier und da mal irgendwelche Schwankungen, aber dafür gibt es sicher mehr Gründe als die nachlassende Spannkraft meiner Gesichtshaut.« Sie zeigte aufs Wasser, wo gerade drei Frauen in knappen Boardshorts und Bikinioberteilen auf ihren Stand-up-Paddle-Boards lachend an ihnen vorbeipaddelten. Von den ganzen Kanus, Kajaks, Optimisten und Segelschiffen ganz zu schweigen. Manchmal konnte man den Eindruck gewinnen, sonntags war auf der Alster mehr los als an der Alster und um sie herum. »Gutes Wetter zum Beispiel. Wer setzt sich denn bei dem Wetter vor den Fernseher?«

»Wer guckt überhaupt noch Fernsehen? Ich meine, das normale Programm? Sorry, aber du weißt, wie ich es meine.«

Natürlich wusste sie das. Es gab definitiv mehr als genug attraktive Alternativen zu dem Programm der Fernsehsender.

Die Kellnerin stellte eine kalte Wasserflasche und zwei Gläser zwischen sie. »Bitte schön.«

»Vielen Dank«, sagte Ingo, nahm die Flasche, öffnete sie und schenkte ihnen ein. »Nun warte doch erst mal ab. Das muss doch alles nichts heißen. Vielleicht suchen sie ja echt nur eine Vertretung für die Vertretung. Kann doch sein!«

Tilda strich sich eine ihrer schulterlangen Haarsträhnen hinters Ohr, die sie im Gesicht kitzelte. »Nee. Glaube ich nicht. Sarah ist so mit dem Chef«, erklärte sie und überschlug Mittel- und Zeigefinger. Sie griff nach dem Glas und trank einen großen Schluck.

»Ach, komm. Wir suchen dir jetzt erst mal eine hübsche neue Wohnung und wer weiß? Vielleicht ist ja doch alles halb so wild. Wann musst du denn aus deiner raus?«

Tildas Gedanken schweiften ab und verloren sich in den leichten Wellen der Alster. Sie musste an den Brief denken.

»Hast du Lust auf ein Amrum-Wochenende?«, fragte sie unvermittelt und nahm einen großen Schluck Wasser.

»Wie kommst du denn auf Amrum?«, wollte Ingo erstaunt wissen und sah einem attraktiven, braun gebrannten Typen hinterher, den Tilda im Leben nicht als homosexuell eingeschätzt hätte. Ganz im Gegenteil. Aber diesbezüglich hatte sie sich schon einige Male geirrt.

»Ich glaube, ich habe eine Kate geerbt.«

Er drehte sich wieder zu ihr um und sah sie ungläubig an. »Wie, du glaubst? Was denn für eine Kate?«

Sie erzählte von dem Einschreiben und dem Telefonat. Dann schenkte sie Wasser nach.

»Und das sagst du erst jetzt? Das ist doch der Hammer!«

»Na ja. Abwarten. Ich kenne diesen Nils Johannsen überhaupt nicht. Der kann sich ja sonst was ausdenken«, sagte sie und trank noch einen Schluck. Es war einfach zu warm.

»Nachher ist das ein Psychopath und…«, mutmaßte Ingo und sah sie besorgt an.

Tilda musste loslachen. »Hör auf, Thriller zu lesen, das ist ja schrecklich. Meinst du echt, der hat sich das ausgedacht, um mich in seine Fischerklause zu locken und aus mir kleine Dosen zu machen?«

»Warum nicht? Vielleicht kennt er dich aus dem Fernsehen und …«, überlegte Ingo.

»Quatsch! So wie ich den einschätze, sitzt der abends mit einer Pfeife im Mundwinkel vor seiner Hütte und flickt die Fischernetze. Oder strickt dunkelblaue Mützen. Der hockt bestimmt nicht vorm Fernseher.« Tilda schüttelte den Kopf. »Noch einer«, schob sie hinterher.

»Wer weiß!« Ingo sah sie mit großen Augen an.

»Komm doch mit, als mein Bodyguard. Wir machen uns ein schönes Wellness-Wochenende. Mit Strandspaziergängen und Fischbrötchen. Schön viel Omega 3, soll super sein für die Haut! Zellerneuerung und so.«

»Guter Plan! Wann willst du denn hinfahren?«

»Nächstes Wochenende«, erklärte Tilda und trank den letzten Schluck aus ihrem Glas, dann griff sie nach der Getränkekarte und fächerte sich damit frische Luft zu. Es waren mindestens gefühlte 35 Grad. Trotz des Schattens.

»Ach, schade! Da bin ich doch mit Mutti in der Elbphilharmonie. Ihr Geschenk zum Siebzigsten.«

»Stimmt! Ganz vergessen«, murmelte Tilda gedankenverloren.

»Muss es denn unbedingt nächstes Wochenende sein?«, wollte Ingo wissen.

»Na ja, eigentlich nicht. Aber irgendwie bin ich schon neugierig. Und außerdem hat sich dieser Nils Johannsen so angehört, als erwarte er mich. Es gäbe noch ein paar Sachen zu besprechen, meinte er. Ich würde ehrlich gesagt lieber bald hinfahren. Dass mein Onkel verstorben ist, steht übrigens fest. Die Theorie mit dem Psychopathen hinkt also etwas«, stellte Tilda lachend fest und legte die Karte wieder weg.

»Und woher weißt du das?«

»Ich hab das einzige Bestattungsinstitut der Insel angerufen. Sehr skurril.«

»Warum?«

»Weil das der Tischler auf der Insel macht. Two in one sozusagen.«

»Der Tischler?« Ingo sah sie ungläubig an. »Wie praktisch. Alles aus einer Hand.«

»Ja, allerdings. Ich möchte gar nicht wissen, was der sonst noch alles macht.«

»Na ja, so viele Leute werden da wohl nicht täglich sterben. Da braucht man vermutlich ein zweites Standbein«, tippte Ingo. »Und wann ist die Beerdigung?«

»Hab ich auch gefragt, aber es gibt keine. Also jedenfalls keine an Land. Er möchte über dem Meer ... wie sagt man ... verstreut werden?«

»Seebestattung.«

»Ja, schon klar, aber wie nennt man das dann?«

»Keine Ahnung. Verstreuen klingt ein bisschen nach Blumensamen oder Mehl.«

»Stimmt.«

»Hm. Und wann ist das?«

»In zehn Tagen. *Das* macht der Tischler tatsächlich

nicht selbst. Dafür muss Hannes einmal aufs Festland –
und zurück.«

Ingo schüttelte schmunzelnd den Kopf. »Kanntest du
ihn denn gut?«, wollte er wissen, und in Tilda regte sich
ein schlechtes Gewissen.

»Nicht wirklich. Keine Ahnung, warum er ausgerechnet mir sein Haus vererben will. Offensichtlich gab es
sonst niemanden.«

»Das klingt aber traurig«, stellte Ingo fest.

»Ja, stimmt.«

Tilda erzählte von den wenigen Erinnerungen, die sie
an ihren Onkel hatte. Von den Gründen, warum sie ihn
nur als Kind ein paarmal gesehen hatte und dann nie
wieder, erzählte sie nichts. Sie wusste es einfach nicht.

Danach holte sie tief Luft. »Wie sieht es aus? Wollen
wir?«, fragte sie Ingo und deutete auf die Spaziergänger,
die auf dem breiten Sandweg an ihnen vorbei um die
Alster gingen. »Ich sag nur: Sachertorte!«

Ingo musste grinsen. »Ja, nützt wohl nichts.«

3.

Als Tilda am späten Nachmittag zurück nach Hause kam, öffnete sie alle Fenster und Türen, um für etwas Durchzug zu sorgen, nahm sich ihren Rechner und machte es sich auf dem Sofa gemütlich. Die siebeneinhalb Kilometer um die Alster waren ihr wie 30 vorgekommen. Dabei gingen sie die Runde regelmäßig. Heute war es allerdings aufgrund des guten Wetters so voll gewesen, dass man kaum vorangekommen war. Alles, was zwei oder vier Beine hatte, war unterwegs gewesen.

Tilda streckte ihre Beine aus und genoss das angenehme Gefühl der Entspannung. Ingo hatte sie gefragt, ob sie schon ein Hotelzimmer auf Amrum habe. Nein, hatte sie nicht, und deshalb musste das fix geändert werden. Denn zelten war definitiv nichts für sie, auch wenn sie vorhin noch einen Scherz darüber gemacht hatte. Seitdem sie mit achtzehn in Südfrankreich mit ihrem damaligen Freund gezeltet und die ganze Nacht kein Auge zugemacht hatte, weil neben ihnen bis zum Sonnenaufgang am Lagerfeuer Gitarre gespielt und dazu gesungen worden war, hatte sie mit diesem Kapitel abgeschlossen. Es war – nach der Nacht im Garten ihrer Eltern – der zweite und letzte Versuch gewesen.

Nils Johannsen hatte gesagt, die Kate befände sich »gleich nebenan.« Tilda öffnete noch einmal die Karte und sah sich an, wo die Fischerklause lag. Irgendwo im Nirgendwo, stellte sie fest.

Die Insel bestand im Grunde genommen aus Süddorf und Norddorf. Dazwischen lag Nebel. So hieß der kleine Ort mitten auf der Insel. Und Steenodde. Was aber im Grunde nur eine kleine Ansammlung von Häusern war. Dann gab es noch Wittdün, da kam die Fähre an. Wenn man von dort aus der einzigen Straße in die einzige mögliche Richtung – nämlich Norden – folgte, musste man irgendwann kurz vor der Inselmitte links abbiegen und durch einen Wald fahren. Kiefern, vermutete Tilda und klickte auf »Satellit«. Ein Großteil der linken Hälfte der Insel bestand aus Strand und Dünenlandschaft. Nur ein grüner Streifen rechts, ein Drittel vielleicht, bot Platz für Felder, Wiesen und Häuser.

Die Fischerklause schien sich direkt an der Düne, am Ende eines Sandweges, der zum Strand führte, zu befinden. Tilda vergrößerte die Karte noch einmal und noch einmal, bis sie ein kleines Stück entfernt ein weiteres Dach entdeckte. Das konnte sie sein. Hannes Kate. Eine Weile ruhte ihr Blick auf dem grauen Rechteck. Sie stellte sich vor, was er dort all die Jahre gemacht hatte. Wovon lebte man, wenn man mitten in den Dünen wohnte, auf einer kleinen Insel in der Nordsee? War er mit dem Wagen oder dem Rad zur Arbeit gefahren? Und, wenn ja, wohin? Tilda kam der Gedanke, sich Zettel und Stift zu holen, um einen Fragenkatalog zu erstellen, verwarf die Idee aber gleich wieder. Sie war hier nicht bei der Arbeit, und die Fragen würden schon von allein kommen, wenn sie erst mal bei diesem Johannsen auf der Holzbank saß. Sie verkleinerte das Satellitenbild wieder ein wenig und flog mit ihrem Blick über die Wälder und den breiten Strand bis an die nördlichste Spitze, die so schmal aussah, dass man den Eindruck bekommen konnte, man könne sich dort hinstellen und wäre umgeben von Wasser.

Rechts lag Föhr. Es sah zum Greifen nah aus. Ein Stück weiter entfernt, nach links, Sylt. Ob man die Insel sah, wenn man hier stand?

Tilda bekam Sehnsucht nach diesem Strand, den sie gar nicht kannte, nach der frischen Luft und einem Tag im Strandkorb. Allein. Einfach nur aufs Meer schauen, dachte sie und schloss die Augen.

Sie sah sich selbst in kurzen Shorts, Tank-Top und Sonnenbrille auf einem Badehandtuch in einem der vielen weißen Strandkörbe liegen. Die nackten, braun gebrannten Beine, die in Wahrheit nicht ganz so durchtrainiert waren, auf der kleinen Bank abgelegt, die man unten rausziehen konnte. Sonnenmilch, ein Buch und ihre große Stofftasche neben sich. Ein großes Glas Prosecco auf Eis haltend, dem Rauschen des Meeres lauschend. Schnitt. Aufbrausende, schäumende Wellen. Kite-Surfer, die von rechts nach links über die Wellen fliegen. Irgendwo am Horizont die Umrisse einer anderen Insel.

Schnitt. Ein junger Mann kommt auf sie zu, bleibt vor ihr stehen, sodass ein Schatten auf ihr Gesicht fällt. Es ist einer der Surfer. Tropfen aus seinen langen, nassen sonnengeblichenen Haaren laufen ihm übers Gesicht, über die verbrannte Nase, Hals und Oberkörper und weiter

auf den nassen Neoprenanzug, den er oben rum aus-
gezogen und um die Hüfte geknotet hat. Er hält etwas
hoch und fragt, ob es eventuell ihr gehört. Ein Schlüssel. Schnitt.

Tilda spürte, dass sie dabei war wegzunicken. Sie öffnete die Augen wieder, stellte den Rechner neben sich
und rieb sich übers Gesicht. Sie stand auf und ging in die
Küche. Ihr Magen knurrte. Kein Wunder bei der Wan-
derung heute.

Meine Güte. Nun ist aber gut, dachte sie. Jetzt drehte
sie schon ihre eigene Liebesgeschichte. Hilfe! Am besten noch mit der Frage am Ende: »Ist das der Schlüssel zu deinem Herzen?« Bei dem Gedanken musste sie
auflachen. Das konnte man ja keinem erzählen. Wenn
nichts mehr ging, konnte sie vielleicht kitschige Liebes-
romane schreiben. Oder diese Hefte, die es am Haupt-
bahnhof gab. Auch eine Möglichkeit. Dann allerdings
unter Pseudonym! Aber so weit war es ja – Gott sei
Dank – noch nicht.

Mit einer Schale Avocado-, Tomaten-, Gurken-,
Schafskäsesalat, ihrem geliebten Restesalat, und einem
Glas Weißwein mit Eiswürfeln kam sie eine Weile später zurück ins Wohnzimmer. Die Geräusche, die von
der Straße zu ihr in die Wohnung hochdrangen, ebbten
langsam etwas ab. Die Temperatur wurde angenehmer.
Während sie sich eine Gabel nach der anderen in den
Mund schob, fiel ihr das Hotelzimmer wieder ein, das sie
immer noch nicht gebucht hatte.

Die Suche nach einer Bleibe an einem Ort, den man

überhaupt nicht kannte, war ein kleines Abenteuer. Tilda hatte schon einige Male komplett danebengelegen und war in Pensionen gelandet, in denen man mit Sicherheit einen guten Krimi hätte drehen oder aus denen man einfach ein Museum hätte machen können, die aber mit den Fotos aus dem Netz rein gar nichts gemein hatten. Am liebsten folgte sie Tipps von Freunden, die schon einmal dort gewesen waren, wo sie hinwollte. Aber in diesem Fall fiel ihr niemand ein, den sie hätte fragen können. Außer ihrer Mutter, aber die war sicherlich immer noch schwer beschäftigt – oder schon wieder. Also blieb ihr nichts anderes übrig, als sich auf die Internetbewertungen zu verlassen.

In direkter Nähe der Fischerklause gab es nichts außer Sand. Da die längste Strecke der Insel allerdings sowieso mit dem Rad keine Stunde dauern würde, so schätzte Tilda zumindest, war es im Grunde auch fast egal, wo sie sich etwas zum Schlafen suchte. Hauptsache, es war schön.

Nach Sternebewertungen und Fotos zu urteilen, war eines der zwei Hotels in Strandnähe in Norddorf eine gute Wahl. Die Hotelbesitzer und ihre Mitarbeiter, die sich »die Seeblicker« nannten, machten einen sympathischen Eindruck. Sie griff nach ihrem Handy und wählte die Nummer.

Die Frau am Telefon hatte so etwas Positives, dass dieses Gefühl und die ganze gute Stimmung sofort auf sie überschwappte. Sie freute sich, obwohl es Tildas Job gewesen wäre, sich zu freuen, denn es gab tatsächlich nur noch ein einziges freies Zimmer. Ein Doppelzimmer mit Blick über die Wiesen bis zum Deich, wie die Frau fröhlich erklärte. Das Zimmer befände sich im Hauptgebäude, in dem auch das Restaurant sei. Sauna und Pool gehörten dazu, und der Strand sei in wenigen Minuten zu Fuß zu erreichen. Einen Fahrradverleih gäbe es auch um die Ecke. Wie im Grunde alles hier.

»Perfekt! Das nehme ich«, sagte Tilda und spürte eine Vorfreude in sich wachsen, als ginge es um eine Reise in die Karibik. Nein, es war ein anderes Gefühl. Es war das Gefühl, das sie gehabt hatte, als sie Kind gewesen war und die großen Sommerferien begannen.

Nachdem alle Formalitäten geklärt waren, verabschiedete sie sich und legte zufrieden auf, ohne sagen zu können, warum sie so ein warmes Glücksgefühl überkam. Sie hatte ein Hotelzimmer gebucht, mehr nicht. Die Frau war so nett und … keine Ahnung. Es fühlte sich auf alle Fälle gut an.

Tilda sah aus dem Fenster und musste an Hannes denken, von dem sie nur den Namen kannte. Sie gab ihn ins Suchfeld ein, was ihr natürlich auch schon viel früher hätte einfallen können. Kein Treffer. *Tja, dann muss ich wohl vor Ort recherchieren und Nils fragen, was er gemacht hat und was für ein Mensch er war*, dachte sie. In diesem Punkt half das Internet tatsächlich nicht weiter.

Sie konnte natürlich Irma, ihre Oma, anrufen, sofern die mal an ihr Handy gehen würde. Alle anderen Familienmitglieder hatten noch weniger Kontakt beziehungsweise gar keinen mit Hannes gehabt.

Tilda griff nach ihrem Telefon und suchte die Nummer von Irma. Seitdem ihre Oma WhatsApp entdeckt hatte, kamen die meisten Nachrichten nur noch als Sprachnachricht, ansonsten war »the person you have called« nicht erreichbar. Allerdings war es nie *eine* Sprachnachricht. Da Tildas Oma mit dem Finger nie länger als drei Sekunden auf dem Mikrofonsymbol blieb, kamen pro Satz um die fünf bis sechs Sprachnachrichten. Sobald es also mehr als dreimal hintereinander *Pling* machte, wusste Tilda immer sofort, von wem die Nachrichten waren. Also wartete sie, bis es aufhörte, bevor sie anfing, alles abzuhören.

Es klingelte. Und klingelte. Als Tilda sich gerade überlegte, ob sie auf die Mailbox sprechen oder es lieber lassen sollte, hörte sie die gehetzte Stimme ihrer Oma.

»Jaha?!«

»Hallo, Oma, hier ist Tilda«, rief sie in den Hörer, um sicherzugehen, dass auch wirklich alles am anderen Ende ankam.

Ihre Oma war fit wie ein Turnschuh. Nur das Hören ließ seit ein paar Jahren stetig nach. Ihr Argument gegen ein Hörgerät war einfach: »Ich laufe doch nicht rum wie ein Ersatzteillager!« Was diesen Punkt betraf, war sie bockig. Anders konnte man es nicht nennen. Dabei hatte sie ein Hörgerät. Sie benutzte es nur nicht.

»Ja, Tilda. Wie schön, dass du anrufst. Wie geht es dir denn, mein Schatz?«

»Gut, danke, Oma. Und dir?«

»Am liebsten gut, weißt du doch, Kindchen.«

»Ich hab eine Frage. Du kanntest doch Hannes …«

»Hannes? Ja, natürlich. Er war als Kind oft bei uns und später … Was ist denn mit ihm?«

»Er ist gestorben.«

»Ach, Mensch.« Tilda hörte, wie ihre Oma sich setzte und ausschnaubte. Es klang, als würde sämtliche Luft aus ihrem Mund entweichen. Sie gehörte noch zu der Generation, die immer ein Stofftaschentuch griffbereit hatte. Ein Papiertaschentuch hatte Tilda noch nie bei ihr gesehen. In jeder Strickjacke, jedem Mantel, überall steckte ein weißes Tuch mit ihren eingestickten Initialen. Und natürlich wurden diese Tücher nach jeder Wäsche gebügelt.

Sie hörte ihre Oma tief Luft holen. »Was hatte er denn?«

»Ganz genau kann ich es dir nicht sagen, aber es war wohl Krebs«, erklärte Tilda.

»Und woher weißt du das alles? Hast du Kontakt zu ihm gehabt?«

»Nein. Gar nicht. Das ist ja das Merkwürdige. Ich weiß überhaupt nichts von ihm, deshalb rufe ich ja auch an. Ich dachte, du könntest mir vielleicht etwas über ihn erzählen? Ich bin … keine Ahnung, warum, aber er hat mir seine Kate auf Amrum vererbt.«

»Ach!«, hörte sie Irma erstaunt sagen, und sie sah förmlich die kleinen runden Augen ihrer Oma vor sich, die sie verwundert mit hochgezogenen Augenbrauen ansahen, als würde sie ihr gegenübersitzen.

»Ja, ich war auch echt erstaunt. Beziehungsweise bin

es immer noch. Er hat sich so was wie einen Testamentsvollstrecker gesucht, einen gewissen Nils Johannsen, der
mir geschrieben hat. Ich hab ihn vorhin angerufen und
mich mit ihm für das nächste Wochenende auf Amrum
verabredet. Scheint ein guter Bekannter oder Freund
von ihm gewesen zu sein. Aber ansonsten weiß ich gar
nichts.«

»Hannes war ein guter Junge«, erinnerte sich Irma.
»Mir tat er irgendwie immer leid. Er hat es nicht leicht
gehabt. Mit seiner Mutter und … Na ja. Er kam, so oft es
ging, zu uns. An den Wochenenden sowieso und manchmal auch in der Woche. Seine Mutter musste viel arbeiten. Sie war ja alleinerziehend. Ich hatte immer das Gefühl, dass er mir die Schuld dafür gab, dass sein Vater
und seine Mutter nicht zusammenlebten. Dabei waren
die beiden nie ein Paar. Es war einfach ein Unfall, diese
Schwangerschaft. Und es war ja, wie du weißt, vor meiner Ehe mit deinem Großvater.«

»Weißt du, was er beruflich gemacht hat?«

»Er hat eine kaufmännische Ausbildung gemacht, daran erinnere ich mich noch … aber dann? Ich meine, er
hat später die Schlachtereien seiner Großeltern geerbt,
sie aber nicht selbst weitergeführt. Auf See war er wohl
auch eine Zeit lang, aber ganz genau weiß ich es wirklich
nicht. Das ist das, was ich so gehört habe. Wir haben uns
leider aus den Augen verloren.«

»Hm, und dann muss er irgendwann nach Amrum gegangen sein. Vielleicht hat er ja mit dem Geld aus der
Schlachterei die Kate bezahlt«, mutmaßte Tilda.

»Das kann gut sein. Es waren – glaube ich – auch mehrere. In Altona, Eimsbüttel und ... irgendwo noch. Das war jedenfalls keine arme Familie, auch wenn sie sich nicht gut gekümmert haben. Um Hannes schon eher, aber nicht um ihre eigene Tochter. Ich glaube, sie haben ihr nicht verziehen, dass sie ein uneheliches Kind zur Welt gebracht hat. Das war damals nicht so leicht!«

Ja, das waren wirklich andere Zeiten gewesen, dachte Tilda und war ganz froh, dass sie jetzt lebte und nicht vor 60 Jahren. Sie erinnerte sich, wie jung ihre Mutter und ihre Oma gewesen waren, als sie ihre Kinder bekommen hatten. Und sie selbst hatte mit vierzig noch nicht einmal einen Mann.

»Vielleicht kann mir dieser Nils Johannsen ja noch ein bisschen etwas über ihn erzählen«, hoffte Tilda.

»Bestimmt kann er das. Wenn er sich um sein Erbe kümmert, wird er ihn auch besser gekannt haben. So etwas überlässt man ja keinem Fremden. Melde dich mal, hörst du? Wenn du zurück bist, ruf mich an. Oder schick mir eine Whatsopp.«

»WhatsApp, Oma«, sagte Tilda und konnte sich ein Lachen nicht verkneifen. Irma besaß das großartige Talent, Dinge so auszusprechen, dass sie klangen, als wären es urtypische plattdeutsche Begriffe. Selbst bei einer Handyfunktion.

»Was auch immer. Ich würde das jedenfalls auch zu gerne wissen, was das mit dieser Kate auf sich hat. Vielleicht können wir ja auch mal zusammen nach Amrum fahren?«

»Das machen wir, Oma. Versprochen! Jetzt fahre ich erst einmal allein hin und checke die Lage, und dann kommst du irgendwann mal mit, wenn sich rausstellen sollte, dass ich tatsächlich eine Kate auf Amrum erbe! Dann trinken wir ein Likörchen.« Irma liebte Likörchen. In jeder Form und zu jeder Tageszeit. Spätestens zur Schwarzwälder Kirschtorte am Nachmittag, wenn sie sich mit ihren Mädels zum Doppelkopf traf.

»Mach das, mien Deern, mach das!«

4.

»Guten Morgen!«, grüßte Tilda einmal in die Runde, als sie am nächsten Tag durch die Glastür in den Newsroom kam, sich von jedem der vier Zeitungshaufen auf dem Sideboard ein Exemplar nahm und vorbei an den Assistentinnen, der Nachrichtenredaktion und all den anderen im Großraumbüro zu ihrem Schreibtisch ging.

»Moin!«, grüßte Michael zurück, sah kurz vom *Hamburger Abendblatt* auf und lächelte sie an, als sie ihre Tasche neben ihrem Schreibtischstuhl fallen ließ.

In einer halben Stunde war die große Montagmorgenkonferenz. Bis dahin musste sie alle Meldungen überflogen haben. In Papierform und online. Sie legte die Zeitungen ab, setzte sich und stellte den Rechner an. Der große Blumenstrauß, den die Kolleginnen und Kollegen ihr zum Geburtstag geschenkt hatten, sah so aus, als sehne er sich nach einem Komposthaufen. Sie würde sich wohl heute von ihm trennen müssen. Er war so groß, dass sie durch alle Redaktionen im Haus hatte laufen müssen, um eine passende Vase zu finden. Zwischendurch hatte Michael vorgeschlagen, einfach den Papierkorb zu nehmen.

»Und? Hattest du ein schönes Wochenende?«, wollte er jetzt wissen, während er einen Schluck Kaffee trank.

»Ja, danke. Auf alle Fälle! Voller Überraschungen … Und du?«

»Ach, ich bin ganz froh, dass ich wieder arbeiten darf«, erklärte er mit einem charmanten Lächeln. Seit er und seine Frau vor drei Jahren Zwillinge bekommen hatten, war der Dienst für ihn wie bezahlter Urlaub. »Einfach hier sitzen, arbeiten, Kaffee trinken, Zeitung lesen und vor allem: allein aufs Klo gehen. Das ist der wahre Luxus!«, sagte er immer. Wenn Tilda sich anhörte, wie wenig er schlief, wie sehr seine Frau auf dem Zahnfleisch kroch und wie oft einer der Kleinen krank war, Zähne bekam oder einfach nur bockig war, fragte sie sich, was das schlimmere Schicksal war: allein im Bett zu liegen oder zu viert? Seine ungeschönten Schilderungen, die er immer noch lustig zu verpacken versuchte, schreckten sie zwar teilweise ab, löschten aber trotzdem nicht den Wunsch nach genau dem, was ihr Kollege hatte: eine Familie. Es war nicht so, dass sie darunter litt, sie hatte ja einen Job, der sie erfüllte. Aber es gab eben auch die anderen Momente. Die, in denen sie irgendwo im Café saß und um sie rum alle mit ihren Kindern beschäftigt waren.

Gott sei Dank war ihre Mutter noch nicht auf die Idee gekommen, nach Enkelkindern zu fragen.

»Oh je. Sind die Rabauken dir auf der Nase rumgetanzt?«, fragte sie.

»Wenn es nur die Nase gewesen wäre! Mattis hat das Sofa mit Nivea eingecremt, und Toke hat parallel meine weißen Turnschuhe *verziert*«, sagte er und hob seinen Fuß an.

Tilda hielt sich die Hand vor den Mund, um einen

kleinen Aufschrei zu unterdrücken. Wenn man es nicht gewusst hätte, hätte man meinen können, der Schuh handele sich um das Unikat eines berühmten Künstlers.

»Erzähl es niemandem. Sag einfach, es ist ein Einzelpaar und du hast sie teuer ersteigert!«, schlug sie vor.

»Ja, süß, oder? Die lieben Kleinen.« Michael nahm seinen Fuß wieder runter.

»Zumindest wird es bei euch nie langweilig«, meinte Tilda mit einem Augenzwinkern.

»Nee. In den nächsten 15 Jahren sicher nicht.« Er stellte seinen Kaffeebecher ab, faltete die Zeitung zusammen und sah sie über den Bildschirm seines Rechners hinweg an. »Und bei dir?«

»Was meinst du? Ob es langweilig wird?«

»Nee, das weiß ich ja, dass die Gefahr bei dir nicht besteht. Ich meinte eher, *was* am Wochenende los war? Du sagtest doch vorhin etwas von Überraschungen.«

Tilda sah auf die Uhr am Bildschirm. Die Schlagzeilen hatte sie schon zu Hause überflogen, aber sie hatte noch nicht die aktuellen Meldungen online gelesen und die Konferenz nahte. »Um es kurz zu machen«, sagte sie schnell, »ich habe eine Kate auf Amrum geerbt. Eventuell. Ich fahre am Wochenende hin und schaue mir das alles in Ruhe an.«

Michael sah sie mit hochgezogenen Augenbrauen an.

»Du willst mich veräppeln.«

Tilda schüttelte den Kopf. »Nein. Ich verstehe es ja selbst nicht.«

»So etwas kann auch nur dir passieren«, stellte er amüsiert fest. »Wollen wir nicht tauschen? Ich fahre zu dieser Kate, und du nimmst die Zwillinge? Oder vielleicht auch nur einen? So ein paar Tage aufs Meer schauen könnte ich jetzt echt gebrauchen.«

Tilda mochte ihn, seinen trockenen Humor und vor allem seine Art. Immer geradeaus. Nie hinten rum.

»Du bekommst freie Logis, wenn sich rausstellt, dass es wirklich alles so ist.«

Tilda erzählte kurz von dem Einschreiben, ihrem Onkel und dem Telefonat mit dem Verfasser des Briefes.

Michael stand auf und bedeutete ihr mit einem Kopfnicken in Richtung Glaswand, hinter der sich der Konferenzraum befand, dass es Zeit war zu gehen.

An dem großen, langen Stehtisch, der sich durch den Raum zog, waren schon alle versammelt. Die Leiterinnen und Leiter der verschiedenen Redaktionen – Kultur, Unterhaltung, Sport, Politik –, natürlich die Chefredaktion und der Fernsehchef. Der wurde allerdings von niemandem ernst genommen und in regelmäßigen Abständen komplett übergangen. Seine Anwesenheit war reine Formsache.

»Guten Morgen!«, begrüßte Thomas, ihr Chef, alle Anwesenden.

Sie bekam Herzrasen. Neben ihm stand, wie Tilda geschockt feststellte, die junge Frau, die sie in der vergangenen Woche auf den Bildschirmen gesehen hatte. Mit viel zu engem Jackett. Jetzt wusste Tilda auch, warum. Der Busen war zu groß. So konnte man es auch sehen.

Sie drehte sich zu Sarah um, die ein Stück weiter links stand, und sah sie fragend an. Doch Sarah zuckte nur vermeintlich unwissend mit den Schultern. Allerdings bezweifelte Tilda, dass sie das wirklich war.

Aber mit ihrer Neugierde war sie nicht allein, das sah sie den anderen an. Vor allem den Herren der Schöpfung.

»Bevor wir gleich über die heutige Sendung sprechen, möchte ich euch eine neue Kollegin vorstellen. Lisa Konrad wird unser Team von heute an unterstützen. Ich freue mich, dass wir sie für uns gewinnen konnten«, verkündete ihr Chef freudestrahlend, so als wäre Lisa Konrad Thomas Gottschalk.

Tilda überkam das Gefühl, dass mehr dahintersteckte. Sie fragte sich, ob diese Lisa Konrad mit dem Moderator verwandt war, der ein Gebäude weiter auf dem riesigen Gelände des Senders seit Jahrzehnten eine der beliebtesten Nachmittagssendungen moderierte. »Konrad kocht!« Eine Institution sozusagen. Er würde vermutlich eines Tages im Studio sterben, mutmaßte man hinter vorgehaltener Hand. Zumindest konnte man sich nicht vorstellen, dass er ausgetauscht werden würde. Egal, wie viele graue Haare er hatte. War es nur Zufall oder war sie vielleicht sogar seine Tochter? Hatte er überhaupt eine Tochter? Tilda war kurz davor, ihr Handy aus der Hosentasche zu ziehen, um das rauszubekommen, ließ es dann aber doch sein. Das konnte sie auch nachher noch recherchieren. Es würde sie jedenfalls nicht wundern, wenn Vitamin B hier eine Rolle gespielt hatte.

»Lisa hat einen eigenen YouTube-Kanal – sicherlich kennen einige von euch sie schon – und wird uns, was die sozialen Medien betrifft, etwas auf die Sprünge helfen. Egal ob Snapchat, Instagram oder die Video-Reporter-Aufnahmen«, sein Blick wanderte zu den freien Mitarbeitern am Ende des Tisches. »Lisa wird uns helfen, auf diesen Zug aufzuspringen. Beziehungsweise den Zug zu wechseln, um Fahrt aufzunehmen. Mehr dazu in einer Mail, die nachher an euch alle rausgehen wird. Jetzt lasst uns aber erst einmal auf das schauen, was heute in der Sendung passieren sollte. Was sind die Themen des Tages?«

Jeanette, die Assistentin, reichte die Sendepläne rum. Während sie sich die festgelegten Themenblöcke und die noch leeren Felder für aktuelle Themen ansah, schweiften Tildas Gedanken ab. Sie hätte gerne etwas konkreter erfahren, welche Jobs ihre neue Kollegin übernehmen würde, außer, dass sie ihnen zeigen sollte, wie man möglichst viele Likes bekam. Sobald sie zu Hause war, würde sie sich diesen YouTube-Kanal, von dem sie sich hier offenbar eine Scheibe abschneiden sollten, mal in Ruhe ansehen.

Nachdem alle Themen besprochen worden waren, löste Thomas die Konferenz auf und verschwand mit der Neuen in seinem Büro. Am liebsten wäre Tilda hinterhergegangen, entschied sich dann aber doch für die Küche. Es war dringend Zeit für einen Cappuccino – einen starken.

Die Kaffeemaschine befand sich noch im Ruhezustand, sodass Tilda, nachdem sie auf den Knopf gedrückt hatte, warten musste, bis das Teil bereit war, ihr einen Cappuccino zu servieren. Aber selbst als das rote Licht nach einer gefühlten Ewigkeit endlich erlosch und sie verschiedene Knöpfe gedrückt hatte, passierte nichts, außer dass heißer Wasserdampf aufstieg. »Das gibt es doch gar nicht!«, schimpfte sie gerade, als hinter ihr Arne in die Küche kam, der das Wochenende ganz offensichtlich draußen verbracht hatte. Seine Bräune erinnerte an einen längeren Karibikurlaub.

»Na, alles gut?«, fragte er gespielt besorgt.

»Nee, nicht wirklich«, gab Tilda zu und erinnerte sich in dieser Sekunde an ihre Vorstellung, wie sie hier stand, und Moritz, der Volontär reingekommen war … in dem Fernsehbeitrag, den es lediglich in ihrem Kopf gegeben hatte. Da hatte die Kaffeemaschine auch nicht funktioniert. Vielleicht sollte sie aufhören, sich Dinge vorzustellen. Wenn es danach wirklich so kam …

»Was ist denn los? Ist sie noch im Wochenendmodus?«, witzelte er.

»Ja, offenbar. Du darfst sie aber gern wachküssen!«, meinte Tilda, die damit auf seinen Ruf als Herzensbrecher anspielte, und ging einen Schritt beiseite, um Platz zu machen. Innerlich hoffte sie, dass er es nicht schaffen würde, die Maschine wieder in Gang zu bringen. Sie fand es extrem lästig, wenn etwas nicht funktionierte, sie alles versucht hatte, um das Problem selbst zu lösen, es nicht schaffte und dann ein Mann kam, irgendwo draufdrückte und, schwupps, ging es wieder.

»Lass mal sehen. Wo drückt denn der Schuh?«, fragte er, und Tilda überlegte, ob sie die Maschine vielleicht einfach nur das hätte fragen sollen, denn drei Sekunden später zischte es plötzlich laut und aufgeschäumte Milch und heißer Espresso liefen nacheinander in die Tasse.

»So. Bitte schön. Einmal wachgeküsst«, sagte Arne charmant lächelnd wie immer, wenn das andere Geschlecht anwesend war, und holte sich auch eine Tasse aus dem Hängeschrank über der Spüle.

Tilda wartete, bis der Cappuccino fertig war, dann nahm sie ihre Tasse und lehnte sich mit dem Rücken gegen die freie Wand.

»Alles gut bei dir?«, wollte Arne wissen, der auf den Milchkaffeeknopf gedrückt hatte.

»Na ja. Im Grunde schon. Kein Krieg, kein Hunger, keine Dürre.«

»Aber? Ist es wegen der Neuen?«, hakte er nach.

Tilda nahm einen Schluck und nickte. »Findest du es nicht merkwürdig, dass er diese YouTuberin einstellt? Bisher war es so, dass alles, was innovativ war oder abseits der Norm, nicht ins Sendekonzept passte. Da haben wir uns ja die letzten Jahre wirklich alle den Mund fusselig geredet, bis die Facebookseite ordentlich bedient wurde und nicht nur Fotos veröffentlicht wurden, sondern auch mal bewegte Bilder. Und das nicht nur alle drei Tage oder Wochen. Von Instagram und Twitter ganz zu schweigen. Und jetzt?« Tilda schüttelte den Kopf und nahm einen Schluck Cappuccino.

»Tja, kleiner Sinneswandel. Vielleicht hat er doch eingesehen, dass wir dringend zusehen müssen, dass wir unsere Zuschauer halten. Und dazu gehören dann eben auch die neuen Medien.«

»Bei einer Zielgruppe von fünfzig plus?«, warf Tilda ein, erinnerte sich dann aber an Irma, die ihr Handy nicht nur zum Telefonieren und Nachrichten schreiben nutzte. Von ihrer Mutter ganz zu schweigen.

»Ich glaube, es sind gar nicht die sozialen Netzwerke, die dich ärgern. Oder?«

Tilda sah in ihre Tasse, die definitiv halb leer und nicht halb voll war. Im Grunde lag da nur noch der weiß-braune Milchschaum, der ohne Hilfe eines Löffels nicht freiwillig rauskommen würde. Sie hob den Kopf und sah Arne an. »Ich hab letzte Woche gesehen, dass es ein Casting mit Lisa Konrad gab. Ist das eigentlich die Tochter von …«

»Ja«, unterbrach ihr Kollege sie, zog die Schublade auf und nahm sich einen kleinen Löffel raus.

»Ah, hm.«

»War gar nicht schlecht, das Casting«, stellte Arne fest und Tilda spürte, wie ihr flau im Magen wurde. »Ein bisschen frischer Wind tut der Sendung sicher gut«, ergänzte er.

»Wie? Frischer Wind?«, wollte sie wissen. »Wie meinst du das? Höre ich da einen Hinweis darauf, dass ich mir vielleicht lieber etwas Neues suchen sollte?«, sagte sie lapidar.

Da kam auch schon prompt die nächste kalte Dusche.

»Das wird sicher nicht so leicht, wenn ich da an

unsere ehemalige Kollegin Sonja denke! War ja ganz schön schwierig nach dem ersten Kind«, meinte Arne. »Außerdem: Überall sehen die Moderatorinnen doch aus wie Mitte zwanzig – warum nicht auch bei uns?«

»Hallo? Hast du schlecht geschlafen?«, pampte Tilda ihn an. »Oder hat dich dein letzter Flirt gestern Abend nicht rangelassen? Was soll das denn jetzt heißen?«

»Versteh mich nicht falsch, aber … der Zahn der Zeit hat halt auch schon ein kleines bisschen an dir genagt, Tilda.«

Einen Moment war es still bis auf das Geräusch des Löffels in Arnes Tasse, mit dem er versuchte, den letzten Milchschaum rauszukratzen. Dann räumte er beides in den Geschirrspüler und sah sie an.

Tilda wich seinem Blick aus, stellte ihre Tasse auf den Rost der Kaffeemaschine und drückte noch einmal auf Cappuccino. Dieses Mal auf das große Symbol.

Schade, dachte sie, *bis gerade eben fand ich ihn noch sympathisch.* Was war nur los?

»Ich bin vierzig geworden. Nicht siebzig!«, sagte sie, als sie allein war, zu ihrem Cappuccino.

Egal welchen Zeitungsartikel sie las, welche dpa-Meldung sie überflog oder welches Gespräch über das Wetter und die neuen Yogakurse auf den Stand-up-Brettern auf der Alster sie führte, das Gefühl des Unwohlseins haftete den ganzen Tag an ihr. Es begleitete sie in die Kantine, zurück in die Redaktion, in die Nachmittagskonferenz und sogar auf die Toilette. Es fühlte sich an wie ein

Pickel, der sich nicht abdecken ließ. Und wenn sie ehrlich war, belastete die Situation sie mehr, als ihr lieb war. Die Suche nach einer neuen Wohnung hätte völlig ausgereicht. Warum musste so etwas jetzt auch noch passieren? Völlig unnötig. Und dann noch diese blöde Bemerkung von Arne, diesem Arsch! Tilda war immer noch völlig fassungslos.

Irgendetwas schien mit ihren Sternen nicht zu stimmen, überlegte sie, während sie versuchte, sich auf ihre Anmoderationen, die sie gerade schrieb, zu konzentrieren. Eine andere Möglichkeit fiel ihr nicht ein, als dass das Universum gerade eine extrem suboptimale Konstellation für sie parat hielt. Dabei war sie alles andere als eine gläubige Horoskopleserin.

Tilda sah auf die Uhr. In einer halben Stunde musste sie in die Maske. Sie strich sich mit den Handinnenflächen übers Gesicht, holte tief Luft und versuchte weiterzumachen.

Im Service-Stück ging es heute um eine Stör-Zucht in Mecklenburg. Dabei stand nicht der Fisch als solcher im Mittelpunkt, sondern seine Eier. Tilda hatte sich den Beitrag in Ruhe angesehen und las jetzt noch einmal den letzten Satz ihrer Anmoderation, der – so hatte sie es gelernt – eine Fusion mit dem ersten Bild des Beitrages bilden sollte. Kleine Fischeier ganz groß.

»Und eins ist beim Kauf dieses Kaviars sicher: Hier *stört* auch der Preis nicht.« Betonung auf dem »ö«.

Nicht preisverdächtig, aber etwas Pfiffigeres fiel ihr gerade nicht ein. Sie klickte auf »speichern« und schloss das Fenster. Jetzt noch kurz die beiden Nachrichtenüberleitungen, das ging schnell, etwas Fröhliches zum Wetter, und dann war sie auch schon fast fertig. Während sie in der Maske säße, um sich den Zahn der Zeit wegschminken zu lassen, von dem sie nicht wusste, dass er an ihr genagt hatte, würde der Chef vom Dienst ihre Texte gegenlesen. Anschließend würde die studentische Aushilfskraft sie ausdrucken und ihr mit ins Studio bringen.

Sie machte diesen Job schon so lange – und trotzdem wuchs die Anspannung vor der Live-Sendung jedes Mal. Jeder Tag war anders, jede Sendung war anders. Für Tilda gab es keinen anderen Job, den sie sich vorstellen konnte.

»Na, meine Hübsche. Was ziehst du heute an?«, wollte Astrid, die Maskenbildnerin, wissen, als Tilda sich auf den bequemen Stuhl mit Nackenstütze vor den riesigen Spiegel gesetzt hatte, der sich über die ganze Wand zog.

»Mir ist ein bisschen nach Schwarz, aber das gibt vermutlich Ärger mit meinen Busenfreunden von der Beleuchtung. Also nehme ich ...«, sie lehnte ihren Kopf an, schloss die Augen und ging in Gedanken ihre Jacketts durch, die nebenan in der Garderobe auf ihrer Kleiderstange hingen, »... Dunkelblau. Das muss reichen.«

Sie sah Astrid zwar nicht, spürte aber ihre Neugierde und zählte innerlich die Sekunden, bis sie nachfragen würde. Astrid war Balsam für die Seele, ein Ruhepol in dieser ganzen tagesaktuellen Hektik und eine gute Zuhörerin.

Nichts passierte.

Tilda wartete noch einen kurzen Moment, dann öffnete sie die Augen wieder und sah genau den Gesichtsausdruck, den sie sich vorgestellt hatte.

»Astrid. Dein Einsatz!«, forderte Tilda sie auf. »Du musst jetzt sagen: Okay, dann nehme ich Blautöne für den Lidschatten.«

»Warum Schwarz?« Astrid kniff die Augen zu einem schmalen Schlitz zusammen und musterte sie, als könne sie in Tilda hineinschauen. Lügen brachten hier nichts. Erstens: Astrid sah alles. Zweitens: Sie wusste alles. Meistens sogar, bevor die betroffenen Personen es selbst wussten.

»Fällt dir hier irgendetwas auf?«, Tilda beugte den Oberkörper vor und sah sich selbst im Spiegel an. »Ich meine nicht jetzt, also nicht konkret heute, sondern allgemein … in letzter Zeit?«

»Nein. Was soll mir denn da auffallen?«

»Vielleicht sehen wir uns zu oft, und dir fehlt der Abstand«, überlegte Tilda, während sie sich weiter kritisch im Spiegel betrachtete.

Astrid lehnte sich gegen die Ablage vor dem Spiegel, auf der unzählige Lippenstifte, Cremes, Make-up-Fläschchen und andere Utensilien ausgebreitet lagen. Mit verschränkten Armen sah sie Tilda fragend an. »Midlife Crisis?«

»Eigentlich nicht. Aber …«

»Aber was?«

»Keine Ahnung«, meinte Tilda kopfschüttelnd und lehnte sich wieder zurück, »ich habe das Gefühl, seit ich vierzig geworden bin, ist irgendetwas schlagartig anders. Wie ein Lichtschalter, den man umgelegt hat. Klick, aus.«

»Was ist aus?«

Tilda erzählte von ihrem Vermieter, von Arnes Spruch und schließlich von dem Casting, das für Astrid natürlich keine Neuigkeit war. Sie hatte Lisa Konrad schließlich geschminkt. Es gab zwar einen ganzen Haufen Maskenbildnerinnen und Maskenbildner für all die Sendungen, die hier rund um die Uhr produziert wurden, aber für ihre war – es sei denn, sie war krank oder hatte Urlaub – Astrid zuständig. Und darüber war Tilda heilfroh. Es hatten schon andere vor ihr geschafft, aus Tilda innerhalb kürzester Zeit einen Königspudel zu zaubern. Mit kleinen, schmalen Lockenwicklern, die angeblich für mehr Volumen hatten sorgen sollen. Pustekuchen! Das Ende vom Lied war gewesen, dass sie auf dem Damenklo verzweifelt mit Wasser versucht hatte, aus ihrem Afro-Look wieder einen Tilda-Wagner-hat-glatte-Haare-Look zu zaubern.

»Papperlapapp! Was ist denn das für ein Humbug! Du siehst super aus. Schau doch selbst!« Astrid deutete auf den Spiegel hinter sich. »Arne ist auch echt ein Charmebolzen.«

»Und warum wird dann diese junge YouTuberin eingestellt? Wollen sie VIVA wieder zum Leben erwecken oder habe ich irgendetwas nicht mitbekommen?«

Astrid schwieg, und das war nicht gut. Tilda wäre es lieber gewesen, sie hätte drauflosgequasselt und ihr das Blaue vom Himmel erzählt.

Astrid holte tief Luft und kratzte sich nachdenklich am Kopf. »Mich hat es auch gewundert, aber was für ein Konzept dahintersteckt, kann ich dir nicht sagen. Das müssen andere tun«, erklärte sie mit entschuldigender Miene. »Man muss aufhören, sich zu wundern, sonst wird man hier verrückt.«

»Hast du denn wirklich gar nichts gehört?«, fragte Tilda mit dem besten Dackelblick, den sie draufhatte, und leicht zur Seite gelegtem Kopf.

»Ne, Süße, echt nicht. Ich höre ja sonst immer alles Mögliche, ob ich will oder nicht, aber in diesem Fall – niente.« Sie zuckte mit den Schultern, griff nach der Haarbürste und strich Tildas Haare von einer Seite zur anderen. »Links oder rechts? Wo machen wir den Scheitel heute?«

»Gar nicht. Hast du deine Schere mit?«

»Haare abschneiden war noch nie eine Lösung«, gab Astrid zu bedenken und fuhr mit ihrer Hand durch Tildas braune, glatte Haare, als wollte sie darauf hinweisen, wie schön sie waren.

»Dann beweisen wir heute das Gegenteil. Ich hätte gerne einen Pony. Bis hier«, Tilda deutete mit ihrer flachen, waagerechten Hand eine Linie unterhalb der Augenbrauen an, »so einen geraden.«

»So einen, wie ihn hippe junge Mädchen gerade tragen?«

»Ja, genau den.« Tilda lächelte Astrid an.

Die sah allerdings nicht überzeugt aus. »Langer Bob mit Pony. Wenn du willst. Kein Thema«, sagte sie schließlich, griff nach dem Wasserspray und befeuchtete Tildas Haare. Dann griff sie nach ihrem Kamm und der Schere und drehte den Stuhl so, dass sie Tilda genau gegenüberstand.

»Und wenn das nicht hilft, lass ich mir die Schlupflider wegmachen. Oder gleich ein MFL. Wäre doch gelacht!«

Astrid hörte auf zu schneiden. »Ein was?«

»Mittel Face Lifting.«

»So ein Quatsch. Du hast überhaupt keine Schlupflider. Und zum Liften gibt es bei dir auch nichts! Schau dich doch mal an! Wo ist denn da irgendetwas?!« Sie sah richtig ärgerlich aus. So kannte Tilda sie gar nicht.

»Das war ein Scherz!«, versuchte Tilda, sie zu beruhigen.

Aber Astrid nahm es ihr nicht ab. »Wenn wir hier fertig sind, knöpfe ich mir Arne vor. Und danach deinen lieben Chef«, erklärte sie und kämmte noch einmal über das nasse dunkle Haar, um weiterschneiden zu können.

Tilda hatte das Gefühl mit den Haaren, die sie verloren hatte, auch gleichzeitig etwas von ihren Sorgen in den Müll geworfen zu haben. Was natürlich kompletter Blödsinn war. Zumal es sich hier ja nur um einen Pony handelte, den sie sich hatte schneiden lassen. Aber immerhin fühlte es sich so an oder anders gesagt: Sie fühlte sich einfach leichter.

Und prompt bekam sie ein positives Feedback aus der

Regie, als sie ein paar Stunden später ins Studio kam und sich auf die bevorstehende Sendung vorbereitete.

»Oh, haben wir eine neue Moderatorin?«, hörte sie die Stimme des Regisseurs über die Lautsprecher, während der Tontechniker kam und das Mikro an ihrem Jackett befestigte.

Tilda überlegte kurz, was sie sagen sollte, denn sie wusste: Ihr Chef hörte mit. »Ja, hab ich auch schon von gehört.« Sie wollte auf gar keinen Fall zickig wirken. Aber die Situation war einfach nicht auszuhalten. Wenn keiner mit ihr sprach, musste sie halt mit den anderen sprechen. Während sie ihre Moderationskarten sortierte und noch einmal mit dem aktuellen Sendeplan auf dem Rechner vor sich abglich, nahm sie sich vor, in den nächsten Tagen zu ihrem Chef zu gehen.

»Achtung, noch zwei Minuten«, hörte sie die Aufnahmeleiterin sagen.

Tilda trank kurz aus ihrem Wasserglas.

Astrid kam ein letztes Mal, sah sie prüfend an und puderte noch einmal schnell Nase und Stirn. »Steht dir ausgesprochen gut. Du siehst super aus!«, flüsterte sie und zwinkerte ihr zu.

»Danke«, flüsterte Tilda zurück und sah nach vorn, zu der Kamera, die für die erste Moderation vorgesehen war.

»Noch eine Minute.«

Astrid zupfte noch einmal an ihren Haaren, dann nahm sie hastig ihre Sachen und verschwand hinter den Studioleuchten und Kameras im Dunkeln.

Tilda überflog die erste Anmoderation, zog instinktiv ihr Jackett glatt und holte Luft.

Das rote Licht an der Kamera vor ihr leuchtete auf.

»Guten Abend und herzlich willkommen! Schön, dass Sie auch heute wieder dabei sind …«

5.

Tilda sah auf den kleinen silbernen Koffer, der geöffnet vor ihr auf dem Holzfußboden vor dem Kleiderschrank lag. Sollte sie vorsichtshalber lieber doch noch einen dickeren Pullover einpacken? Wie warm war es denn auf so einer Nordseeinsel? Sie hatte natürlich längst auf ihre Wetter-App geschaut, aber man wusste ja nie.

Hier in Hamburg waren es seit Tagen schon wieder 27 Grad und von Wind leider keine Spur. Den würde sie dort sicher reichlich bekommen. Sie betrachtete noch einmal den Inhalt des Koffers, dann bückte sie sich, schloss ihn und trug ihn in den Flur.

Tilda spürte ein Unwohlsein und wusste, woran das lag. Packen war eine Qual. Es löste körperliche Schmerzen bei ihr aus. Denn packen hieß: Entscheidungen treffen. Und das gehörte nicht zu ihren Stärken. Egal, wo sie hinfuhr oder flog, hundertprozentig hatte sie wieder falsch gepackt oder irgendetwas fehlte. Tatsächlich sehnte sie sich manchmal in die Zeit zurück, als ihre Mutter ihr morgens die Kleidung auf den kleinen Holzstuhl in ihrem Kinderzimmer gelegt hatte. Von den Urlauben ganz zu schweigen. Es hatte nie etwas gefehlt!

Bei ihrem letzten Urlaub mit Ingo musste sie als Erstes einen Laden aufsuchen, der Strümpfe hatte. Kein einziges Paar hatte sie eingepackt.

Sie bückte sich, öffnete den Koffer wieder und ging noch einmal alles durch. Socken hatte sie auf alle Fälle dabei, so viel war sicher.

Es war genau 6:35 Uhr. Um 9:40 Uhr legte die Fähre von Dagebüll nach Amrum ab. Bis zum Anleger brauchte sie laut Navi zwei Stunden und 25 Minuten. Der Puffer, den sie eingerechnet hatte, sollte reichen. Die Straßen dürften noch frei sein. Alles vor sieben Uhr war definitiv nicht ihre Zeit, stellte sie mal wieder fest. Aber die Vorfreude auf die Insel und vor allem die Neugierde, was sie erwarten würde, waren auf alle Fälle größer. Sie schnappte sich den Koffer, ihre Umhängetasche, den Coffee-to-go-Becher und verließ die Wohnung.

Die Strecke zog sich wie ein zähes Kaugummi. Sie hätte sich ein Hörspiel einpacken sollen, ärgerte Tilda sich, und wechselte den Radiosender. Und aufräumen wäre auch eine schöne Idee gewesen. Der Wagen sah aus, als hätte in den letzten Wochen jemand darin gehaust oder einfach noch nie etwas von der Existenz von Mülltüten und den dazugehörigen Mülleimern gehört. Okay, das war jetzt vielleicht etwas übertrieben, aber der Wagen vereinte wirklich alles, was es an Verpackungen gab. In den Türen, im Fußraum des Beifahrersitzes und tatsächlich auch hinter ihrem Fahrersitz. Das war der Platz, den sie wählte, wenn alles andere schon voll war. Dabei passte das im Grunde gar nicht zu ihr. Warum war ihr das nicht schon früher aufgefallen? Tilda wunderte sich über sich selbst. Eigentlich war sie ganz ordentlich. Na ja, zumindest hin und wieder.

Kurz hinter Heide zog sich der Himmel zu, und aus Hellblau wurde Hellgrau.

An der nächsten Raststätte fuhr sie rechts raus, kramte sämtlichen Müll zusammen, warf alles weg, vertrat sich die Beine, streckte sich und holte sich noch einen Kaffee. Mit einem frisch aufgebrühten Cappuccino, den sie sich in ihren Becher hatte einfüllen lassen, setzte sie sich kurze Zeit später wieder in ihren Mini und fuhr weiter. Es fühlte sich schon viel besser an ohne so viel Ballast.

Um 11:40 Uhr sollte die Fähre in Wittdün auf Amrum anlegen. Ihren Wagen würde sie auf dem Festland lassen. Zum einen war die Überfahrt teuer, zum anderen brauchte sie auf der Insel kein Auto, hatte ihr die Frau am Telefon, deren Namen sie sich nicht gemerkt hatte, versichert und ihr angeboten, dass Heiner sie mit dem Hotelwagen abholen könne. Wer dieser Heiner auch sein mochte, Tilda nahm das Angebot gerne an. Vor Ort konnte sie sich dann für Fahrten über die Insel ein Fahrrad leihen oder auch den Inselbus nehmen.

Tilda sah durch die Frontscheibe zum Himmel hoch und fragte sich, ob sie vielleicht eine Regenjacke hätte einpacken sollen. Jeden Meter, den sie fuhr, wurde es gefühlt etwas dunkler.

Als das Land immer flacher und weiter, die Häuser weniger wurden und die grünen, endlos wirkenden Wiesen mehr, verkündete das Navi eine baldige Ankunft. Offensichtlich kannte es jedoch noch nicht die roten Balken, die wie ein Kreuz über dem gelben Straßenschild befestigt worden waren, das darauf hinwies, dass es geradeaus nach Dagebüll ging. Oder auch nicht. Tilda fuhr kurz rechts ran, nahm ihr Handy und suchte nach einer alternativen Strecke. Eine Umleitung war nicht ausgeschildert. Kein schwarzes U auf gelbem Grund weit und breit. In einer halben Stunde legte die Fähre ab. Mit ihr oder ohne sie.

Tilda bog rechts ab, fuhr ein paar Hundert Meter und bog links ab. Die Straße wurde immer schmaler, bis Tilda das Gefühl hatte, ihr Wagen würde gerade noch daraufpassen. Nur definitiv kein anderes Auto mehr, das eventuell aus der Gegenrichtung käme. Direkt neben ihr ging es runter in schmale Gräben.

Auf den satten grünen Wiesen rechts von ihr standen gescheckte Pferde, die aussahen wie Kühe. Links standen Kühe, die aussahen wie Kühe. Danach folgten Schafe, eine kleine Herde Ziegen und Galloways. Irgendwo stand ein Schild auf dem »Rind-Hallig« stand. Davor graste ein Esel. Tilda fuhr langsam weiter und fragte sich, ob sie es vielleicht falsch gelesen hatte.

Windräder zogen sich den Horizont entlang. Davor: nur grüne Wiesen. Hin und wieder ein paar vereinzelte Häuser. Reetdach und Backstein, rot gestrichenes Holz, weiße Fenster und wieder Reetdach. Und wieder grüne Wiesen. Irgendwann ein Schild an einem Zaun: »Ferienwohnungen«. Tilda fuhr an einer Frau vorbei, die drei große Hunde an der Leine führte, die wie Schafe aussahen. Oder waren es Schafe? Tilda blickte in den Rückspiegel, war sich aber nicht sicher. Der Gedanke, hier Ferien zu machen, kam ihr völlig abwegig vor. Was konnte man hier schon machen? Außer Schafe spazieren zu führen?

Der Nieselregen setzte in der Sekunde ein, in der sie die Wagentür öffnete und ausstieg. Tilda nahm ihre große Handtasche und den Koffer, schloss ab und sah sich suchend um.

Der Parkplatz am Hafen – für alle, die ohne Auto übersetzen wollten – hatte die Größe mehrerer Fußballfelder und befand sich ein Stück entfernt von dem Anleger direkt hinter dem Deich. Es gab zwar einen Shuttle-Bus, aber der kam erst in einer Weile, und Rumstehen und Warten war nach dieser schier endlosen Fahrt nichts, worauf sie Lust hatte. Dann lieber Bewegung, auch wenn sie dabei etwas nass würde, und schon mal schauen, wo es losging. Außerdem war ihr Gepäck bei Weitem nicht so schwer wie das der anderen Reisenden, die sich hier versammelten. Es machte fast den Eindruck, als hätten manche vor umzuziehen, dachte Tilda, als sie an den an der Bushaltestelle Wartenden vorbeiging. Junge Familien mit professionell ausgestatteten und sichtbar gut eingecremten Allwetter-Kindern spielten »Ich sehe was, was du nicht siehst« – was hier wirklich eine große Herausforderung war – neben älteren Paaren im beigen Partnerlook, die sich über das Wetter unterhielten. Ob und, wenn ja, wann die Sonne wieder scheinen würde und ob die App wirklich recht hatte. Sie alle machten den Eindruck, als wäre es nicht ihr erster Besuch auf Amrum. Tilda sah an sich herunter. Weiße Turnschuhe, hellrosa Stoffhose, geringeltes T-Shirt und dunkelblaue Bomberjacke.

Ihren kleinen Koffer hinter sich herziehend, marschierte sie durch den leichten Nieselregen am Deich entlang Richtung Hafen.

Es war Ebbe. Das Watt schien sich bis zu den Halligen zu ziehen. Zumindest sah es auf der linken Seite so aus. Auf der anderen Seite, dort, wo das Schiff lag, befand sich zu ihrer Beruhigung Wasser.

Tilda war fasziniert. Sie betrachtete nachdenklich die kleinen dunklen Kleckse am Horizont, auf denen tatsächlich Menschen lebten. Und das offenbar nicht nur am Wochenende oder in den Ferien.

»Moin, moin! Das Schiff legt ab zur Fahrt nach Föhr und Amrum«, hörte sie den Kapitän aus dem Lautsprecher über sich sagen und sah aus dem nassen Fenster auf das Wasser.

Die Fähre sah aus wie ein zu klein geratenes Kreuzfahrtschiff. Es gab bequeme Sessel, auf denen man direkt vor den bodentiefen Scheiben sitzen und rausschauen konnte. In Fahrtrichtung. Dahinter befanden sich moderne Drehsessel mit kleinen, runden Tischen wie in einem Bistro. An den Seiten und in der Mitte waren Bänke mit größeren Tischen. Für alle, die etwas essen oder trinken wollten. Und davon gab es offensichtlich viele.

Tilda entschied sich für eine noch freie Sitzbank an der Fensterfront. Hätte nicht irgendein Kind aufgeregt »Mama, wir fahren schon!« einmal quer durch den Raum gekreischt, als befänden sie sich in einer Rakete, die jede Sekunde ins Weltall starten würde, hätte Tilda nicht bemerkt, dass sie bereits abgelegt hatten, so ruhig bewegte sich das Schiff. Sie drehte sich zur Seite, blickte aus dem Fenster und versuchte, das Tempo zu schätzen. Das Wort »Tempo« passte nicht, stellte sie fest. Sie kannte sich zwar mit Knoten nicht wirklich aus, aber das hier war eine nicht messbare Geschwindigkeit. Eher die Erfindung der Langsamkeit, dachte sie und lehnte sich zurück. Sicher lag das an dem kaum vorhandenen Wasser und der Tatsache, dass der Kapitän vermutlich Mühe hatte, die Fähre durch die schmale Fahrrinne zu lenken. Oder es war Teil einer Entschleunigung und gehörte mit zum Programm »Unvorhergesehenes aus dem Leben der Tilda W.«. Teil 2: »Weit raus und ganz tief runterfahren«. Tilda schüttelte den Kopf und versuchte, sich mit etwas abzulenken, bevor sie ihre Eindrücke in ihrem Kopf wieder zu Fernsehbeiträgen zusammenfügen würde.

Sie schloss für ein paar Sekunden die Augen. Ja, jetzt hörte man den Motor, ganz leicht, im Hintergrund. Aber nicht nur den. Hinter ihr saßen die gut verpackten Kinder mit ihren Keschern und kleinen Plastikeimern und riefen aufgeregt durcheinander, während die Eltern im Vorraum Gepäckstücke verstauten und Anweisungen gaben, die nicht befolgt wurden.

Tilda öffnete die Augen wieder und erschrak ein wenig, denn sie sah einem attraktiven Mann, der ihr auf einmal gegenübersaß, direkt in die Augen. Ende vierzig, schätzte sie.

Braun gebrannt, sympathisch, etwas schüchtern sah er

sie an. »Ich wollte nicht stören, da hab ich mich einfach mal gesetzt«, entschuldigte er sich beinahe und sah verlegen auf seine vollgepackte Tasche, die er neben sich gestellt hatte.

»Kein Thema. Meine sieben Kinder habe ich heute zu Hause gelassen. Von daher«, sie deutete auf die freien Plätze neben sich, »ist alles frei.«

Er lächelte sie an, und Tilda konnte gar nicht anders, als den Blick zu senken und so zu tun, als studiere sie die Getränkekarte.

»Ist ja auch mal schön … so ganz allein. Ich meine, ohne die … wie viele Kinder waren es noch gleich?«, hakte er nach.

»Sieben oder acht. Ganz sicher bin ich da auch nicht. Ich verzähle mich ständig. Gestern waren es nur drei. Das ändert sich täglich«, erklärte sie in einem Tonfall, der klarmachte, dass sie weder sieben noch drei Kinder hatte.

»Na, dann ist eine erholsame Reise auf eine Nordseeinsel doch genau das Richtige. Allein vom ständigen Zählen ist man ja am Ende des Tages völlig erschöpft!«

Tilda nickte zustimmend. »Wem sagen Sie das! An manchen Tagen komme ich zu nichts anderem mehr. Da bleibt alles liegen, was ich eigentlich hätte tun müssen!«

Jetzt lachte er hell auf, und Tilda konnte nicht anders, als auch zu lachen. Allein die Vorstellung, in ihrer Wohnung würde eine Horde Kinder, deren Anzahl sich ständig veränderte, wohnen, war zu lustig.

»Und was müssen Sie sonst so tun?«, wollte er wissen.

»Ach, da gibt es einiges! Von der Buntwäsche mal abgesehen, erzähle ich den Leuten jeden Abend, was in der Welt – oder besser gesagt in Deutschland – so passiert ist. Für den Fall, dass sie es nicht selbst mitbekommen haben. Außerdem kann ich in die Zukunft schauen. Aber das ist nur ein kleiner Bestandteil des großen Ganzen.«

Er schmunzelte. »Wow! Das ist das erste Mal, dass ich jemand kennenlerne, der in die Zukunft sehen kann. Was konkret sehen Sie denn da so …«

»Wetter. In erster Linie sehe ich, wie das Wetter in den nächsten Tagen wird.«

»Hammer!«

»Ja, ich weiß. Ich bin auch ziemlich stolz darauf. Hat lange gedauert, bis ich es raushatte«, witzelte sie. »Und womit verdienen Sie so ihr Geld?«

»Ich beobachte Vögel.«

»Ach …«

Der Mann erzählte von seiner ehrenamtlichen Tätigkeit auf der Vogelwarte, seiner Leidenschaft für alles, was ohne Antrieb fliegen konnte, der Einsamkeit, die er gar nicht als solche empfand, und von der Liebe zur Natur, die er schon immer in sich getragen hatte. Ganz tief. Schon als kleiner Junge war er fasziniert von Vögeln gewesen. Die Begeisterung war nicht nur seinen blitzenden Augen abzulesen.

Tilda hörte ihm zu, beobachtete ihn, während er sprach, fragte sich, ob sie sich in ihn verlieben könnte – und musste sich eingestehen, dass das nicht klappen würde. Er hatte etwas, keine Frage. Nur nicht das, was sie suchte.

Sie unterhielten sich noch eine kurze Weile über die unterschiedlichen Nordseeinseln, den Vorteil, in Norddeutschland zu leben, mit dem Meer vor der Haustür, und irgendwann versanken sie wieder in dem, was sie gerade in der Hand hielten. Er in seiner Fachliteratur, sie in der Speisekarte.

Matjes, Salzkartoffeln, Spiegelei... Tilda klappte die Karte wieder zu und legte sie zurück auf den Tisch vor sich. Ihr war noch nicht nach Fisch. Nachher würde sie sich ein schönes Krabben- oder Lachsbrötchen holen. Oder gleich etwas Warmes bei Nils Johannsen essen. Aber jetzt reichte erst mal ein Becher Kaffee.

Das Verlangen nach rohem Matjes mit Zwiebelringen und anderen Dingen, an die sie gerade noch nicht denken konnte, war trotz der Uhrzeit offensichtlich stark vertreten. Während ihr Tischnachbar eine Seite nach der anderen in seinem Ornithologie-Schmöker studierte, brachte die Dame in dem Kapitänsoutfit Tildas Kaffee an den Tisch, während ihr Kollege bereits mit vollen Tellern an ihr vorbeihuschte. Tilda nahm den Kaffee, trank einen Schluck, sah aus dem Fenster auf das ruhige Meer und spürte im Gegensatz dazu eine Unruhe in sich wachsen. Was würde sie auf der Insel erwarten? War Nils Johannsen ein Hochstapler? Ein Spinner? Oder war er wirklich der Testamentsvollstrecker ihres Onkels? Und wie sah die Kate aus? Konnte sie sie vielleicht als Ferienhaus vermieten? Und, wenn ja, wer würde sich vor Ort kümmern können, wenn die Gäste etwas brauchten oder Fragen hatten? Und wie hoch würde die Erbschaftsteuer sein, wenn sie wirklich die Alleinerbin dieser Kate sein und sich entscheiden sollte, das Erbe anzutreten? Sie hatte sich zwischenzeitlich im Netz schlaugemacht, aber da sie den Wert des Hauses nicht kannte, waren das alles nur Mutmaßungen. Trotzdem beunruhigte dieser Punkt sie nicht wirklich. In den letzten Jahren hatte sie einen Großteil ihres Gehalts beiseitegelegt. Im Grunde müsste es reichen …

Tilda holte tief Luft und versuchte, an etwas anderes zu denken. Es brachte nichts, über ungelegte Eier nachzudenken, sagte ihre Oma immer. Recht hatte sie.

»Moin!«, begrüßte sie der freundlich aussehende Fahrer mit dem Dreitagebart, der an dem Hotel-Shuttlebus lehnte, sich jetzt davon löste und ihr die Hand reichte.

»Moin«, grüßte Tilda zurück und streckte ihm die Hand entgegen.

»Ähm … Der Koffer«, sagte er, nachdem er ihr nach einem festen Händedruck seine Hand immer noch entgegenstreckte. Er sah an Tilda vorbei.

»Ach so, ja, klar. Hier«, sagte sie und gab ihm den Griff.

Der Koffer wurde verstaut, und Tilda setzte sich in den VW-Bus, dessen Schiebetür bereits offen stand. Es hatte aufgehört, zu nieseln.

Die Straße führte durch Wittdün, wo die Fähre angelegt hatte, an einer Apotheke, einem Café, einem Teeladen und Modegeschäften vorbei, die darauf ausgerichtet waren, den Urlaub auf der Insel zu retten. Mit Fleecepullis, wind- und wasserfesten Jacken sowie Regenstiefeln. Aber natürlich auch mit Sonnenmilch und Sonnenbrillen.

Direkt hinter den letzten Häusern begann auf der linken Seite die riesige Düne, die sich, wie Tilda wusste, bis an die Nordspitze zog. Sie fuhren an dem Eingang zu einem Campingplatz vorbei, weiter an Kiefern, die den Blick auf kleine Sommerhäuser verdeckten, überholten Urlauber auf Rädern, vorbei an Reetdachhäusern und wieder an Radfahrern. Nach Süddorf folgte der kleine Ort Nebel, wo die bis dahin gerade Straße zwei Haken schlug, vorbei an Wiesen, die rechts den Blick auf das Watt freigaben, und schließlich durch ein Waldstück.

Acht Kilometer, die längste Strecke auf der Insel, erklärte der Fahrer. Zumindest, wenn man mit dem Auto unterwegs war.

»Sie kennen hier vermutlich jeden, oder?«, überlegte sie laut und drehte sich zu dem jungen Mann hinterm Lenkrad.

»Ja, das kann man so sagen. Zumindest bei uns in Norddorf. Bin zwar kein echter Insulaner, also, nicht hier geboren, aber, im Oktober, da bin ich 20 Jahre hier.«

»Wow, das ist lang.« Tilda sah das Meer, rechts dahinter ein paar sattgrüne Wiesen. Am Horizont eine Insel. Sie überlegte kurz. Das musste Föhr sein.

»Ich möchte nie wieder weg. Das Leben hier ... die Arbeit. Das ist nicht nur ein Job, wissen Sie. Wir, also im Hotel, das ist wie Familie.«

»Hmmm, das klingt gut«, sagte sie, spürte ein Kribbeln in der Magengegend und hörte, wie ihr Handy piepte. Eine Kurznachricht.

Na, wie ist die Kate?, wollte Ingo wissen.

Scherzkeks. Ich war noch nicht einmal im Hotel. In der Zeit, die man hierher braucht, könnte man auf Mallorca sein, tippte sie zurück und sah auf die Uhr. Vor mehr als fünf Stunden war sie losgefahren. Es gab Fähren, die nur 90 Minuten fuhren. Allerdings nicht so früh morgens. Ihre hatte zwei Stunden gebraucht, inklusive Stopp am Hafen von Wyk auf Föhr. Eigentlich müsste sie mindestens eine Woche bleiben und nicht nur eineinhalb Tage – bei der langen Anfahrt.

Ihr Magen knurrte, und sie fragte sich, ob der Fahrer es gehört hatte. Er wirkte so zufrieden, ausgeglichen, glücklich. Irgendwie erinnerte er sie in diesem Moment, wo er so entspannt hinter dem Lenkrad hing, an ihren Yogalehrer. Sein Fenster war ein Stück weit geöffnet, und der warme Fahrtwind zog durch seine Haare.

Ach ja, die Haare… Während ihr Tischnachbar auf der Fähre seine Nase nicht mehr aus seinem Buch genommen hatte, hatte sie sich auf das Deck gestellt, den Reißverschluss ihrer Jacke hochgezogen und die frische Luft genossen. Mit dem Resultat, dass ihre neue Frisur, die bis dato zugegebenermaßen ein wenig an eine Playmobilfigur erinnert hatte, jetzt eher wie ein Wischmopp nach Gebrauch aussah. Ein dunkelbrauner Wischmopp.

»Kennen… oder… kannten Sie eventuell Hannes Wagner? Er hat ein kleines Haus. Irgendwo da hinten auf der«, Tilda drehte sich ein Stück um und sah aus dem linken Fenster, »linken Seite muss es sein. Richtung Düne. Ich glaube, wir sind vorhin daran vorbeigefahren. Kurz hinter Wittdün, nach dem Campingplatz.«

Der junge, große Mann schob seine Unterlippe vor und machte ein nachdenkliches Gesicht, bewegte sich aber ansonsten nicht. »Hmmm. Hannes ... wie?«

»Wagner«, wiederholte Tilda.

»Nee«, er schüttelte den Kopf, »ehrlich gesagt nicht.« Er drehte sich kurz zu ihr. »Lebt er nicht mehr?«

Tilda schüttelte den Kopf. »Nein. Er ist vor Kurzem gestorben.«

»Das tut mir leid. Kannten Sie ihn näher?«

Tilda strich mit der Hand über ihre Stirn, um die Haare hinters Ohr zu klemmen, bis ihr wieder einfiel, dass die ja weg waren beziehungsweise viel kürzer. »Nicht wirklich.«

Sie sah ihm an, dass er nicht verstand, was sie selbst nicht verstand. Wie denn auch? Warum erkundigte sich eine Fremde bei einem Fremden nach einem Fremden?

»Wo genau hat er denn gewohnt?«, wollte er nun wissen.

»Im ...«, sie wühlte in ihrer vollgestopften Handtasche, bis sie den Zettel gefunden hatte. »Im Tanenwai.«

»Ah, da, alles klar. Ja, da sind wir dran vorbei. Das ist ein Sandweg, parallel zur Straße. Was hat er denn hier gemacht, dieser Hannes?«

Dieser Hannes war mein Onkel, dachte Tilda und spürte ihr schlechtes Gewissen mit jedem Meter wachsen, den sie sich dem Ungewissen näherte. Was machte sie hier eigentlich? Ihr Onkel, mit dem sie keinen Kontakt hatte, war tot, und sie wusste weder etwas über ihn noch, was sie hier erwartete. Das Einzige, was sie wusste, war, dass sie ein Zimmer gebucht hatte. Eine Nacht mit Frühstück.

»Hat er hier gearbeitet?«

Die Frage riss sie aus ihren Gedanken, und ihr fiel auf, dass sie noch gar nicht geantwortet hatte.

»Sorry … ähm … tja, wenn ich das wüsste …«, murmelte sie und fragte sich, ob Hannes ein Eigenbrötler gewesen war. Wenn sich hier sonst alle kannten … Hatte er vielleicht nur noch in seiner Hütte gesessen und war nicht mehr rausgegangen? Aber wie passte das mit diesem Nils Johannsen zusammen?

»Wie viele Menschen leben denn hier eigentlich insgesamt?«

»So um die 2.300. Jetzt im Sommer kommen natürlich die Touristen und Saisonarbeiter hinzu. Da sind wir mehr.«

Wir, dachte Tilda und fixierte etwas Kleingedrucktes auf dem gelben Ortseingangsschild, dem sie sich näherten. »Noorsaarep«, las sie das, was direkt unter Norddorf stand, langsam vor.

»Das ist Friesisch.« Er bog links ab und kurz danach wieder rechts, in eine kleine Straße, bei der Tilda sich fragte, ob man sie überhaupt mit dem Wagen befahren durfte. Aber vielleicht kam es ihr auch nur so vor, weil hier alles so … so viel kleiner war als in Hamburg. »Wir haben tatsächlich zwei Ortseingangsschilder, auf denen unterschiedliche Ortsnamen stehen. Auf dem anderen steht Nordtorp. Das ist Dänisch«, erklärte er und lächelte verschmitzt, als wären diese Schilder nur eins von vielen Dingen, die hier anders waren. Tilda spürte wieder die Neugierde in sich wachsen. Sie war gespannt, was noch so alles anders war. Abgesehen von dem Ortseingangsschild.

Das Hotel lag am Ende der kleinen Fußgängerzone des Ortes.

Der Fahrer hielt direkt vor dem Eingang, holte ihren Koffer raus und rollte ihn bis zur Rezeption. Tilda folgte ihm. Vor der offenen Eingangstür lag ein großer Golden Retriever, der nur kurz seinen Kopf hob, sie ansah, mit dem Schwanz wedelte und die Augen wieder schloss.

Das Hotel wurde – das hatte Tilda zuvor auf der Homepage gelesen – in 4. Generation von der Familie geführt. In den modernen, frisch renovierten Fluren hingen alte Schwarz-Weiß-Aufnahmen der Groß- und Urgroßeltern.

Ihr Zimmer befand sich im zweiten Stock. Sie öffnete eines der Fenster und sah über die wenigen Dächer hinweg auf die riesigen Wiesenflächen, auf der braune und schwarze Kühe grasten, bis zum Deich. An der Rückenlehne ihres Doppelbettes befand sich über die gesamte Breite eine Aufnahme des Strandes hinter Plexiglas, die erahnen ließ, was sich hinter dem Deich befand. Die Stimmen von Kindern drangen zu ihr hoch, die begeistert Richtung Strand marschierten, und von Müttern, die ihnen etwas hinterherriefen. Tilda packte ihre Sachen aus dem Koffer, stellte ihren Kulturbeutel ins Bad, legte das Nachthemd aufs Bett, ihr Buch auf den Nachttisch und ging runter.

Der Fahrradverleih befand sich nur ein kleines Stück weiter, die Fußgängerzone runter und an der Ecke rechts, hatte ihr die Frau an der Rezeption erklärt, die genauso sympathisch war, wie Tilda es sich am Telefon bei der Reservierung vorgestellt hatte.

»Moin«, begrüßte sie der kräftige Mann, der gerade ein Fahrrad zu reparieren schien, wischte seine ölverschmierten Finger an der blauen Arbeitshose ab, legte sein Werkzeug beiseite und sah sie erwartungsvoll an.

»Große Überraschung. Ich brauch ein Fahrrad«, erklärte Tilda lächelnd und sah sich in dem Fahrradladen, an den die offene Werkstatt grenzte, um.

»Dann komm mal mit raus«, meinte er und Tilda folgte ihm durch die kleine Werkstatt nach draußen.

»Am besten eins mit Korb«, überlegte sie und deutete auf ihre Tasche.

»Den kann ich dir überall anbringen«, erklärte der Mann und zeigte auf ein rotes Fahrrad. »Ich würde dir dieses hier empfehlen.« Die Reifen des Rades waren dicker als ihre Oberarme, hatten aber kaum Profil. Es sah aus, als hätte man einen schwarzen Gartenschlauch mit zu viel Luft aufgepumpt. »Damit kommt man gut durch den Sand, und es federt auch schön«, hörte Tilda ihn sagen, während sie das Rad betrachtete, dass eher funktional als schön war.

»Super. Ich bräuchte es bis ...« Sie überlegte kurz. »Eigentlich nur bis heute Abend oder morgen Mittag vielleicht. Geht das?«, fragte sie, denn morgen war schließlich Sonntag.

»Kein Problem. Stell es einfach hier ab und wirf den Schlüssel«, er deutete auf das runde Metallschloss, welches unterhalb des Sattels am Rad befestigt war, »in den Briefkasten da.« Er drehte sich ein Stück um und zeigte auf den dunklen Kasten neben dem Hintereingang. Solche Schlösser hatte sie zuletzt an ihrem Rad gehabt, als sie zehn Jahre alt gewesen war, überlegte Tilda.

»Und das reicht? Sollte ich nicht vielleicht noch ein anderes, dickeres Schloss mitnehmen, um das Rad irgendwo anzuschließen? An einen Fahrradständer oder so?«

»Hier kommt nichts weg«, versicherte der Mann und lächelte sie verschmitzt an.

»Aha«, murmelte Tilda ungläubig.

»Es kommt mal vor, dass jemand ein Rad nimmt, damit ein Stück fährt und es dann an irgendeiner Bushaltestelle abstellt, dann müssen wir es halt wieder holen. Aber von der Insel kommt nichts runter.«

Er sah ihr ihre Skepsis an.

»Ein Anruf beim Kapitän der Fähre, und er legt nicht ab. Wenn hier was verschwindet, dann nie lange. Spätestens auf der Fähre finden wir es wieder. Aber dass wir da anrufen müssen, das kommt wirklich sehr selten vor.«

Auf die Idee wäre sie gar nicht gekommen, dachte Tilda. Sie sah dem Mann dabei zu, wie er einen Fahrradkorb befestigte und den Sattel, nachdem er an ihr Augenmaß genommen hatte, ein Stück höher zog. Sie war fasziniert von der Ruhe, die er ausstrahlte. Eine charmante Lässigkeit. Wenn bei ihr in Hamburg etwas verschwand, dann verschwand es. Punkt.

»So, müsste passen.«

Tilda stellte ihre Tasche in den Korb und setzte sich auf den Sattel. »Passt!«, bestätigte sie.

»Perfekt. Und wenn irgendetwas mit dem Rad sein sollte, kannst du zu jedem Fahrradverleih fahren. Egal, welcher, die helfen dann.«

»Gibt es denn hier noch viele?«

Er lachte und sah sie mit seinen kleinen Augen an. »Jo. 14.«

»14?«, fragte Tilda beeindruckt.

»Jo.«

»Wahnsinn. Hätte ich nicht gedacht! Na, dann kann ja nichts schiefgehen«, stellte sie fest.

»Das macht zwölf Euro«, war die trockene Antwort.

6.

Der Himmel war leicht bewölkt, vom Meer zog ein frischer Wind zu ihr rüber, und Tilda fragte sich, ob sie wirklich die richtigen Klamotten eingepackt hatte. Der Weg führte aus dem kleinen Ort hinaus, Richtung Süden, an einem Pferdehof vorbei, zwischen einem scheinbar flächendeckenden, flachen Grün, auf dem hin und wieder ein paar Pferde hinter einem kaum sichtbaren Drahtzaun standen. Links sah man die Insel Föhr. Tilda blickte sich immer wieder um, weil sie meinte, etwas zu hören, aber da war nichts, außer Weite, Wiesen und ein paar Vögeln, die sich zu streiten schienen. Ansonsten: nichts. Kein Auto, das hier eh nicht hätte fahren dürfen, da es ein landwirtschaftlicher Weg war, kein Reiter, kein Grund, sich umzudrehen. Irgendwo in weiter Ferne sah sie ein paar Radfahrer. Tilda erinnerte sich daran, als Kind mit den Füßen auf den Gepäckträger gestiegen und so gefahren zu sein. Eine Sekunde überlegte sie, es zu versuchen, verwarf den Gedanken dann aber wieder. Es war diese Freiheit, diese beinahe unwirkliche Bilderbuch-Idylle, die sie umgab, die ein Glücksgefühl in ihr ausgelöst hatte, einen Impuls. Sie trat, so stark sie konnte, in die Pedale, hörte auf, ließ die Beine hängen und rollte weiter.

Sie fuhr an dem Ortsschild von Nebel vorbei und

staunte über die hübschen, kleinen Reetdachhäuser, aus denen der Ort bestand. Ein Friesenhaus neben dem anderen: Weiß mit stahlblauen Fensterrahmen und Türen, Backstein mit braunen Fensterrahmen, dunkelrot mit grünen Fensterrahmen. Eine ältere Dame saß in der geöffneten, halbrunden Tür und schien etwas zu sortieren. Tilda rollte langsam durch den Ort, vorbei an einem Café, vor dem weiße Strandkörbe standen, an einem Fischgeschäft, einer Mühle. Neben zwei, drei Gartenpforten standen auf kleinen Bänken oder Stühlen selbst gemachte Marmeladen, Honig, handgeschnitzte Holzfische, Muscheln und jeweils immer ein Gefäß mit einem Schlitz. Vertrauen, dachte Tilda. So etwas gibt es tatsächlich noch hier.

Der Weg gabelte sich, als Tilda den kleinen Ort hinter sich gelassen hatte. Man konnte entweder einen steinigen Sandweg am Wasser entlangfahren oder auf der Teerstraße bleiben, die rechter Hand leicht bergauf nach Süddorf führte. Tilda hatte sich den Weg zu Nils Johannsen auf der Karte angesehen und entschied sich für rechts, obwohl sie gerne noch weiter parallel zum Wasser gefahren wäre. Aber die andere Inselseite, zu der sie jetzt radelte, war ja nur ein paar Minuten entfernt. Sie würde ihre Sehnsucht nach Wasser also gleich wieder stillen können.

Die Fischerkate lag am Ende eines Sandweges, der durch die weitläufige Dünenlandschaft mit ihrer faszinierenden blühenden Heide bis zu den haushohen, mit Gras bewachsenen Dünen zum Strand führte. Als der Weg sich immer mehr im feinen, weichen Strandsand verlor, stieg Tilda ab und schob die letzten Meter. Da nützten auch die dicksten Reifen der Insel nichts, wenn die nötige Muskulatur in den Beinen fehlte. Sie hatte jetzt schon das Gefühl, ihr aluminiumfreies Deo hätte all seine Versprechen gebrochen. Das nächste würde sie wieder mit allen Chemikalien der Welt kaufen, wenn es so weiterging. Außerdem knurrte ihr Magen inzwischen so laut, dass er demnächst das Schreien der Möwen übertönen würde, wenn sie nicht bald etwas zu essen bekam.

Gottseidank war das hier kein Date, dachte sie, sondern nur ein … Ja? Was eigentlich? Tilda blieb vor der Holzhütte stehen und sah sich um. Ein paar Touristen zogen mit Taschen und Keschern bewaffnet an ihr vorbei, als ginge es in eine Schlacht. Vermutlich war es das auch. So ein Familienurlaub konnte sicher zu einer großen Herausforderung werden, überlegte sie, während sie den Leuten nachsah.

Eine ältere Dame rief ihrem Mann etwas zu, der offensichtlich vergessen hatte, sein Hörgerät anzustellen. Oder er hatte einfach keine Lust. Zumindest ging er einfach weiter. Am Wind konnte es nicht liegen, dass er nicht reagierte. Hier, direkt hinter der riesigen Düne, die sich über die ganze Westseite der Insel zog, war es nahezu windstill.

Tilda blieb stehen. Von hier aus sah man bis zum Meer und noch viel weiter. Der perfekte Platz für eine Strandbar, dachte sie – oder eine Fischerkate.

Das Quietschen der Holztür riss sie aus ihren Gedanken. Im Eingang stand ein Mann um die sechzig mit grauem Vollbart. Er trug ein blaues Fischerhemd, dessen Ärmel hochgekrempelt waren, stützte seine Hände rechts und links in die Seiten und sah sie missmutig an. Fast wie im Bilderbuch, dachte Tilda. Wenn man ihr gesagt hätte: Male einen Seemann – sie hätte, ohne ihn zu kennen, Nils Johannsen gezeichnet. Sofern er es war. Und sofern sie das Talent dazu gehabt hätte.

Tilda schob schmunzelnd das Rad weiter, klappte mit dem Fuß den Fahrradständer raus und wollte es abstellen. Soweit die Theorie. Die Praxis sah anders aus. Der Ständer verlor sich in dem weichen Sand und kippte ihr entgegen.

»Hier«, meinte der Mann und deutete mit seinem Kinn auf einen Fahrradständer an der Seite der Hütte.

»Ah, danke!« Tilda schob das Rad weiter und versuchte, das Vorderrad in den Ständer zu schieben, was aufgrund der dicken Reifen nicht klappte. »Ich gebe auf«, erklärte sie lachend und lehnte das Rad einfach gegen die Wand. »Moin!«, begrüßte sie den Mann nun fröhlich.

»Moin!«, grüßte er immerhin zurück und gab ihr die Hand. Eine große, kräftige braun gebrannte Pranke, der man die raue See ansah. Sie hatte schon unzählige Male zugepackt, dachte Tilda und machte den Fehler, ihm ihre eigene, im Vergleich dazu auffällig blasse Hand entgegenzustrecken. Nils Johannsen nahm sie, drückte zu, und Tilda hatte das Gefühl, am Ende ihres rechten Armes würde gleich, wenn er sie wieder losließe, nur noch ein runder Hackklumpen hängen. Eine rohe Frikadelle mit rosa Nägeln. Sie unterdrückte einen Aufschrei und versuchte stattdessen, einigermaßen unverkrampft und freundlich zu lächeln, was definitiv eine größere Herausforderung war als ein Familienurlaub.

Halleluja. Beim nächsten Mal – sofern es dazu kommen sollte – würde sie nur noch freundlich winken.

»Ich bin … Tilda …«, presste sie raus und hoffte auf Erlösung.

»Nils«, murmelte Nils Johannsen, ließ sie endlich los und deutete zum Eingang. »Dann wollen wir mal.« Es klang wie eine Drohung. Tilda versuchte, ihre Hand auszuschütteln, ohne dass er etwas davon mitbekam. Es hatte nicht sehr einladend geklungen. Eher so, als hätte sie etwas Schwerwiegendes verbrochen. Kein kleines Delikt. Eher so etwas wie Betrug oder unerlaubter Waffenbesitz. Vor Tildas innerem Auge erschienen die Titelseiten der gängigen Tageszeitungen. »TV-Moderatorin in U-Haft!«, »Tilda Wagner. Ein Leben am Limit.«, »Richter kennt keine Gnade!« Oder aber: »Vermisst! Wer hat Tilda Wagner gesehen?«

Sie stellte sich das passende Foto zu dem Artikel auf der Titelseite des *Hamburger Abendblattes* vor. Eine Nahaufnahme des Richters, der die hohe Kunst des Nur-eine-Augenbraue-Hochziehens beherrschte und auf eine demütig zu Boden schauende Frau blickte. Tilda Wagner, die frisch Verurteilte, die nach ihrer Rückkehr aus dem Bau sicher keinen Fuß mehr in irgendein Fernsehstudio setzen würde. So viel stand fest!

»Alles klar?«, wollte Nils Johannsen wissen, der immer noch genauso dastand und sie ansah.

»Ja. Klar. Sorry, ich war nur gerade in Gedanken«, erklärte sie, knetete ihre rechte Hand unauffällig und ging an den alten Fischernetzen und einem vermutlich unfassbar schweren Anker, der neben einer kleinen Holzbank an der Hausseite stand, vorbei in die Kate.

Der Begriff »urig« traf es vermutlich am besten. Die Inneneinrichtung, die aus rustikalen Holzbänken, die man aus halben Stämmen gezimmert hatte, und den dazu passenden Tischen bestand, war vermutlich seit ihrer Eröffnung vor etlichen Jahrhunderten nicht verändert oder renoviert worden. Wie auch? Solche tonnenschweren Bänke verschob man nicht mal eben so. Wer auch immer hier einkehrte, kannte entweder Nils Johannsen persönlich oder wusste, dass es hier den besten Fisch der Insel gab. Anders konnte sie es sich nicht erklären. Oder man stand einfach auf alte Seefahrerromantik. Über dem Tresen hingen Relikte der Fischerei. Ein aufgeblasener Kugelfisch sah sie müde an. Der runde Helm eines uralten Taucheranzuges diente am Ende des Tresens als Lampe. Daneben, in der Ecke, die geschnitzte Holzbüste eines Schiffsbugs in Form einer Frau, an deren hervorstehenden nackten Brüsten kein Weg vorbeiführte. Völlig übertrieben. Die konnte nur ein Mann geschnitzt haben. Ohne Silikon undenkbar, dachte Tilda, während sie auf die prallen Brüste starrte.

»Bitte«, hörte sie Nils Johannsen sagen. Es klang nach einer Aufforderung. Tilda drehte sich zu ihm um und sah, wie er mit seiner Pranke auf eine der Baumstammbänke deutete.

Sie setzte sich. Widerspruch vermutlich zwecklos.

»Durst?«, wollte er wissen.

»Ja. Und ehrlich gesagt auch ziemlichen Hunger. Ich hatte bisher... nicht so viel. Könnte ich vielleicht mal einen Blick in die Karte werfen?«

»Gibt's nicht.«

»Ach so«, wunderte sich Tilda und sah sich erstaunt um. »Ich habe gedacht, das hier wäre ein Restaurant?«

»Ist es auch«, erklärte er ausdruckslos und sah sie mit verschränkten Armen, die auf seinem Bauch ruhten, an. Auf seinem linken Unterarm entdeckte Tilda die tätowierte Büste aus der Ecke. Zumindest bestand eine große Ähnlichkeit. Ihr Blick wanderte von der Holzbrust zu der gut gebräunten, behaarten auf seinem Arm. Sie löste ihren Blick, weil sie wusste, dass in ihrem Kopf sonst gleich wieder komische Bilder zu noch viel komischeren Filmen zusammengeschnitten würden.

»Ähm, und wie geht das dann? Also, wie weiß man, was es gerade gibt?«

»Gegessen wird, was auf den Tisch kommt«, erklärte er und sah sie an, als wäre er nicht sicher, ob sie verstanden hatte, was er gesagt hatte.

»Ah. Ja, dann nehme ich einmal das, was auf den Tisch kommt.«

Nils Johannsen rührte sich nicht.

Tilda sah ihn fragend an. »Oder ist gerade... Mittagspause?«, fragte sie zögernd.

»Nö.«

»Ah, prima. Dann bitte noch eine große Apfelsaftschorle zu dem, was kommt.«

Er löste seine verschränkten Arme, stand auf, verschwand kurz hinterm Tresen, kramte dort etwas herum und kam mit einer kleinen, in Klarsichtfolie eingeschweißten Speisekarte zurück. »Hier«, meinte er und hielt ihr die Karte entgegen. »Für Touristen.«

Tilda legte das alte Besteck auf den Porzellanteller, nahm den letzten Schluck Apfelschorle und lehnte sich gesättigt zurück. Vermutlich hatte sie eine Magenerweiterung, überlegte sie. Es fühlte sich auf alle Fälle so an. Die Portion Labskaus hätte für eine halbe Woche gereicht. »Puh. Das war lecker, vielen Dank!«

»Freut mich«, sagte Nils Johannsen jetzt schon fast freundlich, räumte ihren Teller und das Glas ab und brachte beides in die Küche, die man durch eine schmale Tür neben dem Tresen erreichte.

»Eventuell muss ich zurückgerollt werden«, meinte Tilda, als er wieder zurückgekommen war und sich ihr gegenübersetzte.

»Hier!« Er stellte ihr ein kleines Glas hin. Korn, schätzte Tilda. Oder irgendetwas anderes viel zu Hochprozentiges. Zumindest für die Uhrzeit.

»Danach radelt es sich wie von allein«, meinte er und lachte zu Tildas Überraschung tatsächlich das erste Mal.

Tilda nahm das Glas, drehte es in der Hand und fragte sich, was schlimmer war: Korn am Mittag oder Nils Johannsen, der vermutlich wieder in seine mürrische Starre zurückverfallen würde, wenn sie das Glas nicht austrank. Jetzt, wo er endlich etwas auftaute.

Tapfer lächelte sie ihn an, holte tief Luft und leerte das Glas. Ein warmes Gefühl breitete sich in ihrem Brustkorb aus.

Nils Johannsen sah sie an, als wüsste er nicht, was er von ihr halten sollte. »Wann hast du Hannes das letzte Mal gesehen?«, wollte er unvermittelt wissen.

Tilda schüttelte nachdenklich den Kopf. »Puh ... das ist eine Ewigkeit her, ehrlich gesagt, weiß ich gar nicht genau, wann es war. Ich war auf alle Fälle noch ein Kind. Vielleicht fünf Jahre alt oder sechs. Wir waren am Strand und haben Drachen steigen lassen. Und auf der Düne, da haben wir fangen gespielt, glaube ich. Daran erinnere ich mich noch. Aber meine Eltern beziehungsweise eher mein Vater hatte irgendeinen heftigen Streit mit ihm. Frag mich nicht, warum. Danach hatten wir jedenfalls keinen Kontakt mehr. Leider«, erklärte sie und sah aus dem Fenster, an dem gerade ein Paar vorbeiging.

»Er will, dass du sein Haus bekommst. Hab ich ja geschrieben.« Nils kratzte sich hinter dem Ohr.

»Das Testament liegt in seinem Haus. Ich gebe es dir dann. Allerdings gibt es eine Bedingung.«

Ich kenne das Haus noch gar nicht und soll schon auf irgendwelche Bedingungen eingehen, bevor ich überhaupt weiß, worum es hier geht?, dachte sie.

Tilda sah Nils mit hochgezogenen Augenbrauen an. Jetzt war sie wach. »Eine Bedingung?«

»Hannes liegt das Haus ... ihm lag das Haus sehr am Herzen. Er war sozusagen eins mit ihm. Deshalb hat er dich als Alleinerbin ausgesucht. Er meinte, du wärst die

Einzige, die es verstehen würde.« Er schluckte kurz, und Tilda fragte sich, ob sie es sich einbildete oder ob seine Augen wirklich feucht waren.

Nils räusperte sich. »Er wollte sichergehen, dass du diese Liebe zur Insel noch hast und dass du es auch wirklich verstehst, warum ihm das hier so wichtig war. Seine größte Angst war, dass es gleich verscherbelt wird.«

Tilda wartete ab.

»365 Tage.« Er lehnte sich zurück und sah sie mit vorgeschobener Unterlippe an.

Tilda verstand nicht. Was war mit 365 Tagen? Ein Jahr. Und weiter?

»Ja?«, hakte sie nach.

»Du sollst 365 Tage hier wohnen.«

Es war erst ein Glucksen und Prusten, das sich langsam, aber stetig zu einem nicht mehr unterdrückbaren Lachen entwickelte: Tilda hielt sich die Hand vor den Mund. Es musste der Korn sein oder diese absurde Gesamtsituation. Wie bitte schön sollte das denn gehen?!

»Sorry, aber ...« Sie versuchte sich zusammenzureißen, aber es gelang nicht. Sie holte ein paarmal tief Luft. Dann wagte sie einen erneuten Anlauf. »Das geht nicht.«

»Muss gehen.«

»Nein.«

»Doch.«

Tilda kam sich vor wie ein Kleinkind, das in einer Sandkiste saß und sich mit dem Nachbarsjungen um die Burg stritt.

Sie machte ihren Rücken gerade und sah ihm direkt in

die Augen. »Vermutlich kennen Sie nur meinen Namen und meine Anschrift und seit einer halben Stunde mein Gesicht, aber Sie wissen nicht, was ich beruflich mache. Was natürlich nicht schlimm ist. Aber ich kann Ihnen versichern, dass es nicht umsetzbar ist. Nicht vereinbar. Verstehen Sie?«

Er verstand nicht. Oder er wollte nicht.

»Der Weg hierher«, versuchte sie es noch einmal, »war ja schon eine halbe Weltreise. Wie soll ich hier wohnen und in Hamburg arbeiten? Das funktioniert definitiv nicht.« Sie hob Hände und Schultern und ließ alles kopfschüttelnd wieder fallen.

»Dann wird die Kate an einen Unternehmer verkauft, dem hier eh schon alles Mögliche gehört und der hundertprozentig mehrere Ferienwohnungen oder ein Restaurant da hinklatscht und Hannes' Kate plattmacht.«

Tilda versuchte, ihre Enttäuschung zu überspielen. Sie verschränkte die Arme und fragte: »Kann ich noch einen Kaffee haben? Mit Milch. Bitte.«

Sie sah Nils an, der sich langsam erhob, während er den Blick nicht von ihr ließ, als warte er darauf, dass sie noch etwas sagte. Etwas anderes. Die Szene wirkte fast wie in einem Wild-West-Film. Fehlte nur noch, dass einer von ihnen gleich einen Colt ziehen würde.

Tilda gab das Spiel auf, drehte den Kopf weg und sah wieder raus auf den endlosen hellen Sand und die zierlichen, langen Dünengräser, die sich im leichten Wind bewegten. Seine Schritte entfernten sich.

Der Himmel klarte langsam auf. Vielleicht hatte die

App ja doch recht, hoffte sie und fragte sich, was ihr Onkel überhaupt über sie gewusst hatte und wie er zu dem Schluss gekommen war, dass ausgerechnet *sie* die Richtige für so eine Insel war. Eine Kate mitten im Nichts. Was hatte er sich denn dabei gedacht, sie hier ein Jahr lang festhalten zu wollen? Er kannte sie nicht. Das war die Antwort. Er kannte sie einfach nicht. Wusste nichts von ihrem Leben in Hamburg. Von ihrer täglichen Live-Sendung. Von der Stadt, die sie niemals gegen irgendeine andere eintauschen würde. Erst recht nicht gegen ein Dorf mitten in der Nordsee.

Schade, dachte Tilda und spürte die Enttäuschung in sich. Warum hatte Nils ihr das nicht gleich am Telefon gesagt? Warum hatte sie für diese Nachricht hierherfahren müssen?

Okay, die Insel war wirklich schön, und so ein Wochenende am Strand war sicher auch gerade genau das Richtige für sie. Die frische Luft, die anderen Eindrücke, die Ruhe und auch der Abstand zu den Themen, die sie belasteten. Auch wenn alles, sobald sie zurück wäre, wieder da sein würde. Aber jetzt, hier, konnte sie es immerhin kurzzeitig verdrängen. Ja, sicher war das den Weg wert gewesen.

»Ich hab keine Ahnung von deinem Job«, gab Nils zu und stellte einen Pott Kaffee ohne Milch so vor ihr ab, dass etwas überschwappte, »aber ich weiß, Hannes hat sich was dabei gedacht.«

Tilda sah zu dem Becher. Die pechschwarze Flüssigkeit sah aus, als würde ein Löffel darin stehen bleiben.

»Wat mutt, dat mutt«, stand in schwarzer Schrift auf dem hellblauen Becher.

»Mit Sicherheit«, stimmte Tilda ihm zu und sah wieder hoch. »Nur kannte er mich eben leider nicht. Zumindest nicht so, wie ich jetzt bin, wie ich lebe. Er wusste überhaupt nichts von mir. Hannes kannte nur die kleine Tilda, mit dem Zopf und den Sommersprossen, die sich zu Weihnachten einen kleinen Affen wünschte. Einen zweiten Herrn Nilsson. Was anderes wusste er von mir nicht, denn danach haben wir uns ja leider nicht mehr gesehen. Sonst hätte er sich was anderes ausgedacht«, lenkte Tilda ein, griff nach dem Becher, trank einen Schluck – und versuchte, nicht direkt alles wieder auszuspucken.

Es war grässlich. Sie hatte das Gefühl, flüssigen Teer mit Beigeschmack zu trinken, der ölig durch ihre Kehle lief.

Sie stellte den Becher wieder ab und atmete tief durch. »Ich würde mir die Kate echt gern ansehen. Sonst wäre ich ja gar nicht erst hergekommen, und natürlich habe ich auch nicht vor, sie zu verkaufen. Ich dachte, ich könnte sie – je nachdem wie sie aussieht – etwas renovieren und dann vielleicht an Feriengäste vermieten. Mit AirBnB oder so. Das läuft sicher gut.«

»*Är*-was?«

»AirBnB. Das ist eine Plattform, auf der man private Wohnungen und Häuser zur Miete anbieten kann. Für Urlauber.«

»Plattform«, murmelte er, und Tilda war nicht sicher,

ob er es zu sich selbst oder zu ihr gesagt hatte. Er sah sie mit hochgezogenen Augenbrauen an.

»Na ja, und im Urlaub würde ich natürlich auch mal selbst herkommen«, schob sie schnell hinterher. »Aber ich kann hier«, Tilda sah aus dem Fenster, »nicht ein Jahr lang bleiben. Am Stück. Das geht nicht. Wie soll ich mir das leisten? Ein Jahr nicht arbeiten? Ich meine, was soll ich denn hier bitte schön machen? 365 Tage?«

Die Worte hallten in ihrem Kopf nach, und Tilda reflektierte, dass sie es anders hätte ausdrücken müssen. Diplomatischer, charmanter. Jedenfalls nicht so. So direkt. Ihr saß schließlich ein Mann gegenüber, der vermutlich in irgendeinem Kutter am Strand zwischen eingeholten Fischernetzen zur Welt gekommen war. Der gar nichts anderes kannte als das hier. Das, was sie so infrage stellte.

Nils sah sie ausdruckslos an. »Dann wollen wir mal«, sagte er zum zweiten Mal, seit sie hier angekommen war. Dieses Mal klang es allerdings schon viel weniger bedrohlich. Vielleicht war es ja auch seine nordfriesische Art, überlegte sie. Passte zumindest zu »Wat mutt, datt mutt«. Und jetzt musste er Tilda die Kate zeigen. Dem war eben nichts hinzuzufügen.

Je länger sie darüber nachdachte, desto mehr glaubte sie, zu verstehen, wie Nils Johannsen tickte. Und das gab ihr ein beruhigendes Gefühl. Zumindest war der Gedanke, es hier mit einem leicht geisteskranken Fan zu tun zu haben, der sie herlocken und was auch immer mit ihr machen wollte, vom Tisch. Ingo lag ausnahmsweise mit seiner Küchenpsychologie daneben.

»Was bekommen Sie denn von mir?«, fragte sie und deutete auf den Korn und den Kaffeebecher, der immer noch fast voll war und es auch bleiben würde. »Und das Essen«, ergänzte sie ihre Frage.

»Nix. Passt schon«, sagte er und ging aus der Kate.

»Oh, danke!«, rief sie ihm hinterher, stand auf und folgte ihm.

Er schloss hinter ihnen ab. Über ihnen schrien zwei Möwen um die Wette.

»Wollen Sie nicht ein Schild an die Tür machen, dass Sie gleich wiederkommen oder so?«, schlug Tilda vorsichtig vor.

»Nö. Wenn zu ist, ist zu.«

Ah. Macht Sinn, dachte sie. *Und wenn auf ist, ist auf.* Sie schnappte sich ihr Rad und schob es neben ihm her. Dabei musste sie ein Lachen unterdrücken. Aber langsam fing sie an, den unwirschen Mann mit seinem Vollbart und seinem Fischerhemd zu mögen.

7.

Der Tanenwai war, wie der Fahrer vom Hotel richtig beschrieben hatte, ein Sandweg, der nicht von Autos, abgesehen von Anligern, befahren werden durfte. Er führte vom Leuchtturm im Süden der Insel parallel zur Düne bis nach Nebel. Meterhohe Kiefern säumten den Weg, die nur hin und wieder freie Sicht auf die Heidelandschaft und die grünen Dünen auf der linken Seite zuließen.

Sie gingen das kurze Stück schweigend nebeneinanderher, bis Nils nach rechts zeigte. »Hier ist es.«

Ein schmaler Trampelpfad führte zwischen den Kiefern, kniehohem Gras und wilden Apfelrosen zu einem kleinen weißen Reetdachhaus, das ein Stück entfernt, umkreist von jüngeren Laubbäumen, von der Sonne angestrahlt vor ihr auf einer kleinen Lichtung lag. Es wirkte so, als wolle es sich – hier, abseits des Weges, der eh schon weit weg von allem lag – verstecken. Dabei hatte es das ganz und gar nicht nötig.

Tilda blieb, das Lenkrad des Fahrrades festhaltend, stehen und betrachtete es. Auf dem Weg hierher war sie an so vielen entzückend aussehenden Friesenhäusern vorbeigefahren, aber keines hatte sie so berührt wie nun dieses kleine Haus. Sie überlegte, was es so besonders machte, so anders. Es hatte eine einnehmende Ausstrahlung, etwas Warmes, Einladendes.

Irgendwo hinter ihnen auf dem Weg klingelte jemand wie wild, Kinder riefen sich etwas zu. Sie schienen eine Fahrradrallye zu machen. Tilda bekam es kaum mit. *Hab ich dich schon einmal gesehen?*, fragte sie sich. *Bin ich schon einmal hier gewesen?* Sie fand keine Bilder, keine Momente in ihrer Erinnerung, die sich mit diesem entzückenden Haus deckten.

Langsam schob sie ihr Rad weiter und folgte Nils, der bereits vorgegangen war. Mit jedem Meter, jedem Schritt, den sie sich Hannes' Haus näherte, verstand sie besser, warum er unbedingt wollte, dass sie hierherkam. Aber warum nur, fragte sie sich, wollte er es erst jetzt? Wo er tot war? Warum hatte er nicht schon früher Kontakt zu ihr aufgenommen? Oder war ihm dieser Gedanke wirklich erst gekommen, nachdem er von seiner tödlichen Erkrankung erfahren hatte? Hatte er vielleicht sogar hier, auf der kleinen blauen Holzbank vor der Eingangstür gesessen, die Beine übereinandergeschlagen, Pfeife geraucht und überlegt, was passieren sollte mit alldem hier? Wenn er nicht mehr da war. Oder war er durch die Dünen gezogen, am Strand entlang, hat voller Wut und Verzweiflung über seine tödliche Krankheit Steine in die aufbrausende See geworfen und gegen den Wind angeschrien?

Tilda hörte Nils, der bereits die Tür aufgeschlossen hatte und ins Haus gegangen war, etwas sagen, verstand es aber nicht. Sie stellte ihr Rad ab und folgte ihm die drei Stufen zum Eingang hinauf ins Haus.

Es roch nach abgestandener Luft. Tilda blieb einen

Moment im Türrahmen stehen. Es überkam sie plötzlich das Gefühl, als hielte sie etwas zurück. Es war die Ehrfurcht davor, in dieses fremde Leben einzutauchen – in das, was davon übrig geblieben war.

Alles sah so aus, als würde Hannes hier noch leben. Als wäre er nur kurz in den Garten gegangen. Nichts hätte vermuten lassen, dass die Person, die hier wohnte, tot war.

Tilda trat langsam etwas näher, ging in den Raum, der Wohn- und Esszimmer mit offener Küchenzeile war. Einen Flur gab es nicht, man stand nach Betreten des Hauses direkt im Raum. Links an der Wand befand sich eine Garderobenleiste, an der verschiedene Jacken hingen. Darunter mehrere Paar getragene Schuhe. Sie alle hatten ihn jahrelang begleitet, dachte Tilda, während sie das ausgebeulte, geschundene Leder, die gerissenen und notdürftig wieder verknoteten Schnürsenkel betrachtete. Sie hatten sich von ihm formen lassen, sich angepasst, waren Zeugen langer Wege. Bei jedem Wetter.

Tilda ließ ihren Blick weiterwandern, zu der antiken Kommode unter dem Fenster, deren oberste Schublade etwas geöffnet war. So, als hätte jemand gerade etwas darin gesucht. Direkt daneben stand ein Sofa, über das eine beige Wolldecke gelegt worden war. Davor stand ein kleiner Beistelltisch. Auf der Sofalehne lag Kleidung. Eine Hose und ein Pullover, die darauf hindeuteten, dass es offensichtlich nicht so warm gewesen war in den Wochen, bevor er starb. Oder war er gar nicht mehr rausgegangen in der letzten Zeit? Hatte er auch hier drin, trotz der kleinen Heizung unter dem Fenster auf der rechten Seite und dem Kachelofen in der Ecke, gefroren? Mehrere Stücke gespaltenes Holz lagen direkt davor. Ein Indiz dafür, dass der Ofen regelmäßig in Betrieb gewesen war.

Nils hatte bisher nur dagestanden und nichts gesagt. Nur zugesehen, wie Tilda alles betrachtete. Zum ersten Mal.

Jetzt machte er ein paar Schritte und ging auf ein kleines Bord zu, auf dem ein Umschlag lag, nahm ihn, drehte sich zu Tilda und reichte ihn ihr.

Mein Testament stand in Schreibschrift darauf. Blaue Tinte, mit Füller geschrieben. Ein alter, angegilbter Umschlag.

Einen Moment sahen sie sich schweigend an.

Dann ließ Nils sie stehen, ging weiter durch den Raum und öffnete die beiden Fenster auf der rechten Seite, vor denen ein runder Tisch aus dunklem Holz mit zwei passenden Stühlen stand. Kaffeebecher, ein Teller, gestapelte Zeitschriften, von denen eine aufgeschlagen war.

Tilda sah Nils hinterher. Den Umschlag in den Händen haltend.

Neben der Haustür befand sich eine steile Holztreppe, die nach oben führte, unters Dach. Darunter, hinter der weiß gestrichenen Holzvertäfelung und der Tür, vermutete Tilda eine Abstellkammer.

Ihr Blick wanderte die schmalen Stufen hoch, stockte, hielt inne. »Ist er hier …?«

»Nein. Im Krankenhaus«, erklärte Nils.

Tilda spürte Erleichterung. Der Gedanke, ihr Onkel wäre hier gestorben, hätte alles noch schwerer gemacht – die Fragen, das schlechte Gewissen, das alles. Der räumliche Abstand zum Tod ließ sie tief durchatmen. Ein Hauch frischer Luft kam durch die geöffneten Fenster, über denen jeweils Regalböden befestigt worden waren, auf denen alte Tonkaraffen standen. Direkt über ihnen begann bereits die weiße Holzdecke mit den dunklen Balken, die sich durch den Raum zogen.

Langsam, wie in Zeitlupe, öffnete Tilda den Umschlag und begann, zu lesen.

Zweimal las sie den handschriftlichen Text, den ihr Onkel niedergeschrieben hatte. Beim ersten Mal überflog sie ihn flüchtig, suchte nach Schlagwörtern, die das bestätigten, was Nils gesagt hatte. Beim zweiten Mal las sie alles in Ruhe, betrachtete jedes einzelne Wort.

Es stimmte. Sie war die Alleinerbin. Es gab keine Frau, keine Kinder, keine weiteren Erben. Es gab Pflichtanteile, aber mehr nicht. Das Haus sollte Tilda überschrieben werden. Nach 365 Tagen.

Sie faltete den Briefbogen zusammen und steckte ihn wieder in den Umschlag. Nachdem sie es in der Handschrift ihres Onkels schwarz auf weiß gelesen hatte, fühlte es sich noch einmal ganz anders an.

Langsam schritt sie zur Treppe und stieg Stufe für Stufe nach oben.

Unter den Schrägen des Daches befand sich ein kleines Bad mit Dusche, dessen Fliesen sie an die Fünfzigerjahre erinnerten. Braun-gelbe, quadratische Fliesen, braune Vorleger vor Dusche, Waschbecken und Toilette. Holzvertäfelung an der Schräge. Sie ließ die Tür offen stehen. Ein Raum weiter befand sich das Schlafzimmer, das im Gegensatz zum Bad an Schlichtheit nicht zu überbieten war. Ein typisches Männerschlafzimmer, dachte Tilda, während sie sich nach persönlichen Dingen umsah, abgesehen von dem blau-gestreiften Pyjama, der auf dem ungemachten Bett lag. Fotorahmen, eine alte Uhr, die er hier vielleicht abgelegt hatte, ein Buch, in dem er gerade gelesen hatte, irgendetwas. Aber da war nichts außer einem Stofftaschentuch und mehreren Packungen unterschiedlicher Tabletten auf dem kleinen Nachttisch, der zum Bett passte. Tilda kam der Gedanke, dass die Schmerzmittel vielleicht das Persönlichste waren, das es gab.

Sie hätte gern ein Foto von ihm entdeckt, ein Bild, das ihn zeigte, wie er ausgesehen hatte, früher, vor seiner Krankheit.

Natürlich hatte er kein Bild von sich selbst aufgestellt. Männer machten so etwas nicht, überlegte Tilda und fragte sich, warum Frauen so etwas taten. Und warum es ihr nur bei einem Mann merkwürdig vorkam.

Ihr Blick blieb am Bett hängen. Ein Doppelbett mit nur einer Decke, einem Kopfkissen. Er hatte hier allein gelebt.

Tilda drehte sich um und ging die steile Treppe mit eingezogenem Kopf vorsichtig Stufe für Stufe wieder runter, während sie sich am Geländer festhielt.

Nils war nicht mehr da.

Tilda trat aus der Haustür und entdeckte ihn auf der blauen Holzbank neben dem Eingang. Er hatte die Beine übereinandergeschlagen und sah gedankenverloren auf einen Punkt, der irgendwo zwischen hohen Gräsern und jungen Birken am Rande der Lichtung lag. Musste er nicht längst wieder in seine Fischerklause? Hielt sie ihn auf? Sie hatte sich so viel Zeit genommen, sich alles in Ruhe angesehen, und gar nicht daran gedacht, dass er wieder zurückmusste.

»Wenn Sie möchten, dann können Sie auch gern wieder zurückgehen und mir einfach den Schlüssel hierlassen. Ich möchte Sie nicht aufhalten. Nicht, dass Gäste vor der Tür stehen und …«

Nils machte eine wegwerfende Handbewegung. »Ach was. Und wenn schon.«

»Okay, dann …« Tilda legte den Umschlag zurück auf das Board und ging die Stufe runter in den Garten. Vor dem Fenster lag gestapeltes Holz, ein Holzblock, eine Axt. Sie sah sich um. Die Lichtung war der Natur überlassen worden. Lediglich ein paar Meter um das Haus herum war hin und wieder der Rasen gemäht worden. Aber es gab weder Blumenbeete noch andere Hinweise darauf, dass hier vielleicht einmal eine Frau gelebt hatte.

»Hatte mein Onkel eine Freundin?«, wollte sie wissen und sah Nils neugierig an.

»Nö.«

»Nie? Also, ich meine, in all den Jahren, die er hier lebte, keine einzige Frau?«

»Doch. Es gab mal die eine oder andere. Aber das

waren keine ernsten Sachen.« Er grübelte und schob hinterher: »Dörte, die war eine Weile da, aber irgendwann ist sie wieder zurück aufs Festland. Die hat es hier nicht lange ausgehalten.«

Das macht ja Mut, dachte Tilda, obwohl sie nicht vorhatte, hier länger als ein Wochenende zu bleiben.

»Wie lange hat er denn hier gelebt?«

Nils schob seine dicke Unterlippe nachdenklich vor und murmelte nach einer Weile: »So 18, 19 Jahre werden es wohl gewesen sein, schätze ich mal.«

Das Erbe von seinen Eltern, überlegte Tilda. *Er hat es in die Kate gesteckt.* Obwohl sie definitiv keine Ahnung von den Immobilienpreisen auf Amrum hatte, vermutete sie, dass etwas von dem Erbe übrig geblieben sein musste. Seinen Eltern hatten schließlich mehrere Schlachtereien gehört, inklusive der Immobilien, in denen diese sich befanden. Zumindest hatte sie es so verstanden. Aber vielleicht war das auch falsch?

Tilda sah Nils an und wollte gerade etwas fragen, als ihr auffiel, dass er die Augen geschlossen hatte. *Ein Nickerchen, fein*, dachte sie, ließ ihn auf der Bank in Ruhe schlummern und ging links um das Haus herum.

Die Seite des Gebäudes kam ihr merkwürdig lang vor, während sie merkte, dass das Grundstück leicht anstieg. Von vorn betrachtet, war die Kate recht schmal und wirkte sehr klein. Aber jetzt erstreckte sie sich über mindestens das Doppelte von dem, was Tilda im Haus an Metern geschätzt hätte. Was befand sich auf der Rückseite? Vielleicht eine Werkstatt? Ein Geräteschuppen, der direkt angrenzte? Eine Garage konnte es auf keinen Fall sein. Ein Wagen wäre niemals aufs Grundstück gekommen. Dafür war der Trampelpfad viel zu schmal. Außerdem gab es keinerlei Reifenspuren, außer denen ihres Rades.

Und noch etwas sprach dagegen: Tilda entdeckte ein Fenster, von dem sie sicher war, dass es nicht zu Hannes' Wohnzimmer gehörte. Sie ging an ihm vorbei, konnte aber im Innern nichts erkennen, da es dort dunkel war. Sie lief um die Hausecke herum und sah zu ihrer Überraschung weitere Fenster sowie eine Haustür. Allerdings führten hier keine Stufen zum Eingang, was daran lag, dass die Kate auf einer leichten Erhebung stand. Genau wie vorn befanden sich quadratische Fenster rechts und links von der Tür, allerdings mit Gardinen, die zur Seite gerafft worden waren, sodass der Stoff in weichen Bögen die Sicht in den Raum verhinderte. Tilda blieb stehen und betrachtete alles. Die Bank, die nicht blau, sondern irgendwann einmal weiß gewesen war und die jetzt an den meisten Stellen durch das Moos und die Spuren, die die Jahreszeiten hinterlassen hatten, eher grün aussah. Die Harke, die an der Wand lehnte, die kleinen Blumenbeete vor den Fenstern, die schon lange nicht mehr gepflegt worden waren. Es sah alles sehr verlassen aus. Verlassener als vorn. Tilda wollte gerade zurück zu Nils gehen, um ihn zu fragen, was es mit alldem hier auf sich hatte, als ihr einfiel, dass er eventuell wirklich schlief. Den Brummbären wecken war etwas, das sie auf keinen Fall wollte. Jetzt, wo er gerade etwas handzahmer wurde, wollte sie nicht riskieren, ihn wieder mürrisch zu stimmen.

Sie trat vor die Haustür und klopfte. Nichts tat sich. An der Seite hing eine gusseiserne, alte Glocke. Tilda zog an dem Strick und läutete lauter, als es ihr lieb war: Die Glocke war zwar nicht größer als ihre Handfläche, hatte aber die Lautstärke eines bellenden Dackels. Spätestens jetzt war Nils vermutlich wach.

Tilda wartete, sah sich um, klopfte noch einmal. Nichts passierte. Aus purer Neugierde streckte sie die Hand nach dem Türgriff aus, hielt kurz inne und drückte ihn schließlich doch runter.

Die Tür war nicht verschlossen. Sie ließ sich leise quietschend öffnen. Vorsichtig sah sie um die Ecke in die Wohnung und fragte: »Hallo? Ist da jemand?« Niemand antwortete.

Der Grundriss stimmte nicht ganz mit dem von Hannes' Wohnung überein. Es gab ein Wohnzimmer mit Sofa und Essecke, einer Küchenzeile und einer steilen Treppe nach oben unters Dach. Allerdings wirkte der Raum insgesamt viel kleiner, was unter anderem auch daran lag, dass sich auf der rechten Seite noch eine relativ breite Nische befand, vor der ein Vorhang aus Stoff hing.

Tilda trat in den Raum und rief noch einmal ein wenig lauter: »Haaallo?«

Wieder keine Antwort. Es schien wirklich niemand da zu sein. Oder wohnte hier gar keiner? War es eventuell eine Art Gästetrakt? Tilda verwarf den Gedanken sofort wieder. Das, was sie bisher von Hannes mitbekommen hatte, deutete nicht darauf hin, dass er viel Besuch gehabt hatte. Eine Ferienwohnung für Urlauber? Hatte Hannes sich etwas Geld dazuverdient, indem er diesen Teil der Kate vermietet hatte?

Tilda sah sich einen Augenblick um und musste ziemlich schnell feststellen, dass sie hier keine Ferien hätte machen wollen. Das Mobiliar, das antike Sofa mit dem Holzrahmen, das an das von Loriot erinnerte, die Stühle am Esstisch mit dem grün-braun gestreiften Stoff, die Küchenzeile – alles sah gebraucht und altmodisch aus. Und viel zu plüschig. Es erinnerte sie an die Wohnung von Oma Irma. Tilda ging weiter durch den Raum bis zu dem Vorhang und schob ihn ein Stück beiseite, sodass sie sehen konnte, was sich dahinter befand.

In dem Moment bliebt ihr fast das Herz stehen. Sie schnappte erschrocken nach Luft.

Später wusste sie nicht mehr, was zuerst da gewesen war. Das Gefühl, der Boden unter ihren Füßen würde wanken. Oder ihr schriller Schrei, der überging in ein Schimpfen – das nicht von ihr kam. Eins wusste Tilda aber auf alle Fälle: Das Bild der alten Frau, die in dem Bett hinter dem Vorhang lag und die bisher geschlossenen Augen weit aufriss, als Tilda sie ansah, würde sie nie wieder vergessen!

Tilda ließ den Stoff los, machte ein paar Schritte rückwärts, riss dabei einen der Holzstühle um, fiel beinahe, stolperte und fing sich wieder.

Hinter dem Vorhang ging das Schimpfen weiter. Allerdings verstand Tilda kein einziges Wort von dem, was die alte Frau da von sich ließ. »God bewoore! Ferdreit noch ens tu!«

Was war das? Friesisch? Plattdeutsch? Dänisch? Tilda verstand absolut nichts. Wobei das ein sekundäres Problem war. Sie hatte den Schock ihres Lebens bekommen! Und damit war sie offenbar nicht allein, so wie die alte Frau zeterte.

Hinter ihr hörte sie Nils fragen: »Was ist denn hier los?« Er stand im Türrahmen und sah Tilda an, als wäre sie eine Einbrecherin. Was ja ein Stück weit auch stimmte.

»Das ... Da liegt eine ... Frau!«, stammelte sie entsetzt.

»Ja, klar. Ich weiß«, antwortete er trocken.

Tilda sah ihn völlig fassungslos an. »Bitte? Du wusstest das? Warum ... Warum hast du mir das denn nicht gesagt?!«, platzte es aus ihr heraus, und ihr fiel auf, dass sie ihn vor lauter Schreck einfach duzte.

»Du hast nicht gefragt«, lautete die knappe Antwort.

»Warum sollte ich bitte schön fragen, ob hinter einem Vorhang in einer Kate, die ich erben soll, eine ältere Frau liegt?«

Wie aufs Kommando begann hinter dem Vorhang das Schimpfen, das in dem Moment, als Nils in den Raum getreten war, aufgehört hatte, von Neuem. »Ik liaw ik span! Det wuard hir jo altidjs bruketer! Komt doch det diar wil frääm minsk hir iin ragelt an dä uk noch so, üs wan ik hir ei hen hiar – oober hat! Ei tu lianen!«, beschwerte sich die alte Frau lauthals, ohne dass Tilda auch nur den Hauch einer Ahnung davon hatte, was sie da von sich gab.

»Ich frage ja auch nicht, ob in dem Fischbrötchen neben dem Matjes und den Zwiebelringen auch noch ein Autoschlüssel versteckt liegt!«, sagte sie zu Nils. Der Vergleich hinkte, musste sie sich eingestehen, aber ihr war auf die Schnelle nichts anderes eingefallen.

»Du hast doch gesagt, du lässt dich gern überraschen.«

»Hab ich?!«

»Jo.«

Tilda holte tief Luft und zog den Reißverschluss ihrer Jacke runter. Ihr war warm.

»God uun a hemmel – hää am do ei ens muar uunt baad si rau?«

Nils ging durch den kleinen Raum auf den Vorhang zu und zog ihn mit Schwung beiseite. Tilda sah an Nils vorbei zu der Frau, die immer noch genauso dalag wie in der Sekunde, als sie sie entdeckt hatte.

»Gud dai, Trude. Entskilage dat ik stiar. Ik hed ham det wel iarer sai skulen.« Er drehte sich ein Stück zu Tilda um und erklärte: »Det as Tilda. De Nichte faan Hannes. Dü widjst jo ...«

Tilda sah abwechselnd von einem zum anderen. Was hatte er da gerade gesagt? Und was wusste die alte Frau? Dass sie, Tilda, die Erbin war? Sofern sie hier 365 Tage leben würde. Oder was hatte er gemeint?

»Ja ja. Könst det reiluk rauag weder tutji. Ik sterew leewer üs dat ik hir ütjtji!«

»Sagt ja keiner, dass du ausziehen musst. Sie bleibt eh nicht hier.«

»Ich gehe hier nicht weg. Punkt!«

»Schon gut, Trude. Ruh dich noch ein bisschen aus.«

»Ich hab mich genug ausgeruht. Mein Haltbarkeits-
datum ist abgelaufen. Zieh zu!«

Nils lächelte sie milde an, dann zog er den Vorhang
wieder zu.

Tilda sah ihn mit angehobenen Händen fragend an.
»Hallo? Ich verstehe kein Wort. Ist das Friesisch? Was hat
sie gesagt?«

»Öömrang.«

»Bitte?!«

»Wir sprechen hier Öömrang auf Amrum«, erklärte er
und ging an Tilda vorbei nach draußen.

Kopfschüttelnd folgte sie ihm, blieb an der Tür kurz
stehen und sagte zu dem Vorhang: »Entschuldigung, ich
wollte Sie nicht erschrecken.« Auf Hochdeutsch. Ob der
Vorhang das verstand, war fraglich, dachte sie, ging zurück nach draußen und zog die Tür wieder hinter sich
zu.

Nils stand vor einem uralten Apfelbaum und sah sich die
kleinen grünen Äpfel an, die noch eine Weile brauchen
würden, ehe man sie pflücken konnte. Er machte einen
tiefenentspannten Eindruck. Im Gegensatz zu Tilda, die
das Gefühl hatte, dringend noch einen Korn trinken zu
müssen.

»Ich glaube, ich habe mir das gerade spontan anders
überlegt. Das mit den Überraschungen. Falls es also
noch etwas geben sollte, was du mir sagen möchtest«,
sie sah sich auf dem Grundstück um, »irgendwelche

anderen Mitbewohner oder so – raus damit. Ich bin ganz Ohr!«

»Nö.«

»Was? Nö?«

»Gibt's nicht.«

»Aha«, murmelte sie und ließ sich auf die Bank vor dem Haus fallen. Sie musste dringend ihren Herzschlag wieder auf Normalmodus bringen. »Hätte ich geahnt, dass da ... dass hier jemand wohnt, dann wäre ich doch niemals da reingegangen! Die arme Frau muss sich ja zu Tode erschrocken haben! Von mir mal ganz abgesehen!« Sie sah kopfschüttelnd auf den Boden und stellte sich vor, sie selbst hätte da drin gelegen, und plötzlich hätte ein Fremder an ihrem Bett gestanden. Sie wäre tausend Tode gestorben!

»Was hat sie denn gesagt?«, hakte Tilda nun nach.

»Trude denkt, dass sie hier rausmuss, wenn du das Erbe antrittst. Alte Bäume pflanzt man nicht um. Das überleben sie nicht.«

»Aber das habe ich ja gar nicht vor. Also, sie hier rauszuschmeißen. Außerdem weiß ich auch gar nicht, wie ich das hinkriegen soll. So, wie es aussieht, kann ich das Erbe ja eh nicht antreten«, überlegte sie laut und spürte erneut ein Quäntchen Wehmut. Gleichzeitig ärgerte sie sich über Hannes und seine Bedingung.

»Hab ich ihr auch gesagt«, erklärte er knapp.

»Wohnt sie hier denn immer? Also, ich meine, hat sie hier mit Hannes zusammen gewohnt? Jeder in seiner ... Hälfte?«

»Jo. Sie war schon da, als Hannes das Haus gekauft hat. Deshalb war es wohl auch nicht ganz so teuer. Trude hat Wohnrecht. Das hatte der Vorbesitzer so festgelegt. Lebenslang.«

»Aber warum hat sie denn jetzt Angst, dass ich sie vor die Tür setzen würde? Davon abgesehen, dass ich ja gar nicht wusste, dass sie hier wohnt.«

»Du könntest Eigenbedarf anmelden oder wie das heißt. Dieses Versprechen mit dem lebenslangen Wohnrecht, das war eher so eine freundschaftliche Sache. Mündlich, mit Handschlag. Das hatte der nie irgendwo aufgeschrieben oder so. Aber für Hannes war das kein Thema. Die beiden haben sich sogar ganz gut verstanden. Sie ist zwar manchmal etwas mürrisch oder eigen, aber hin und wieder hat sie was gekocht und ihm einen Topf vor die Tür gestellt. Solche Sachen eben. Oder er war im Dorf und hat ihr was mitgebracht.« Nils kam auf sie zu und setzte sich neben sie auf die Bank. »Im Grunde waren sie ja beide einsam«, fügte er hinzu.

»Hat sie denn gar keine Familie?«

Nils schüttelte den Kopf. »Ihr Mann ist schon vor einer Ewigkeit gestorben. Kinder hatten sie keine. Es gibt irgendwo noch einen Neffen. Aber der kommt nur alle paar Jahre mal her. Der ist vom Festland.«

Festland. Das klang, wenn er es sagte, wie Ausland. Wie ein anderes, weit entferntes Land, das man nur mit größten Schwierigkeiten unter Einsatz seines Lebens erreichte.

»Gott, wie traurig«, stellte Tilda fest. Ihr tat die alte Frau leid. Und jetzt war auch noch Hannes weg.

»Tja. Ich glaube ich hätte an ihrer Stelle auch keinen Bock mehr«, stellte er trocken fest.

»Wie? Keinen Bock? Will sie nicht mehr leben?«

Nils drehte sich zu ihr. »Würdest du noch leben wollen, wenn du da hinterm Vorhang liegen würdest?«

Er drehte sich wieder zurück und sah in Richtung des kleinen, alten Apfelbaumes, der sicher auch schon etliche Jahrzehnte auf dem Buckel hatte. Seine Rinde sah brüchig und verknorpelt aus. Moos wuchs am Stamm bis in die unbeschnittenen Äste hoch. Die Wassertriebe schossen senkrecht gen Himmel. Und trotzdem trug er unzählige kleine Äpfel.

»Aber«, Tilda folgte seinem Blick, dann sah sie ihn wieder an, »du willst mir doch jetzt nicht erzählen, dass sie den ganzen Tag rund um die Uhr da hinter dem Vorhang liegt?!«

»Nein. Natürlich nicht«, entgegnete er. »Aber sie ist eine alte Frau. Da hat man irgendwann halt keine Lust mehr.«

»Wer kauft denn jetzt für sie ein?«, wollte Tilda wissen.

»Da kommt einmal die Woche jemand von der Gemeinde, guckt nach ihr und bringt die nötigen Einkäufe rum. Und wenn mal was Dringendes ist, ruft sie mich an.«

Einmal die Woche. Tilda fragte sich, wo die ungewollte Einsamkeit begann und die gewollte Ruhe aufhörte. Vielleicht hatte sie diese kleine Wohnung irgendwann einmal vor vielen Jahren bezogen, weil sie damals etwas Abgelegenes gesucht hatte. Die unmittelbare Nähe zum Meer, die Stille. Aber jetzt? War es jetzt immer noch das Richtige?

»Wie alt ist sie denn eigentlich?«

Nils schob wieder seine Unterlippe vor, was er offenbar immer tat, wenn er nachdachte, und schätzte: »Irgendetwas mit 90, 91? Hmmm, bin gerade nicht sicher.«

91 und lebenslanges Wohnrecht. Das hatte etwas Skurriles, fand Tilda, dachte an Irma und stellte fest, dass ihre Oma wesentlich fitter wirkte für ihr Alter. Aber sie hatte die Frau ja auch nur liegend in ihrem Bett gesehen. Vielleicht hatte sie auch einen falschen Eindruck bekommen, aber auf sie machte diese Trude einen wesentlich älteren Eindruck als ihre Oma. Natürlich durfte man mit neunzig plus auch aussehen wie neunzig plus, keine Frage! Aber es gab eben doch große Unterschiede. Nicht nur mit neunzig. Auch mit vierzig.

»Ich weiß ja nicht, was dieser Inverstor, oder wer das auch immer sein mag, mit der Kate plant, wenn ich das Erbe nicht antreten kann, aber ich bin die Letzte, die eine alte Frau vor die Tür setzt! Meinetwegen kann sie liebend gerne hierbleiben. Sag ihr das bitte. Sicher beruhigt sie das.«

Nils brummte ein »Hmmm«, das die Tonlage eines »Okay« oder »Mach ich« hatte. Dann stand er auf und ging. Allerdings nicht zur Tür, um Trude die frohe Botschaft zu bringen, sondern an der Haustür vorbei um die Ecke.

Tilda sah ihm erstaunt hinterher. Schließlich stand sie auf und folgte ihm, das leicht abschüssige Grundstück an der Hauswand entlang, und rief ihm schließlich hinterher: »Wo willst du denn hin?«

»Da, wo ich hin muss.«

»Aha. Ja, dann«, Tilda blieb stehen und sah ihm nach, wie er zwischen Kiefern und Apfelrosen den Trampelpfad zurück zum Tanenwai ging, auf dem Spaziergänger und Radfahrer vorbeizogen, bis er hinter den grünen Büschen verschwunden war.

8.

Tilda blieb lange einfach so stehen. Der Himmel war strahlend blau, von der Wolkendecke war nichts mehr zu sehen.

Nach einer Weile überlegte sie, ob sie zurück ins Haus zu der alten Frau gehen sollte. Um ihr das zu sagen, was sie ihr sagen wollte. Auf Hochdeutsch. Vielleicht beruhigte sie das ein wenig?

Doch dann verwarf sie den Gedanken wieder. Sicher machte Trude jetzt ihr Mittagsschläfchen, und noch einmal wollte sie die Alte auf gar keinen Fall wecken. Sie drehte sich um, sah, dass Hannes' Haustür offen stand und ging zurück. Der Schlüssel steckte. Im Türrahmen blieb sie stehen und betrachtete den Raum, fragte sich, was ihr Onkel hier den ganzen Tag gemacht hatte, ob er Hobbys gehabt hatte, Freunde, welche Musik er gemocht hatte. Langsam ging sie durch den Raum, geradeaus auf das Bücherregal zu, das zwischen Küchenzeile und Kachelofen stand. Die Regalböden waren gefüllt mit Büchern, Zeitungen, Papierkram. Kein Zentimeter Platz für etwas anderes. Für einen Bilderrahmen. Und wenn hier einer gestanden hätte, fragte sich Tilda, wessen Foto hätte er aufgestellt? Wer stand ihm nahe?

Es roch, seitdem die Fenster und die Tür offen standen, nicht mehr ganz so muffig. Frische Luft vom Meer strömte durch den Raum und verdrängte alles andere. Nur ein Rest war geblieben. Eine Mischung aus abgestandener Luft und einer Person, die Tilda nicht kannte. Nicht mehr.

Sie überlegte, ob sie etwas mitnehmen sollte. Etwas, das sie an Hannes erinnern würde. Wer wusste schon, was mit all seinen Sachen passieren würde? Sicher kam das meiste von dem, was sie hier sah, weg.

Mit leicht schiefem, zur Seite gesenktem Kopf las sie die Titel der Bücher auf deren Buchrücken. Amrum 1997, Amrum 1998 ... mindestens zehn Jahrbücher standen hier. Daneben befand sich ein größerer Bildband über die Sturmflut, ein Vogelbestimmungsbuch, bei dem sie kurz an den Mann von der Fähre denken musste, und ein Krimi, dessen Autor sie nicht kannte. Tilda richtete sich wieder auf. Vor einem der Bücher entdeckte sie auf dem verstaubten Regal eine Muschel und einen hühnereigroßen Bernstein, der ihr auf dem dunkelbraunen Holz zuvor gar nicht aufgefallen war. Bernsteinschmuck war definitiv nicht ihres. Wenn sie ehrlich war, fand sie es sogar extrem gruselig, was teilweise in den Schaufenstern mancher Urlaubsorte an den Küsten so auslag. Aber dieser Bernstein hier hatte etwas Anziehendes. Sie nahm ihn in die Hand, in der er glatt und warm lag.

Ein lautes, verzweifelt klingendes Geräusch riss sie aus ihren Gedanken. Tilda hielt kurz inne, vernahm den hohen Ton noch einmal, ging schnell raus und sah sich suchend um.

Es war ein helles, dünnes Hilfe suchendes Fiepen, das

aus Richtung der Kiefern kam. Den Stein in der einen Hand hielt sie die andere schützend über die Augen, um im Gegenlicht besser sehen zu können. Jetzt erkannte sie eine Bewegung in den Ästen. Ja, genau vor ihr im Baum war irgendetwas los. Hastig ging sie die Stufen in den Garten runter und näherte sich dem Baum. In der Sekunde flog ein schwarzer, großer Vogel über sie hinweg. Eine Krähe! Tilda erkannte gerade noch, dass der Vogel etwas im Schnabel hatte, dann war er auch schon mit wenigen Flügelschlägen davongeflogen.

Sie ging weiter auf die Kiefer zu, blieb direkt an dem Stamm stehen und blickte hinauf. Als sie gerade aufgeben wollte, weil sie zwischen den kahlen Ästen nichts erkennen konnte, hörte sie es über sich flattern. Die Krähe war zurückgekehrt und hatte sich hoch über ihr auf einen Ast gesetzt. Tilda blieb regungslos stehen. Den Kopf im Nacken beobachtete sie den schwarzen Vogel, der seinen Kopf leicht schräg hielt und zu ihr runterzuschauen schien. Einen Moment lang dachte Tilda, er würde wieder wegfliegen, als er seine Flügel ausbreitete, doch dann sah sie, was er vorhatte: Hüpfend flatterte er zwei, drei Äste weiter, steckte seinen Kopf in eine Astgabelung, woraufhin sofort wieder ein wildes Fiepen begann, zog etwas mit seinem Schnabel heraus und flog davon. Er hatte sich ein Eichhörnchenbaby genommen! Tildas Herz blieb fast stehen. So ein mieses Miststück! Während sie angestrengt überlegte, was sie tun konnte und die wenigen Möglichkeiten – zu denen definitiv nicht klettern gehörte – durchspielte, entdeckte sie über sich erneut den Vogel. Oder war es ein anderer? Egal. Die blöde Krähe hatte die gleiche Absicht. So viel stand fest. *Nicht mit mir, du Aas!*, dachte Tilda und grübelte angestrengt darüber nach, wie sie es verhindern konnte, dass noch ein Minieichhörnchen entführt und bei lebendigem Leib gefressen werden würde. Hektisch sah sie sich nach etwas um, womit sie werfen konnte. Ein Ball wäre jetzt genau das Richtige, aber hier lagen weit und breit nur Kiefernzapfen herum, und die waren nicht schwer genug, um damit eine Krähe abzuschießen, die ein paar Meter über ihr in den Ästen saß.

In einer Ecke unter einer wilden Apfelrose entdeckte sie einen alten grünen Plastikeimer, der über und über mit Moos bedeckt war. Tilda rannte auf die schulterhohe Hecke zu, bückte sich und zog den Eimer am Henkel heraus. Gerade als sie sich umdrehte, um zurück zu der Kiefer zu rennen, flog die Krähe mit dem nächsten fiependen Eichhörnchenbaby, das noch ganz nackt war, im Schnabel davon.

»Du verdammtes Mistvieh!«, schrie Tilda voller Wut und rannte dem Vogel, der Richtung Tanenwai flog, hinterher, blieb schließlich stehen, holte aus und schmiss mit aller Kraft, die sie hatte, nach der Krähe. Als wär der Eimer eine Diskusscheibe. Oder eine Bleikugel.

Ihre Drehung hatte auf alle Fälle mehr Schmackes, als sie erwartet hatte. Der Eimer flog an einer ganzen Reihe von Kiefern vorbei und stoppte während des Fluges tatsächlich jemanden.

Es war nur nicht die Krähe. Der Radfahrer war wie aus

dem Nichts plötzlich von links gekommen, als der Eimer ihn am Kopf traf. Der Radfahrer fiel augenblicklich zur Seite und landete mitten auf dem Sandweg.

Tilda schlug sich vor Schreck die Hand auf den Mund und unterdrückte damit einen lauten Aufschrei.

»Scheiße!«, hörte sie den Radfahrer nun schimpfen. »Was war das denn?«

Sie lief die letzten Meter auf ihn zu, bückte sich und wollte ihm hochhelfen. Der Mann war vermutlich Mitte bis Ende vierzig, braun gebrannt, trug ein weiß-blau gestreiftes T-Shirt und eine kurze Bermuda. Leider. Eine längere Hose wäre bei diesem Sturz hilfreich gewesen. Die Seite, auf die er gefallen war, war aufgeschürft. Sein Ellenbogen blutete.

»Oh Gott! Entschuldigung! Das wollte ich nicht«, stammelte Tilda, griff nach dem Lenker und zog das schwarze Hollandrad hoch, während der Mann langsam aufstand, seine Wunden betrachtete und vorsichtig den Sand abklopfte. »Ich hol schnell frisches Wasser und ein Tuch! Moment«, sagte sie, schob das Rad neben einen der Bäume und lehnte es dagegen. Der Vorderreifen war verbogen, wie sie beim Schieben feststellte. So ein Mist! Warum hatte sie denn nicht geguckt, bevor sie geworfen hatte?

»Was war das denn?«, fragte der Mann entsetzt und tastete seinen Arm ab, während er sich suchend umsah.

»Das, also … das war ein Eimer«, erklärte Tilda kleinlaut, senkte den Blick und tat so, als suche sie auf dem Boden den kleinen, vermoosten Übeltäter. Die Wahrheit war allerdings, dass sie sich nicht traute, dem Typen in die Augen zu sehen. Er sah gut aus. Verdammt gut, so viel hatte sie in der kurzen Zeit erkennen können. *Vermutlich ist er mit seiner Familie hier und macht Urlaub*, schoss es ihr durch den Kopf. Hübsche Frau, zwei kleine Kinder und ein Golden Retriever – nein, vermutlich ein Doodle, ein Welpe. So einen hatte heute ja jeder. Tja, schade. Wenn man in einem Ferienparadies wohnte, traf man zu 99 Prozent Urlauber, also Menschen, die irgendwann wieder abreisten, überlegte sie und hob vorsichtig den Blick.

»Wirfst du öfter mit Eimern um dich?«, duzte er sie selbstverständlich und konnte sich ein schiefes Grinsen nicht verkneifen.

»Eher selten. Also, eigentlich nie. Um ehrlich zu sein. Es war das erste Mal. Glaube ich«, murmelte Tilda und kam sich vor wie ein kleines Mädchen, das Blödsinn gemacht hatte. Das mit dem Blödsinn stimmte ja auch. Sie war nur kein kleines Mädchen mehr. Erschwerend kam hinzu, dass der Typ nicht nur gut aussah, sondern auch noch sympathisch war.

Sie rechnete mit allem: Polizei, Anzeige wegen Körperverletzung, Schmerzensgeld, was auch immer, aber nicht mit dem, was dann kam. Er sah an Tilda vorbei Richtung Garten. Tilda folgte seinem Blick. Neben dem Trampelpfad, der zu ihrer Kate führte, standen alte Stühle, die Hannes dort hingestellt haben musste. Trude war es wohl kaum gewesen. Es sah so aus, als hätte er geplant, sie wegzubringen oder als würde die Sperrmüllabfuhr zeitnah kommen. Vielleicht hatte er angefangen auszumisten.

»Ziehst du um?«, fragte der Typ und sah sie fragend an.

»Nein. Ich bin gerade erst angekommen. Und ich… ich wohne hier auch gar nicht. Nicht richtig. Also, eigentlich nicht«, erklärte sie mit einem entschuldigendem Lächeln im Gesicht.

»*Eigentlich nicht* klingt nach eigentlich würdest du gern«, stellte er fest, während er seinen Kopf von einer zur anderen Seite neigte, so, als wollte er testen, ob alles noch funktionierte.

»Findest du?«, fragte sie irritiert.

»Ja, schon.«

»Alles okay?«, wollte sie wissen, während er seinen Nacken massierte. »Ich meine, mit dem Kopf. Hast du Kopfschmerzen? Oder Übelkeit? Ich kann auch…« Tilda brach mitten im Satz ab, ging auf die alten Stühle zu, schnappte sich einen und stellte ihn vor dem Mann ab. »Wir haben offensichtlich genug Stühle hier«, stellte sie fest.

»Ach, danke.« Er betrachtete den Stuhl, dann setzte er sich mit einem Seufzen. Tilda hatte den Verdacht, dass es ihm doch irgendwo wehtat, er es aber nicht zugeben mochte.

Einen Moment überlegte sie, dann holte sie sich auch einen Stuhl. Schienen ja zu halten. Und hier blöd neben ihm zu stehen fühlte sich irgendwie auch nicht richtig an.

»Soll ich ein Glas Wasser holen oder vielleicht doch ein feuchtes Tuch?«

»Alles bestens. Es geht schon. Danke!« Er drehte sich zu dem Haus um, dann sah er Tilda an. »Ich muss zugeben, ich habe es nicht ganz verstanden. Das mit dem Haus.«

»Ich auch nicht«, stellte Tilda lachend fest. »Ach, lange Geschichte. Die Kate hat meinem Onkel gehört, Hannes, der gerade gestorben ist. Ich bin zu meiner großen Überraschung die Alleinerbin. Allerdings hat er verfügt, dass ich hier mindestens ein Jahr leben muss, bevor mir das Häuschen überschrieben wird.« Tilda sah an den Kiefern und Birken vorbei zu dem Haus, das dort, mit offener Tür, stand. Fast so, als wollte es sagen: *Komm rein.*

»Wow! Netter Onkel«, stellte er fest. »So einen hätte ich auch gern! Die Häuser hier haben meiner Meinung nach die beste Lage auf der ganzen Insel«, sagte er und zeigte zur Düne. »Das Meer direkt vor der Tür. Mehr geht nicht.« Dann stellte er, bevor Tilda etwas dazu sagen konnte, fest: »Die sind echt bequem!«, und lehnte sich in seinem Stuhl zurück.

»Ja, stimmt.«

»Wenn du sie nicht haben willst, also, ich würde sie nehmen, aufarbeiten und benutzen«, sagte er, drehte sich zu ihr und reichte ihr die Hand. »Ich bin übrigens Bent.«

»Tilda«, sagte sie und sah auf seinen Ellenbogen. »Ich weiß nicht, ob im Bad Pflaster sind. Aber ich kann mal schnell schauen.«

»Ach was, alles gut. So wild ist das auch nicht«, meinte er, sah sich erst die Abschürfungen an seinem Arm an, dann ihr direkt ins Gesicht und fragte: »Warum hast du überhaupt mit dem Eimer geworfen?«

Beim Blick in seine Augen hatte Tilda das Gefühl, ihr Gehirn würde aussetzen. Was hatte er gefragt? Der Eimer?

»Na ja«, sie kratzte sich am Nacken, »der Eimer war eigentlich eine Waffe.«

»Gegen harmlose Fahrradfahrer? So wirst du hier aber keine Leute kennenlernen. Oder gerade so! Vielleicht nur etwas … plump.« Er lachte und sah sie verschmitzt an. »Ein einfaches Hallo hätte es auch getan. Vielleicht beim nächsten Mal.«

Jetzt musste Tilda auch lachen. »Ich wollte das Eichhörnchenbaby vor dieser grässlichen Krähe retten«, erklärte sie und erzählte, wie es zu dem Eimerweitwurf gekommen war.

»Ich kann dir die Stühle rumfahren, wenn du willst«, schlug sie dann vor, ohne einen Schimmer zu haben, wie sie das anstellen sollte ohne Auto. »Als kleine Wiedergutmachung. Falls das reicht. Ansonsten …«

»Nee, reicht nicht«, sagte er mit ernster Miene. Tilda blieb das Herz stehen. Hatte sie sich doch in ihm geirrt? Kam jetzt das, womit sie eigentlich gleich nach dem Sturz gerechnet hatte?

»Ein Kaffee müsste es mindestens noch sein. Oder besser: Cappuccino.« Er lächelte sie wieder so an, dass ein Schauer durch ihren ganzen Körper zog.

»Puh! Ich dachte schon. Klar! Gleich hier, auf den

Stühlen, mit Blick in die Dünen oder lieber am Strand?«, bot Tilda an, während sie sich parallel fragte, wo in aller Welt sie den Cappuccino bitte schön herbekommen sollte. Sie wusste ja noch nicht einmal, ob sich im Haus überhaupt irgendeine normale Kaffeemaschine befand.

»Ach, Strand klingt ganz gut. Heute wird's allerdings etwas knapp.« Er sah auf seine Uhr. »Mir fällt gerade ein ...«

Tilda stellte sich seine Frau, die beiden süßen Kinder und den Doodle vor, die auf ihn warteten. Das wäre ganz schön frech, fand sie. Zumindest, wenn er wirklich vergeben war. Aber irgendwie traute sie ihm das auf der anderen Seite auch gar nicht zu. Oder wollte er einfach nur nett sein?

»Hm, heute wird es nichts mehr. Aber ich glaube, morgen hab ich Zeit.«

»Okay. Dann serviere ich morgen Cappuccino am Strand«, bot sie an und spürte eine unerklärliche Erleichterung.

»Prima«, freute er sich sichtlich und betrachtete erneut den Stuhl, auf dem er saß.

»Bist du Hobby-Restaurator?«, wollte Tilda wissen. Tischler passte einfach nicht zu ihm. Seine Hände waren zwar kräftig, deuteten aber nicht auf harte Arbeit hin. Keine Risse, keine Wunden, bis auf die Kratzer, die er sich beim Sturz geholt hatte.

»Nein«, sagte er, »aber nah dran. Ich bin Architekt, aber tief in meinem Herzen vermutlich Restaurator, da hast du recht.«

»Cool. Also, wenn du aus den Dingern noch was raus-holst, dann hast du wirklich Talent! Oder solltest vielleicht die Branche wechseln.«

Bent stand auf, hob den dunkelbraunen Holzstuhl an, drehte ihn um und betrachtete seine Unterseite. Dann stellte er ihn wieder hin. »Gebongt. Ich nehme sie.«

»Wohin darf ich liefern?« Tilda hielt den Atem an. War er Insulaner oder Urlauber? *Bitte, bitte, lieber Gott, mach, dass er hier lebt! Oder in Hamburg. Aber bitte nicht in Kanada. Ausgewandert vor vielen Jahren und heute auf Heimatbesuch. Bitte*, flehte sie innerlich.

»München. An der Isar 3, 6. Stock«, sagte er.

Tilda versuchte, sich ihre Enttäuschung nicht anmerken zu lassen.

»Kleiner Scherz!«, platzte es nach ein paar Sekunden, in denen keiner etwas gesagt hatte, aus ihm raus.

»Na, da hab ich ja Glück gehabt. Oder du. Die Lieferung wird dann voraussichtlich doch nicht drei Wochen dauern«, konterte Tilda mit einem Augenzwinkern.

Was war das hier eigentlich? Bildete sie sich das alles nur ein oder flirtete er mit ihr?

»Ich bin in Nebel«, meinte er. »Genau auf der anderen Seite.« Er wies mit dem Kopf vage in die andere Richtung.

Bin, dachte Tilda. Das konnte ja alles heißen. Oder nicht? Bin in einer Ferienwohnung oder bin im Sinne von wohnen. Und selbst das war keine eindeutige Aussage. Wohnen und leben waren auch noch mal zwei unterschiedliche Dinge.

Sie zog ihr Handy aus der Hosentasche, entsperrte es, klickte auf neuer Kontakt und hielt es ihm entgegen. »Wenn du mir deine Nummer gibst, können wir uns ja morgen kurz sehen, und ich bringe dir die Stühle rum. Und einen Cappuccino ...«

... bevor ich zurück nach Hamburg muss, dachte sie den Satz zu Ende.

»Bei mir ist allerdings kein Strand. Ich hätte nur ein paar Wiesen anzubieten. Mit Kühen«, sagte er, nahm ihr das Handy ab und tippte seine Nummer in den neuen Kontakt, den sie geöffnet hatte.

»Dann nur die Stühle. Den Strandsand transportiere ich separat«, schlug sie vor und überlegte parallel, wann die letzte Fähre zurück nach Hamburg ging.

»Abgemacht. Dann bis morgen«, verabschiedete sich Bent und nahm sein zerbeultes Rad vom Baum.

Tilda hob die Hand, winkte und fragte sich, ob sie ihm nicht doch noch ein Pflaster oder irgendetwas anderes hätte geben sollen. Andererseits hatte sie ihn ja gefragt und wollte auf keinen Fall wie eine besorgte Mutti wirken.

Sie wandte sich Richtung Kate, blieb stehen und drehte sich noch einmal zu ihm um. Mit dem Vorderrad zwischen den Beinen versuchte Bent, das Lenkrad wieder in die richtige Position zu drehen.

»Es tut mir echt leid. Wirklich! Wenn das Rad irgendwie beschädigt ist – ich hab eine gute Versicherung«, bot sie an, während sie ihn beobachtete.

»Ach was, die heb mal für echte Notfälle auf. Und

wenn du das mit dem Eimerwerfen in den Griff kriegst, sollte auch keine Gefahr bestehen. Vielleicht gibt es ja eine Selbsthilfegruppe hier auf Amrum«, meinte er verschmitzt. Da war es wieder. Dieses Lächeln. Das gab es doch gar nicht. Jahrelang rannte sie durch Hamburg und andere Millionenstädte, traf niemanden, den sie wirklich sympathisch fand – bis auf den Unaussprechlichen, für den sie nicht mehr als ein netter Zeitvertreib war –, und dann fuhr sie einmal auf diese Insel mit ihren irgendwas um zweitausend Einwohnern, und plötzlich stand dieser Typ vor ihr.

Na ja. Ganz so war es nicht. Sie hatte ihn sozusagen abgeschossen. Aber trotzdem.

»Dann gehe ich lieber zu den Anonymen Eichhörnchenrettern«, meinte Tilda lachend, winkte, drehte sich um und marschierte schnell Richtung Haus, bevor sie noch röter werden würde, als sie es vermutlich eh schon war. »Bis morgen!«, rief sie ihm noch einmal zu.

»Ja, bis morgen! Ich melde mich«, rief er zurück.

Ja, dachte sie, *mach das bitte. Gern, bevor ich zur Fähre muss!*

Im Haus angekommen, setzte sie sich auf die unteren Holzstufen der Treppe und ließ die Situation noch einmal vor ihrem inneren Auge Revue passieren. Entweder bildete sie sich das alles nur ein oder sie hatte gerade geflirtet. Sie zog ihr Handy aus der Hosentasche, entsperrte es mit ihrem Fingerabdruck und sah auf seine Nummer. Bent. Ein Vorname, eine Nummer. Zu wenig, um zu recherchieren. *Wer auch immer du bist, ich bringe dir morgen die Stühle rum. Danach bin ich schlauer. So oder so.* Einen kurzen Augenblick überlegte sie, eine Runde mit dem Rad zu machen – natürlich nicht jetzt direkt, sondern etwas später –, um vielleicht so rauszubekommen, wo er wohnte. Und wie. Vielleicht entdeckte sie sein Rad irgendwo an eine Hauswand gelehnt. Ferienwohnung, Einfamilienhaus mit Doodle oder Singlewohnung. Zu albern, stellte sie fest und beschloss, ihre Neugierde bis morgen zu zähmen.

Drei Stühle, dachte sie. Er wollte alle drei Stühle haben. Es konnte also nur ein Kind sein. Oder das Zweite saß noch im Kinderstuhl. Oder er war alleinerziehend mit zwei Kindern. Oder er bekam einfach hin und wieder Besuch und brauchte noch ein paar Stühle. Oder …

Tilda schüttelte den Kopf und musste über sich selbst lachen.

Das war albern. Total albern.

9.

Zurück im Hotel zog sie die Schuhe und die dünne Jacke aus und legte sich aufs Bett. Ihr Magen knurrte – schon wieder. Während Tilda abwog, was schlimmer war, die bleierne Müdigkeit oder der Hunger, fielen ihr die Augen zu. Es war einfach viel zu früh gewesen heute Morgen, als der Wecker geklingelt hatte. Sie nahm sich vor, nur ganz, ganz kurz eine Pause zu machen, hörte noch eine Weile die gedämpften Stimmen draußen vorm Fenster, dachte an Bent, fragte sich, wie sie die Stühle zu ihm transportieren sollte, und nickte schließlich ein.

Das Klingeln ihres Handys riss sie aus dem Schlaf. Mit geschlossenen Augen tastete sie neben sich den Nachttisch ab, fand das Handy, griff danach, drehte es um, öffnete die Augen einen kleinen Spalt, las *Ingo* auf dem Display und nahm ab.

»Na?«, murmelte sie.

»Oh je. Wobei hab ich dich denn erwischt? Hast du Besuch?«

»Haha. Wer soll das sein? Der Typ, der mich nach dem Sex gefragt hat, wie er war, obwohl er die ganze Zeit unten lag und sich nicht einen Zentimeter bewegt hat, oder der, der meinte, er wolle nur mal wissen, wie es mit einer Moderatorin ist?« *Oder Bent*, dachte Tilda und schüttelte den Gedanken gleich wieder ab.

Ingo lachte so laut, dass Tilda sich den Hörer ein Stück vom Ohr halten musste. Die besagten zwei Typen hätte sie sich echt sparen können. Hilfe! Was für Nieten!

»Du musst Bücher schreiben, bitte!«, flehte Ingo erneut. Er lag ihr damit schon seit Jahren in den Ohren.

»Über mein trauriges Liebesleben? Wer soll das denn bitte schön lesen wollen?«

»Egal. Schreib es auf. Ich sorge schon für Leute, die es kaufen. Meine Kundinnen werden vermutlich beim Lesen so lachen, dass ich nur noch Stufenschnitte hinbekomme«, stellte Ingo fest und lachte erneut so laut auf, dass Tilda lieber auf Lautsprecher drückte und das Telefon vor sich auf die Decke legte. Sicher war sicher. »Kannst es ja unter einem Pseudonym veröffentlichen. Das wird ein Knaller!«, schlug er vor.

»Ich werde darüber nachdenken. Im Moment ist mir allerdings gerade gar nicht nach Knaller zumute. Zu meinem Erstaunen stelle ich fest, dass Ruhe auch was hat.«

»Also kein Besuch?«

»Nein. Ich bin der Besuch.« Tilda kroch ein Stück höher und stopfte das Kissen in ihren Rücken.

»Wie?«

»Ich bin doch auf Amrum«, erinnerte sie ihn und gähnte lauthals.

»Ach, ja! Stimmt! Hab ich ganz vergessen. Ich stecke gerade so im Tortenfieber für Mutti. Wie ist es denn da? Warst du denn schon in der Kate? Erzähl mal!«

Tilda griff nach dem Handy, schob die Decke beiseite,

stellte sich ans Fenster und schwärmte von dem unfassbar schönen Strand, ihrer Radtour und der tollen Luft, während sie das Fenster auf Kipp stellte und weit über die Wiesen bis zum Deich blickte.

Ein Geräusch riss sie aus ihren Gedanken. Sie sah auf das Display. Ihr Chef rief an. Was wollte der denn am Wochenende, fragte sie sich und erklärte Ingo kurz: »Du, ich ruf dich gleich zurück. Thomas ruft gerade parallel an.«

»Am Samstag?«, wunderte sich auch Ingo. »Na, dann viel Spaß!«

»Danke, wie lieb von dir. Bis gleich!« Tilda legte schnell auf und nahm das neue Gespräch an. »Hey«, grüßte sie ihren Chef und überlegte angestrengt, ob irgendetwas mit der gestrigen Sendung war. Sie bekam immer schlagartig ein schlechtes Gewissen, wenn er anrief, und das allein beschleunigte schon ihren Puls. Hatten sich Zuschauer beschwert? Hatte irgendwem ihre Bluse nicht gefallen oder der kurze Pony? Aber warum hatte sich Thomas dann nicht eher gemeldet? Wobei der Pony eigentlich ausschied. Deswegen würde er sie nicht samstags anrufen. Es musste etwas Inhaltliches sein. Eine der Moderationen? Hatte er die Mecker-Mail eventuell jetzt erst in seinem Account entdeckt, weil er auch »Wochenende gespielt« hatte? Oder war jemand erkrankt und sie sollte eine weitere Sendung – vielleicht eine der überregionalen Sondersendungen, die immer im Voraus aufgezeichnet wurden – übernehmen?

»Hallo«, antwortete er.

Es waren zwar nur fünf Buchstaben, aber Tilda wusste sofort, dass etwas nicht stimmte. Sie kannte Thomas zu gut, als dass er ihr etwas hätte vormachen können.

Und offensichtlich wollte er das auch gar nicht. »Sorry, dass ich dich am Wochenende störe, aber ...«

»Kein Problem. Alles easy. Bin gerade auf Amrum. Was gibt es denn?«, tat sie völlig tiefenentspannt, dabei war sie nervöser als Oma Irma, wenn sie sonntags BINGO! sah. Schließlich hatte Thomas in all den Jahren, die sie zusammenarbeiteten, bisher nie am Wochenende angerufen.

»Ach, auf Amrum? Schön«, hörte sie ihn sagen und erkannte am Ton, dass er es nicht schön fand. Es interessierte ihn schlichtweg nicht. Er räusperte sich, was Tilda als klares Indiz dafür wertete, dass jetzt nichts Gutes kam und ihr mulmiges Gefühl seine Berechtigung hatte.

Tilda schloss das Fenster wieder, ging zurück zum Bett und setzte sich auf die Decke. Egal, was jetzt kam, es war besser, es im Sitzen zu hören.

»Es tut mir leid, dass du es ... also, dass es jetzt auf diesem Weg ist, aber ich habe lange darüber nachgedacht und bin zu dem Schluss gekommen, dass es besser ist, es dir heute zu sagen, bevor du es am Montag in der Konferenz erfährst oder kurz davor.« Thomas schien auf und ab zu gehen, jedenfalls deutete Tilda die Geräusche im Hintergrund so. Im Sender gab es nur Teppichboden. Grauen, einheitlich langweiligen Teppichboden, über den sie sich noch nie Gedanken gemacht hatte – bis jetzt. Aber in seinem Haus, diesem alten Rotklinkerhaus – das wusste sie durch die Sommerfeste, zu denen er immer einlud –, hatte er Parkett. Glatten Holzfußboden, auf dem man jeden Schritt hörte, wenn man nervös hin und her ging.

»Ich habe lange mit mir gerungen, aber der Druck war einfach zu groß. Wir müssen unsere Zielgruppe erweitern, und das heißt: Wir müssen uns verjüngen. Nach oben gibt es keine Luft mehr bei einer Zielgruppe von fünfundfünfzig plus, aber nach unten. Deshalb haben wir uns entschlossen, dass Lisa die Sendung …«

Tilda hatte das Gefühl, als würde das Bett unter ihr weicher und weicher werden und sie gemeinsam mit dem Bett fallen. Alles fing an, zu schweben, bewegte sich wie in Zeitlupe um sie herum, verschwamm. Sie hörte nur noch Bruchstücke dessen, was Thomas aus einer scheinbar weit entfernten Galaxie durch dieses kleine Teil an ihrem Ohr zu ihr sagte. Aber das machte nichts. Es war egal. Sie wusste bereits, was er ihr schonend beizubringen versuchte. Das, was man nicht schonend sagen konnte.

Lisa würde ihren Job übernehmen.

»Tilda? Bist du noch da?«, hörte sie ihren Chef plötzlich wieder laut und deutlich fragen.

Sie fuhr sich mit der Hand über das Gesicht, so, als könne sie all das, was er gesagt hatte, rückgängig machen. Einfach wegwischen. Das Gespräch stoppen, zurückspulen und noch einmal von vorn anfangen. Hallo. Wie geht es dir? Was machst du denn auf Amrum? Erzähl doch mal. Irgendwie so. Aber doch nicht mit so einer Scheißnachricht.

»Ja, klar«, sagte sie völlig ferngesteuert und kam langsam wieder zurück. In dieses Hotelzimmer, in dem sie gerade noch ganz gerne war.

»Es tut mir leid, dass ...«

»Was?«, fragte sie, obwohl sie das gar nicht vorgehabt hatte. Ihr Mund hatte das Wort, das eine Frage war, einfach ausgespuckt. Ihm ins Gesicht, durch das Handy, in sein weiches, kantenloses charakterloses Gesicht. Sie hätte es wissen müssen! Er hatte einfach kein Rückgrat. Keinen Arsch in der Hose. Keine ... Ach, was auch immer.

Die Pause war zu lang, fand Tilda und fragte sich, ob sie dran war, etwas zu sagen. Ob er eventuell schon geantwortet hatte. Ob sie es nicht gehört hatte. Und wenn schon. Was sollte das für eine Antwort gewesen sein, die sie eventuell verpasst hatte? Eine weitere vorgeheuchelte Lüge?

Sie spürte, wie die Wut in ihr wuchs und nicht mehr zu halten war. »Was tut dir leid?!«, platzte es aus ihr raus. »Dass du nicht den Mumm hast, es mir ins Gesicht zu sagen? Dass du wartest, bis Wochenende ist, obwohl du es nicht erst seit gestern weißt? Dass du zu feige bist, mir von dem Casting zu erzählen? Weißt du, was viel schlimmer ist als die Tatsache, dass es eine neue Moderatorin gibt? Dass du so tust, als hätte ich den IQ einer Bananenschale! Glaubst du eigentlich, ich kriege nichts mit? Das ist Vertrauensbruch auf höchstem Niveau, mein Lieber. Ich bin jedes Mal eingesprungen, wenn du mich gebraucht hast. Ich hab jedes Mal ... ach. Vergiss es!«

Sie hörte, wie sich ihr Chef am anderen Ende der Leitung erneut räusperte. »Also, was ich sagen wollte. Ich würde mich freuen, wenn du uns als Redakteurin für Beiträge erhalten bliebest«, redete er weiter.

Erhalten bliebest, das klang wie eine Mischung aus Trauerfeier und Frischhaltefolie. Mit einer Spur Hoffnung.

»Gerne auch für die längeren Magazinstücke. Und natürlich auch als Urlaubsvertretung.« Bei dem letzten Satz hatte er sicherlich ein Lächeln im Gesicht. Sie hörte es an seiner Stimme. Ein grundgutes Thomas-Lächeln. Das Gönner-Lächeln. Sie sah es so klar, als stünde er direkt vor ihr. Er dachte in dieser Sekunde, er würde ihr einen Gefallen tun. Einen Bonus schenken, etwas Gutes tun, wofür sie ihm noch bis zu seiner Entlassung zutiefst dankbar sein müsste. Nein, darüber hinaus.

»Was meinst du?«, hakte er nach ein paar Sekunden, in denen keiner etwas sagte, nach.

»Was ich meine?!« Tilda spürte, wie sie die Kontrolle verlor. Noch bevor sie den Mund öffnete, wusste sie, dass das, was jetzt kommen würde, nicht im Geringsten vorher mit ihrem Gehirn abgesprochen gewesen war. Geschweige denn irgendeiner von beiden – Mund und Hirn – darüber nachgedacht hatte.

»Ich meine, dass du mich am Arsch lecken kannst!«

Dann drückte sie auf das rote Symbol. Gespräch beendet. Vermutlich für immer. Ohne Frischhaltefolie, die man hätte darüberziehen können, über das abgehackte Ende des Telefonates, um sie irgendwann wieder wegzunehmen und das Gespräch fortzuführen.

Tilda blieb mit dem Handy in der Hand auf dem Bett sitzen, dessen Matratze sich jetzt nicht mehr weich anfühlte. Auch nicht hart. Sie fühlte gar nichts mehr, starrte nur geradeaus auf ihren offenen Koffer, den sie auf den Boden gelegt hatte, sah durch ihre Kulturtasche, die Kleidung hindurch bis zum Sender, zu den Räumen, in denen sie all die Jahre gearbeitet hatte. Die Kollegen, das Studio, die Maske, die Regie. In Gedanken ging sie durch die Flure, vorbei am Konferenztisch, den Postfächern, den Assistentinnen. Ihr Herz schlug in ihrem Brustkorb, als hätte sie zwei Runden um die Alster gedreht. Es schlug bis in den Hals, den Kopf hoch. Sie hatte das Gefühl, ihr würde schlecht werden. Wortwörtlich zum Kotzen.

»Das kann nicht sein«, murmelte sie. »Das kann einfach nicht sein. Was ist denn das für ein verrückter Tag?«

Die Schockstarre wich langsam dem Gefühl, reagieren zu müssen. Mit einem Satz sprang sie auf, griff nach ihrer Bomberjacke und der Zimmerkarte und lief raus.

Was war nur los? Was war passiert, in dem Moment, als sie die Kerzen auf ihrer veganen Geburtstagstorte ausgepustet hatte? Etwas musste passiert sein. Vielleicht war das ein Zeichen: vegane Torte. Das Ende des Spaßes.

»Quatsch!«, sagte sie laut zu sich selbst und wurde auf dem Fußgängerweg, den sie Richtung Strand lief, von Urlaubern schief angesehen, die sich offenbar angesprochen fühlten. »Was kann die arme Torte dafür, dass bei mir plötzlich alles schiefläuft?!«, brüllte sie in einem Ton, als hätte sie jemandem hinterhergerufen, dass er schon mal einen Strandkorb reservieren soll. Aber da war keiner.

Tilda lief weiter. Sie wusste nicht, wonach ihr zuerst war. Heulen oder schreien? Laut lachen oder irgendwo hinsetzen und nie wieder aufstehen? Noch ein Schnaps? Es musste ein Scherz sein. Einfach nur ein dummer Scherz! Sie überholte Eltern mit vollgestopften Bollerwagen, aus denen Sonnenschirme ragten, Taschen, Badelaken, aufgerollte Windschutz-Segel und irgendwo auch ein Kind.

Sie schnaubte laut. »Das gibt es doch gar nicht. Das ... das doch kann gar nicht sein!«, platzte es aus ihr heraus, während sie weiterstampfte. Sie spürte die Blicke in ihrem Rücken, aber es war ihr egal. Alles war ihr egal. »Was soll denn jetzt noch kommen, bitte schön?! Wohnung weg, Sendung weg. Sonst noch irgendwelche Wünsche?«, fragte sie mit hochgestreckten Händen in Richtung Himmel. »Haaallo?! Jemand da? Ich hätte hier eine RE-KLA-MA-TION!«, brüllte sie. »Diesen Mist, diesen ganzen großen Riesenmist habe ich hundertprozentig NICHT beim Universum bestellt!«

Als sie wieder runtersah, stand vor ihr eine Frau um die fünfzig, die stehen geblieben war und sie betrachtete, als bräuchte sie Hilfe. Wobei sie damit ja eigentlich nicht falschlag. Sie trug ein dünnes Kopftuch in Regenbogenfarben, vermutlich selbst gebatikt, dachte Tilda, und ein rotes, bodenlanges Leinen-Sommerkleid mit Trägern, unter denen sich sonnengebräunte Haut befand. Ihre Hände umfassten die Träger ihres Rucksacks.

»Manchmal macht man so etwas ganz unbewusst«, sagte sie mit einer samtigen Stimme, die Tilda unter anderen Umständen gerne beim Einschlafen gehört hätte. Etwas Ruhigeres und Ausgeglicheneres hatte sie in den letzten 40 Jahren nicht gehört. Da war sie sich absolut sicher. Das Problem war nur das Timing. Denn sie wollte weder einschlafen noch sich beruhigen. Sie stand gerade kurz vor ihrem inneren Wut-Zenit, und danach – das wusste sie – würde die Kurve steil bergab gehen und in einem sehr unerwachsenen, vermutlich peinlichen Trotz-Weinkrampf enden. Und bevor das passieren würde, musste sie irgendwo dahinten in den Dünen sitzen. Möglichst weit weg. Und möglichst allein. Das wäre für alle das Beste.

Hätte diese Frau, die höchstens drei Meter von ihr entfernt stand und offensichtlich irgendwo unter ihrem Kopftuch einen Heiligenschein versteckt hatte, nicht so eine tiefenentspannte Ausstrahlung gehabt, Tilda wäre längst weitergegangen und hätte sie höchstens noch gefragt, was sie geraucht hatte. Und, wenn ja, wie viel.

Aber es ging nicht. Die Frau sah Tilda mit einem so seligen, friedlichen Lächeln an, dass Tilda gar nicht anders konnte, als ruhig zu bleiben. Ob sie wollte oder nicht. »Glauben Sie mir«, sagte sie, »beim Leben meiner Oma Irma, und die habe ich wirklich verdammt gern, diesen MIST habe ich mir definitiv auch nicht UNBE-WUSST bestellt. Weder da oben«, sie zeigte mit dem Finger gen Himmel, »noch sonst irgendwo auf diesem Planeten! Sorry.«

Mit einem Lächeln, das wahrscheinlich mehr gequält als alles andere wirkte, aber aktuell der freundlichste Gesichtsausdruck war, den sie parat hatte, stampfte sie an der Frau vorbei Richtung Meer. Ganz bewusst. »SO EINE SCHEISSE!«, schrie sie, die sich sekündlich nähernde emotionale Talfahrt spürend, noch einmal mit letzter Kraft.

Tilda stand da, wo man nicht stehen sollte. Bildlich, im übertragenen Sinne und geografisch.

Sie stand, die Arme ausgebreitet, abseits des offiziellen Weges, der durch diese unendlichen Weiten aus feinstem hellem Sand führte, oben auf einem der unzähligen Dünenhügel. Hinter ihr die Dünenlandschaft samt Insel, vor ihr der kilometerlange Strand, der sich über die gesamte Westküste der Insel zog – und das Meer. Tilda sah auf den Horizont, diese Stelle, die es eigentlich nicht gab, die Illusion war, und hoffte, dass Thomas' Anruf, das, was er gesagt hatte, all das auch nur eine Illusion war. Der Schock saß tief. Ihr Brustkorb hob und senkte sich ruckartig in vielen kleinen Zügen, die darauf hindeuteten, dass die Abfahrt begonnen hatte. Die Wut wich der Verzweiflung, und die kam eben nie ohne Tränen aus. Sie ließ sich in den weichen Sand plumpsen und ließ dem, was sich da so lange angekündigt hatte, freien Lauf. Was sollte es auch? Wem sollte sie hier etwas vormachen? Sie saß auf einer Nordseeinsel, allein zwischen Dünengräsern, irgendwo im Nichts.

Ihr Handy klingelte und erinnerte sie daran, dass es doch noch ein Leben gab. Sie zog geräuschvoll die Nase hoch, kramte das Handy aus der Jackentasche. Ingo. Sie steckte es wieder ein. Ihr war nicht nach reden. Es gab verschiedene Stadien des Unglücklichseins. Dieses war das letzte, wenn man davon ausging, dass hundert das totale Glück war und null das Gegenteil. Nicht reden wollen. Die anderen Stadien dazwischen, zu-viel-na-schen, zu-viel-trinken, zu-wenig-schlafen, die hatte sie übersprungen. Von hundert auf null in … Sie holte ihr Handy noch mal raus, klickte auf die Anrufliste, dann ganz rechts auf das I für Information: in genau fünf Mi-nuten und vier Sekunden.

Premiere. So schnell war sie noch nie auf die End-stufe gerutscht. Obwohl – da war die Sache mit Sascha, damals. Der hatte es tatsächlich mit seiner Ich-mache-mal-kurz-Schluss-und-lege-dir-einen-Zettel-unter-den-Briefschlitz–Aktion auch geschafft. Idiot. Von wegen »sie sei ja nicht zu Hause gewesen«. Feiger Vollpfosten.

Je länger Tilda raus aufs Meer sah, desto ruhiger wurde es in ihr. Es wurde nicht besser, aber klarer. Sie holte noch einmal tief Luft, dann stand sie auf, klopfte den feinen Sand von ihrer Hose und ging langsam zu-rück.

»Eine kalte Weißweinschorle und den Amrumer Krab-ben-Macciato, bitte«, sagte Tilda eine halbe Stunde spä-ter, klappte die Karte zu und gab sie der jungen Kellnerin zurück. Auf die Idee, eine Suppe »Macciato« zu nennen, musste man erst mal kommen. Überhaupt war das hier ganz und gar das Gegenteil von der Holzhütte, in der sie heute Mittag bei Nils gesessen und ihren ersten Labskaus für Anfänger gegessen hatte. Natürlich war es total lecker. Keine Frage. Aber eben komplett das Gegenteil. Obwohl auch hier alles darauf hinwies, dass man sich an der Nordsee befand. Aber es schwang auch viel Modernes mit. Die Inneneinrichtung war eine Mischung aus modernen Elementen und gemütlichen Holzmöbeln mit maritimem Einschlag. An einer Seite befanden sich alte Friesen-Fliesen, an einer anderen war ein großes Fenster zur Küche, auf deren weißen Fliesen in schwarzer Druckschrift *MAKE IT NICE* stand. Dazwischen ein gemütlicher Kamin, große Modell-Segelschiffe in Glaskästen und ein Wintergarten, hinter dem sich die Terrasse befand.

Jeder Teller, der an Tilda vorbei zu anderen Tischen getragen wurde, deutete darauf hin, dass das hier nicht irgendein Restaurant war, sondern dass ein anspruchsvoller Küchenchef dirigierte. Es gab, das hatte sie beim Vorbeigehen entdeckt, im Garten hinter dem Hotel einen eigenen großen Kräutergarten. Aber nicht nur das. In einer der ausgelegten Zeitschriften hatte Tilda einen Bericht über die Wild-Austern entdeckt, die hier direkt aus dem Watt vor Amrum stammten. Mehr Regionalität ging nicht.

Sie drehte sich zu der anderen Seite und sah durch die großen Glasscheiben nach draußen. Die Tische auf der Terrasse waren alle besetzt. Die Insel machte hungrig. Ob man wollte oder nicht. Das konnte in ihrem Fall auch ein traumatisierender Thomas-Anruf nicht verhindern. Wäre es anders, hätte der Anruf ja tatsächlich noch etwas Gutes gehabt, überlegte Tilda und sah sich die viel zu gut gelaunten Leute um sich herum an. Dem Himmel sei Dank gab es Sonnenbrillen, die das halbe Gesicht abdeckten. So konnte zumindest keiner erkennen, dass sie hier die große Ausnahme machte mit ihrem imaginären Trauerflor an der Jacke und ihrer Weltuntergangsstimmung trotz Sonnenscheins. Der Himmel war tatsächlich hellblau, die schwere Wolkendecke vorbeigezogen, und die Jacke lag hinter ihr über der Stuhllehne.

Während Tilda sich zurück am Strand wähnte und ihren Blick innerlich über die sanften Wellen gleiten ließ, dachte sie an Ingo. Normalerweise rief sie immer gleich zurück. Ein Wunder also, dass er es noch kein zweites Mal versucht hatte, weil er sich Sorgen machte.

Neben ihr wurde die kalte Weißweinschorle abgestellt. »Bitte schön«, flötete die Kellnerin viel zu nett und ging mit ihrem vollen Tablett weiter.

»Danke«, murmelte Tilda, als diese es vermutlich gar nicht mehr hören konnte, weil das Stimmengewirr alles übertönte, und nahm einen großen Schluck. »Alkohol löst keine Probleme. Milch aber auch nicht«, hatte sie vor Kurzem irgendwo gelesen, erinnerte sich jetzt daran und musste kurz schmunzeln. Was sollte sie machen? Montagmorgen wie gewohnt in den Sender fahren, an der Konferenz teilnehmen, sich anhören, was sie schon wusste? Ihre Sachen vom Schreibtisch im Newsroom einsammeln und zu den anderen in das Großraumbüro umziehen? Schwungvoll die Glastür aufdrücken und

fragen, wo noch ein Platz frei sei? Wie eine Praktikan-
tin?

Allein der Gedanke daran erzeugte ein Druckgefühl in
ihrer Magengegend.

Tilda nahm noch einen Schluck und stellte beim Ab-
setzen des Glases fest, dass es fast leer war.

»So, und hier kommt auch schon Ihr Krabben-Mac-
ciato«, kündigte die Kellnerin an und stellte einen weißen Porzellanteller, auf dem ein großes Einmach-Weck-
glas mit Suppe stand, vor ihr ab. »Guten Appetit!«

Tilda bedankte sich, nahm den Glasdeckel des Weck-
glases ab, und sofort strömte ihr ein unfassbar leckerer
Duft entgegen. Das hier, stellte sie nach den ersten Löf-
feln fest, war definitiv die leckerste Suppe ihres Lebens!
Sie hatte zwar bei Nils noch keine bestellt, aber gegen
diese hier anzukommen, war quasi aussichtslos. Bei dem
Wort »Macciato« in Zusammenhang mit einer Krabben-
suppe hätte er vermutlich sowieso nur müde die linke
Augenbraue hochgezogen.

Ihr Handy klingelte hinter ihr in der Jackentasche.
Tilda ahnte, wer es war, und zog es schnell raus, um nicht
unnötig die Aufmerksamkeit auf sich zu ziehen. Ingo.
Noch mal abwimmeln ging nicht, das wusste sie. Nicht
rangehen auch nicht. Zwischen ihnen bestand eine tele-
pathische Verbindung, die ihr manchmal Angst machte.
Oft genug war es vorgekommen, dass sie an ihn dachte,
in der nächsten Sekunde ihr Telefon klingelte und er
dran war. Wenn sie seinen Anruf jetzt nicht annahm,
würde er entweder eine Vermisstenmeldung aufgeben

oder in den nächsten Zug springen. Ingo war mehr als nur ihre beste Freundin.

»Hei«, grüßte sie knapp und ahnte schon, was kommen würde. Ingo würde sofort wissen, dass dahinter mehr steckte als eine schlichte Begrüßung. Jeder Versuch, das zu überspielen, war komplett aussichtslos, also konnte sie es auch gleich lassen.

»Okaaay«, hörte sie ihn in einem lang gezogenen Ton sagen. Er wusste es, klar. Nur nicht, was es war. »Was ist passiert? Hat Thomas wieder einen Fluchtversuch vor seiner liebreizenden Frau gestartet und dich gefragt, ob er sich bei dir im Hotelzimmer verstecken darf?«

»Gott bewahre!«, entfuhr es Tilda. »Vorher würde ich Bernsteinketten am Strand verkaufen, bevor der sich mir mehr als eine Tischlänge nähert.«

»Dann kann es ja nicht so schlimm sein. Schieß los. Hat er deinen nächsten Urlaub gestrichen?«

»Nein. Meinen Job.«

»Bitte?! Du willst mich verarschen!«, sagte Ingo so laut und so entsetzt, dass Tilda den Kopf zur Seite riss. Man hätte auch einfach das Handy ein Stück vom Ohr entfernen können, fiel ihr in dem Moment ein, als sie das Ziehen in ihrem Nacken spürte.

»Leider nein. Irgendetwas ist passiert mit mir, ich habe es nur nicht mitbekommen.« Tilda griff nach ihrem Glas, bis ihr einfiel, dass es leer war. Sie stellte es wieder ab und sah sich nach der Kellnerin um. Das nächste würde keine Schorle werden.

Ingo sagte nichts, und das war kein gutes Zeichen.

Normalerweise platzte es aus ihm heraus, wenn ihm etwas nicht passte – und auch sonst. Die Stille unterstrich den Ernst der Lage, und genau das war es, was Tilda gerade nicht brauchte. Ihr eigenes Weltuntergangsgefühl reichte ihr.

»Ich hatte mich viel jünger in Erinnerung«, seufzte sie, um zumindest irgendetwas von sich zu geben. »Bist du noch dran?«, hakte sie nach einer gefühlten Ewigkeit nach.

»Ja«, murmelte Ingo, der offensichtlich langsam realisierte, dass sie keinen Scherz machte. »Erzähl doch mal, was hat er denn konkret gesagt?!«

Tilda bestellte kurz und knapp einen Weißwein, da die Kellnerin gerade an ihrem Tisch vorbeiflitzte, dann lehnte sie sich zurück und versuchte, das wiederzugeben, was sie selbst nicht Wort für Wort wahrgenommen hatte. Es musste etwas dran sein an der Behauptung, man würde sich aus Selbstschutz an traumatisierende Situationen nicht erinnern.

»Die können dich doch nicht am Wochenende anrufen und dir sagen, dass... dass du am Montag was anderes machst.«

»*Die* ist Thomas, und der kann das, wie ich jetzt weiß. Hätte ich ihm ehrlich gesagt gar nicht zugetraut. So am Telefon«, überlegte Tilda. Na ja, es war vielleicht einfacher und feiger am Telefon, wenn man niemandem in die Augen sehen musste. So wie der Zettel unter der Tür. *Du warst ja nicht da, deshalb hab ich dir den Brief geschrieben und unter der Haustür durchgeschoben*, hörte sie die Stimme des Vollpfostens. Natürlich hatte er den Zettel schon zu Hause geschrieben! Welcher Mann lief mit DIN-A4-Zetteln, einem Briefumschlag und einem Stift durch die Gegend? *Du weißt ja, wir müssen uns verjüngen*, hörte sie jetzt die Stimme von Thomas.

»War er im Wald, hat Pilze gefunden und in den Mund gestopft oder was stimmt mit dem nicht?!«

»An der Einschaltquote kann es jedenfalls nicht liegen«, mutmaßte Tilda und nahm einen großen Schluck. Neben ihr fing ein weißer Schoßhund mit Zopf und rotem Haargummi auf dem kleinen Kopf an zu kläffen, sodass das winzige Haarbüschel wie ein wild gewordener Pinsel hin- und herflog. *Wenn ich so aussähe, würde ich mich auch beschweren*, schoss es ihr durch den Kopf. Die ältere Dame, die sich den Haarschmuck offensichtlich mit ihrer Hundedame schwesterlich teilte, stand auf, legte ein paar Münzen auf den Tisch und ging, samt Haargummi-Hündin.

»Bleib genau da, wo du bist, und bewege dich nicht! Ich komme und…«

»Nein«, unterbrach Tilda ihn, »musst du nicht. Das ist echt lieb, aber bis du hier bist, sind Ebbe und Flut, was weiß ich, wie oft gekommen und gegangen.«

»Papperlapapp! Ich komme jetzt! Ich höre es an deiner Stimme, dass es besser ist, wenn du jetzt nicht allein bist!«

»Nein, wirklich. Ich fahre doch morgen auch schon wieder zurück«, erklärte sie und fragte sich, ob sie da wirklich sicher war. »Ich esse jetzt etwas in Ruhe und rufe dich dann noch mal zurück. Okay? Und, ja, ich verspreche, keinen Blödsinn zu machen.«

Ingo war mit der Gesamtsituation nicht zufrieden, ließ sich aber immerhin davon abhalten, alles stehen und liegen zu lassen, um zu ihr zu fahren und notfalls von Dagebüll nach Wittdün zu schwimmen, falls keine Fähre mehr fuhr. Zugetraut hätte sie es ihm allemal. Beides. Ingo war nicht nur ein Fliegengewicht, er war der durchtrainierteste Mann, den sie kannte. Auch, wenn das gerade nicht viel hieß. Nach den siebeneinhalb Kilometern um die Alster hatte er ungefähr den gleichen Puls wie Tilda, wenn sie in den dritten Stock ging.

Die Sonne schien völlig unpassend vom Himmel – beinahe aufdringlich gut gelaunt. Auf alle Fälle unangebracht. Regen hätte besser gepasst. Das Wetter zur Stimmung sozusagen. Ein tiefdunkler, durch und durch grauer, wolkenverhangener Himmel, kurz vor Weltuntergang. Dazu eine Melodie, wie man sie aus Kapellen kannte.

Die Wetter-App zeigte 24 Grad an. Auch unpassend. Ihre innere Temperatur neigte sich dem Gefrierpunkt.

Tilda fühlte sich wie nach einer Beerdigung. Eingehüllt in einen durchsichtigen Kokon aus Schock, Verletzung, Ungläubigkeit, der sie von allem anderen um sie herum abschnitt.

Das Meer hatte etwas Magisches, Anziehendes. Sie war den Weg zum Strand über die Düne gegangen und stehen geblieben. Sie musste sich den Kopf freipusten lassen. Ingo konnte sie auch später noch anrufen. Jetzt brauchte sie eine ordentliche Portion frische Luft und die Chance auf Ordnung in ihrem Gedankenwirrwarr.

Nach einer Weile entschied sie sich, dieses Mal rechtsrum zu gehen, Richtung Inselspitze. Eine lang gezogene schmale Landzunge, die sich am nördlichen Ende der Insel weit ins Meer zog. Teilweise nur 50 bis 100 Meter breit, bis sie schließlich endete und man umgeben war von Wasser.

Während Tildas Blick sich zwischen Wellen und Kitesurfern verlor, wanderten ihre Gedanken immer wieder ab. Sie wusste immer noch nicht, was sie machen sollte. Thomas und der Assistentin eine offizielle Mail mit ihrem Urlaubsantrag senden? Sich krankmelden? Tilda überlegte, wie viel Urlaub sie noch hatte, und stellte fest, dass es bis auf ein paar Tage, die sie um Ostern rum bereits genommen hatte, noch der gesamte Jahresurlaub sein musste. Warum also nicht einfach noch etwas bleiben? Oder war das feige? Sollte sie sich der Situation stellen, zur Konferenz erscheinen und sich anhören, was sie schon wusste? Unter mitleidigen Blicken ihre Sachen packen?

Tilda war fast an der Landspitze angekommen. Kein Mensch weit und breit. Nur ein paar Möwen am Himmel, die an ihr vorbeisegelten. Die letzten Meter waren abgesperrt. Naturschutzgebiet.

Sie ging rechts über die Dünenspitze, blieb stehen und genoss die Weite. Föhr lag direkt vor ihr. Bei Ebbe konnte man in Begleitung eines Wattführers einfach rüberwandern.

Tilda setzte sich in den weichen hellen Sand und blickte über das Meer zum Horizont. War das hier eine beginnende Midlife-Crisis oder steckte sie schon mittendrin? Denn wenn das erst der Anfang war, würde sie den Mittelteil gern überspringen und direkt zum Ende kommen.

10.

»Hi! Da bist du ja wieder«, hörte sie Ingo in den Hörer rufen, nachdem er endlich abgenommen hatte. Er klang überraschenderweise etwas außer Puste.

»Alles gut?«, fragte Tilda, hielt ihre Zimmerkarte vor das Schloss und drückte die Tür auf.

»Die Frage sollte ich eher dir stellen. Ich war nur gerade unter der Dusche.«

»Na ja, was soll ich sagen? Abgesehen von diesem schlechten Film, der bei mir gerade läuft, ist es wirklich schön hier«, meinte sie, öffnete das Fenster, streifte die Schuhe ab und ließ sich aufs Bett fallen. Der Spaziergang war doch etwas länger ausgefallen, als sie geplant hatte. »Wenn ich geahnt hätte, *wie* schön Amrum ist, wäre ich auf alle Fälle mal früher hergekommen.« Tilda zog ihren Pulli aus. Von der ganzen Bewegung war ihr richtig warm.

»Und die Kate? Warst du schon da?«

Tilda legte ihren Pullover beiseite und begann zu erzählen. Von Nils, der gar nicht so mürrisch war, wie er anfangs gewirkt hatte, von dem Labskaus, der leckerer war, als er ausgesehen hatte, der kleinen Kate, die gar nicht so klein war, wie sie aussah, und von Trude hinterm Vorhang. Von ihrem Eindruck, dass die alte Frau sehr einsam war. Dass Tilda sie spontan mochte. Und dass sie sich Gedanken mache, wie sie ihr helfen könne.

Von Bent erzählte sie nichts. Es war ja im Grunde auch nichts. Oder doch? Auf alle Fälle wollte sie es – egal, was es war – noch für sich behalten. Sie ertappte sich bei dem Gedanken, dass es ihr zu kostbar war, es jetzt schon zu erzählen. Ein ganz neues Gefühl! Sonst plapperte sie immer alles gleich aus oder teilte es zumindest mit Ingo.

»Aber das klingt doch alles total toll. Und mit dieser älteren Frau, wie heißt sie noch gleich?«

»Trude.«

»Ach ja, genau. Mit Trude kommst du auch noch klar! Du kommst doch mit jedem zurecht«, stellte Ingo kauend fest. Offensichtlich stand er in der Küche und kochte sich gerade etwas, den Geräuschen im Hintergrund nach zu urteilen.

»Bis auf Männer, die mit T anfangen«, warf sie ein und sah aus dem Fenster.

»Von der einen Ausnahme mal abgesehen«, meinte Ingo und biss erneut von irgendetwas ab.

»Muss ich aber gar nicht«, stellte Tilda trocken fest.

»Wie meinst du das?«, wollte er wissen.

»Weil ich das Erbe nicht annehmen kann«, erklärte sie knapp.

»Hmmm? Warum das denn nicht? Was spricht dagegen? Das klingt doch alles wie im Märchen. Ein kleines Haus hinter den Dünen … Ich stelle mir das gerade schwer romantisch vor.«

»Es gibt einen unromantischen Haken«, sagte Tilda.

»Und der wäre?«

»Ich soll hier bleiben. 365 Tage am Stück! So steht es im Testament.«

Das Kau-Geräusch im Hörer verebbte. »Ein ganzes Jahr? Wieso das denn?«

»Tja, die Frage würde ich liebend gerne direkt weitergeben, aber leider werden wir keine Antwort mehr bekommen. Zumindest nicht in diesem Leben ...«

»Sorry, ich verstehe kein Wort. Nun lass dir doch nicht alles aus deiner Stupsnase ziehen. Dein Onkel hat verfügt, dass du 365 Tage in seiner Kate leben sollst? Warum tut man so etwas?«

»Tja, keine Ahnung!« Tilda zuckte mit den Schultern. »Ich finde es total schade. Das Haus ist echt ganz süß. Klar müsste ich da einiges machen, aber man könnte es bestimmt einen Großteil des Jahres an Urlauber vermieten und selber natürlich auch mal ein paar Tage am Strand verbringen.« Tilda holte tief Luft. »Wäre sicher schön geworden. Man muss nur über die Düne und ist am Strand. Echt ein Traum! Eigentlich.«

Tilda spürte zunehmend, wie sehr es ihr um das Haus, das Grundstück, die Lage, einfach alles leidtat. Sie hatte sich schon so gefreut, war so gespannt, so neugierig, gestern extra so früh aufgestanden, hierhergefahren und dann ... das.

»Humor hatte er, dass muss man deinem Onkel lassen«, stellte Ingo schließlich fest. »Ein Jahr in einer Kate leben, da muss man erst mal draufkommen! Grundsätzlich eine schöne Idee, wenn du nicht deinen Job hättest«, stellte Ingo nachdenklich fest.

»Welchen Job?!«, fragte Tilda trotzig.

»Du bist doch nicht arbeitslos!«, protestierte er lauthals.

Tilda zog sich eines der Kissen ran und schob es hinter ihren Rücken. »Nein, das nicht. Aber ich mache nicht mehr den Job, den ich jahrelang gemacht habe. Den ich total gerne gemacht habe! Den ich liebe! Den ich…« Sie stockte. Es laut auszusprechen war noch schlimmer, als es zu denken. Das machte es realer. Dabei war es das so oder so.

»Das ist, als wenn man dir die Schere und den Föhn wegnähme und dich vorn an der Anmeldung ans Telefon setzen würde, um die Termine mit den Kunden zu vereinbaren«, sagte Tilda und schämte sich im gleichen Moment. Es gab schließlich wesentlich Schlimmeres, als am Telefon Termine zu vereinbaren. Es war nur einfach die falsche Richtung. Sie wollte weiterkommen, nicht ausgebremst werden. Irgendwann eine überregionale Sendung, vielleicht mit Publikum, vielleicht mit einer Diskussionsrunde, mit Politikern, mit interessanten Gästen, mit dem deutschen Fernsehpreis. Oder so ähnlich.

»Vielleicht ist das ein Zeichen«, hörte sie Ingo vorsichtig sagen. »Natürlich ist es eine VOLLKATASTROPHE, verstehe mich bitte nicht falsch«, schob er schnell hinterher. »Aber es steckt bestimmt etwas ganz anderes dahinter, etwas, das du jetzt noch nicht erkennen kannst.«

»Hallo? Ich habe gerade meinen Lieblingsjob verloren. Muss aus meiner Lieblingswohnung ausziehen, und mein Onkel hat komische Anwandlungen gehabt, bevor er diesen Planeten verlassen hat. Was bitte schön soll dahinterstecken? Und jetzt komm mir bitte nicht mit den Sternen«, flehte sie.

Ingo sagte nichts. Er atmete lediglich lange tief ein und aus. Es war eher ein Ausbrummen.

»Ich bin so hin- und hergerissen. Erst hab ich überlegt, ob ich einfach hierbleibe und Urlaub einreiche, aber ich glaube, ich pack morgen meine Sachen«, grübelte sie. »Was soll ich hier zwischen Möwen, Muttis und Meer? Ich kann das Erbe ja eh nicht annehmen.«

»Du bist doch gerade erst angekommen«, entgegnete Ingo.

»Ja, aber das ändert nichts. Weder an der Wohnungsfront noch an der Jobfront noch sonst irgendwas … ach, ich weiß auch nicht. Keine Ahnung. In dem einen Moment will ich am liebsten gleich kündigen und im nächsten würde ich gerne sofort zurückfahren. Obwohl ich da ja genauso wenig ausrichten kann.«

»Die Muttis und die Möwen können jedenfalls nix für all den Mist. Ich kann mir vorstellen, wie du dich fühlst! Echt. Aber versuche, dich jetzt nicht kirre zu machen. Setz dich in die Sauna oder lass dir den Rücken kraulen – wenn es bei dir im Hotel so etwas gibt. Und abends kannst du dann ganz entspannt zurückfahren, wenn du möchtest.«

Ganz entspannt, dachte Tilda, und ein Gedanke schlich sich zwischen all die anderen, der so absurd wie naheliegend war. Sie schüttelte ihn ab, denn es fühlte sich total abwegig an.

Einfach hierbleiben. Nicht nur Montag oder Dienstag.

Für immer.

Und die Stühle zu Bent bringen.

Tilda trank ihren dritten Cappuccino. Zum ersten hatte sie eine Kopfschmerztablette gefrühstückt. Alles andere auf dem liebevoll gestalteten Büfett im Frühstücksraum konnte sie weder ansehen noch essen geschweige denn riechen. Oder überhaupt daran denken. Die Idee, sich mit der Weinflasche, die sie noch bestellt hatte, in den weichen Sand der Düne am Strandzugang zu setzen, war nicht gut gewesen. Ihr Kopf drohte, zu zerplatzen. Trotz Sonnenbrille und des schützenden Schattens im Strandkorb, den sie sich auf der Terrasse noch ergattert hatte, war es definitiv viel zu hell.

»Das ist einfach der falsche Film. Ich habe ihn weder zusammengeschnitten noch die Anmoderation dafür geschrieben«, dachte Tilda laut. »Falsche Handlung, falsche Personen. Punkt.«

Die Leute am Nebentisch drehten sich kurz zu ihr um, sahen sie verwundert an, aßen dann aber weiter.

Tilda trank den letzten Schluck Cappuccino, dann hielt sie die Tasse kurz hoch, um der Kellnerin, die sich gerade näherte, zu signalisieren, dass sie noch einen vierten bräuchte. Dringend.

Es ist nicht wahr, dachte sie. *Es ist einfach nicht wahr.*

Gleich ruft Thomas an und sagt, es sei nur ein Scherz gewesen.

Aber das Handy rechts neben ihr auf dem blau-weiß gestreiften Sitzpolster klingelte nicht.

Die Wärme sammelte sich im Strandkorb. Tilda zog die dünne Strickjacke aus und sah auf die quadratischen Steinplatten unter sich. Was war nur los? Hatte sie irgendetwas falsch gemacht, irgendetwas nicht mitbekommen? War etwas an ihr vorbeigegangen? Eventuell schon seit Wochen? Langsam hob sie den Kopf wieder und sah durch die Hotelgäste an den anderen Tischen hindurch, zu den Hecken, durch die Gebäude gegenüber und dachte sich weiter bis nach Hamburg, in die Redaktion. Sie fragte sich, ob die anderen schon Bescheid wussten. Wussten es vielleicht sogar alle schon länger, nur sie nicht? Oder wäre es auch für die Kollegen eine Überraschung, wenn Thomas es morgen in der 10-Uhr-Konferenz verkündete? Dass sie, Tilda, jetzt nur noch die Urlaubsvertretung war? Dass man ihr Föhn und Schere... ähm... Ansteckmikro und Studio genommen hatte? Ihr Magen zog sich zusammen.

Der Gedanke, den sie gestern vor dem ersten Schluck Wein gehabt hatte, schlich sich wieder in ihr Gedächtnis und mischte sich unauffällig zwischen all die anderen. Aber das war nicht alles. Ein altes Gefühl aus Kindertagen machte sich in ihr breit. Sie sah vor ihrem inneren Auge den Strand vor sich, sah, wie sie die Dünen hinunterlief, ihre Mutter versuchte, den Sonnenschirm aufzuspannen, während ihr Vater die Decke ausbreitete.

Das rote, dreieckige Tuch auf dem Kopf, das ihre Mutter ihr immer aufgesetzt hatte, damit der Wind ihr nicht die Haare ins Gesicht trieb, der Sand auf der gebräunten Haut, barfuß, jeden Tag. Es war immer der gleiche Strand gewesen, zu dem sie gefahren waren, der sehr viel schmaler war als dieser hier auf Amrum, die gleiche Ferienwohnung, der gleiche Italiener an der Ecke. Es war immer so vieles gleich gewesen und trotzdem wunderschön und unvergesslich.

Sollte sie einfach hier, auf Amrum, bleiben? Thomas doch schreiben, dass sie Urlaub nähme? Genug Urlaubstage hatte sie allemal. Und eine Vertretung offenbar auch. Zwei sogar. Oder wäre das albern? Sollte sie jetzt erst recht Haltung zeigen und zur Konferenz erscheinen? Sie war, um es auf den Punkt zu bringen, hin- und hergerissen.

Die junge Frau mit der weißen Bluse griff nach der leeren Tasse, stellte sie weg und reichte ihr den vierten Cappuccino. »Bitte schön«, flötete sie und verschwand wieder.

Tilda bildete sich ein, die Kellnerin würde über die Steinplatten schweben. Sie kniff die Augen zusammen, konzentrierte sich auf die Füße der Frau und stellte fest, dass sie nicht schwebte. Wie auch? Das mussten die Kopfschmerzen sein. Oder die Tablette. Oder der Restalkohol. Oder alles.

»Ich glaube, ich bleibe«, sagte sie zu sich selbst.

»Die Sonne scheint, ich sitze auf einer hübschen Insel. Warum soll ich da hinfahren, wo es doof ist?«

Die Familie am Nebentisch drehte sich erneut zu ihr um. Tilda nahm die Tasse und trank sie auf ex leer. Die Leute am Nebentisch sahen ihr dabei zu, als wäre sie eine vom Aussterben bedrohte Tierart, die sich versehentlich auf die Terrasse verlaufen hatte. Sie hatten alle vier in ihren Bewegungen innegehalten.

»Egal. Es wird so oder so nicht schön. Völlig wurscht, wann ich zurückfahre«, sagte sie laut, stellte die Tasse weg und stand auf.

11.

Thomas reagierte nicht weiter auf ihre schriftliche Ankündigung per Mail, dass sie ab sofort Urlaub nähme. Er schrieb lediglich »Alles klar«, obwohl es das definitiv nicht war.

Ein paar Tage Wind und Sonne sollten reichen, um einen klaren Kopf zu bekommen und sich zu überlegen, was man mit dem Scherbenhaufen anfing, dachte Tilda. Eine Wohnung konnte sie auch von hier aus im Internet suchen, und im Sender wurde sie offenbar nicht gebraucht. Warum also hinfahren und sich das ganze Elend aus der Nähe ansehen? Rückgrat und Haltung hin oder her.

Mit Sonnenbrille auf der Nase und Fahrradsitz unterm Po radelte sie den alten Wirtschaftsweg Richtung Nebel. Es war zwar ein kleiner Umweg, aber so sah sie etwas mehr von der Insel, den putzigen Häusern, den weiten Wiesen, den Ponys und Kühen und all dem, was sie jetzt schon ins Herz geschlossen hatte. Das Gefühl auf einer Insel zu sein, abgeschnitten vom Festland, vom Rest, war etwas, was gerade jetzt besonders beruhigend war. Die Sonne schien, der Himmel war wolkenlos und die Sicht über das Meer war klar. Föhr lag links von ihr. Tilda fühlte sich, als würde sie durch eine Postkartenlandschaft radeln, so schön war es. Nur vereinzelt kamen ihr andere Radfahrer entgegen. Die ersten Meter hatte sie sich an das Lastenrad gewöhnen müssen, aber inzwischen klappte es ganz gut. Jedenfalls, so lange sie nur geradeaus fahren musste.

Sie radelte an unzähligen malerischen Reetdachhäusern vorbei, die sich rechts und links an der schmalen Straße, die durch Nebel führte, befanden und von kniehohen Feldsteinwällen umrandet waren, die Straße immer weiter, vorbei an der Mühle, durch Süddorf und weiter bis zum Leuchtturm. Kurz davor bogen sie vorsichtig rechts in den Tanenwai ab. Schließlich bremste sie, stieg ab und schob das ungelenke Rad den Trampelpfad entlang über das verwilderte Grundstück.

»Ach, du bist einfach putzig«, stellte sie erneut fest, während sie auf das Haus zuging.

Während sie das Rad neben der Holzbank vorm Haus abstellte und die Stufen zur Tür hochging, fragte sie sich, ob Nils es vielleicht mit Absicht genau so gemacht hatte – einfach zu gehen –, damit sie den Schlüssel an sich nehmen würde. Den Schlüssel und damit symbolisch auch das Haus.

Sie drehte sich noch einmal kurz um und betrachtete das Grundstück mit seinen vereinzelten Kiefern, den wilden Apfelrosen und kleinen Grashügeln, dann schloss Tilda die Tür auf.

Modrige Luft stand im Raum. Tilda ging direkt durch den Raum, um alle Fenster zu öffnen. Als die Luft durch den niedrigen Raum zog, blieb sie stehen und sah sich um. Es hatte sich nichts geändert. Wie auch? Es lebte ja niemand mehr hier. Alles lag so, wie ihr Onkel es hinterlassen hatte. Das Gefühl, er wäre nur kurz nach oben gegangen und käme gleich runter, weil er die Geräusche der quietschenden Tür und der Fenster gehört hatte, überkam sie erneut. Sie sah zur Treppe und weiter nach oben. Doch da war niemand, der die Stufen runterpolterte, sie anstrahlte, ihr entgegenkam, sie fragte, wie es ihr ging. Ohne ihn wirklich gekannt zu haben, überkam Tilda plötzlich eine Traurigkeit, die sie kaum unterdrücken konnte. Vielleicht genau deshalb: Weil sie ihn nicht gekannt hatte. Weil das hier ein fremdes Haus für sie war, in dem ein Fremder gelebt hat. Tränen stiegen ihr in die Augen. Sicher die Nachwehen und die Restmüdigkeit der letzten Nacht, dachte sie, und ging zu der Küchenzeile, öffnete einen der alten Hängeschränke auf der Suche nach einem Glas. Sie kannte das schon, diese Sensibilität nach langen Abenden und wenig Schlaf. Sie ließ Wasser aus dem Kran ins Glas laufen, dann trank sie es in einem Zug aus. Ihr leerer Magen knurrte.

Es ist einfach zu schön, Tilda! Du kannst eigentlich gar nicht anders, als es zu nehmen!, hörte sie ihre innere Stimme, während sie die Fenster wieder schloss, die Tür hinter sich zuzog und abschloss.

Nils saß mit übereinandergeschlagenen Beinen vor seiner Fischerklause in der Sonne und rauchte Pfeife. Tilda hatte es schon geahnt, bevor sie ihn auf der kleinen Bank entdeckt hatte. Es roch lecker. Eine Mischung aus Tabak und Vanille.

»Hallo!«, rief Tilda, während sie das Monstrum von Rad durch den weichen Sand schob und sich fragte, ob es nur an dem Rad lag, dass es heute anstrengender war als gestern. Sie hob kurz die Hand zum Gruß, um danach sofort wieder nach dem Lenkrad zu greifen.

»Moin!«, grüßte er mit Pfeife im Mund zurück und sah sie neugierig an. »Na, das ist ja eine Überraschung. Was hast du denn geplant? Deinen Umzug?«

»Nein, damit will ich nur die alten Stühle, die vorn am Weg stehen, nachher kurz jemandem rumbringen«, erklärte sie und hoffte innerlich, dass sie sich jetzt nichts anhören musste. Schließlich gehörten die Stühle, auch wenn es sich ganz offensichtlich um Sperrmüll handelte, rechtlich gesehen ja nicht ihr.

»Dann hast du dich also entschieden?« Nils zog an seiner Pfeife und pustete den Rauch gleich danach in mehreren kleinen Stößen wieder aus.

Wie kam er nur zu diesem Schluss? Lag es am Lastenrad, oder sah sie so aus, als wäre eine große Entscheidung gefallen? Bis gerade eben war sie davon ausgegangen, dass man ihr nur eines ansah: zu viel Weißwein.

»Ähm, also ehrlich gesagt nicht«, sagte sie und spürte den Haustürschlüssel in ihrer rechten Hosentasche. »Ich wollte gern etwas essen. Etwas Herzhaftes.«

Nils beäugte sie skeptisch, legte seine Pfeife in einen getöpferten Aschenbecher, drehte sich um und ging in die Kate.

Tilda sah sich um. Ein älteres Paar saß rechts in der Ecke am Fenster und aß zu Mittag. Auf der anderen

Seite diskutierte eine junge Familie mit drei Kindern, die mit der Getränkebestellung der Mutter nicht zufrieden waren. Sie wollten Fanta, keinen naturtrüben Apfelsaft.

Nils blieb hinter dem Tresen stehen, als wäre es ein Schutzwall, stützte sich mit den Händen auf dem Tresen ab und fragte: »Labskaus?«

»Heute bitte nur was Kleines. Ich glaube, mehr schaffe ich gerade nicht.«

»Seniorenteller gibt's hier nicht. Du kannst Fischbrötchen haben. Lachs, Heilbutt oder Krabben«, brummte er. Es war keine Frage. Eher eine Feststellung.

»Dann, hmmm, gern Krabben. Ohne Majo«, bat Tilda und sah sich nach einem Platz um. Krabben waren nicht wirklich Fisch. Zumindest rochen sie nicht ganz so sehr nach dem, was sie gerade definitiv nicht riechen wollte. Oder konnte.

Seniorenteller. Sehr nett. Sie fühlte sich zwar wie 103, aber sie sah nicht so aus. Ganz sicher nicht.

Die Abwesenheit der Sonne war für ihren Kopf und dessen Inhalt eine Riesenerleichterung, stellte sie fest und entschied sich für den Tisch neben dem Eingang. Die Luft draußen war ein Traum, und hier zog ein erfrischendes Lüftchen vorbei.

»Getränke?«, brummte Nils.

»Ein Wasser, bitte«, antwortete sie.

Nils bückte sich, holte eine Flasche aus dem Kühlschrank unter dem Tresen, goss etwas in ein Glas und brachte es an den Tisch. Dann drehte er sich um und verschwand in der Küche.

Anfangs fremdelt er immer ein wenig, überlegte sie.

»Ach, wenn das Wetter immer so wäre, würde ich für immer bleiben«, hörte sie die Frau am Nebentisch zu ihrer männlichen Begleitung sagen.

»Ist es aber nicht«, entgegnete dieser knapp und mit weniger Romantik in der Stimme. »Wir sind auf Amrum, nicht auf Malle. Auch wenn es gerade danach aussieht.«

Die Frau biss von ihrem Brötchen ab und sagte nichts mehr.

Tilda sah aus dem Fenster zu den Dünen und den Menschen, die – teilweise barfuß, mit ihren Schuhen in den Händen – von links nach rechts wanderten, etwas trugen, schoben oder hinter sich herzerrten. Bollerwagen, Männer, Hunde. Lediglich die Kinder liefen vorneweg. Überdurchschnittlich gut gelaunt und hochmotiviert. Tilda wurde allein bei dem Gedanken, sich jetzt durch den weichen Sand kämpfen zu müssen, wieder müde. Das Fahrrad die letzten Meter hierherzuschieben hatte sie an ihre Grenzen gebracht.

»So, ein Krabbenbrötchen«, hörte sie Nils neben sich sagen, »bitte schön.« Er stellte den Teller vor ihr ab und legte Besteck, das in rot-weiß karierten Papierservietten steckte, rechts daneben.

»Oh, das sieht aber lecker aus!«, freute Tilda sich, als hätte er ihr sonst was kreiert.

»Guten Appetit!«, wünschte Nils, rieb sich kurz die Hände und verschwand in Richtung des älteren Paares, das um die Rechnung gebeten hatte.

»Danke«, murmelte Tilda mit vollem Mund.

Das Zentrum der Müdigkeit war leicht zu lokalisieren. Es befand sich direkt in der Körpermitte. Tilda hatte das Gefühl, im Sitzen einzuschlafen. Dabei hatte sie lediglich ein einziges Krabbenbrötchen gegessen – ohne Mayonnaise. Nils hatte sich, nachdem er ihren Teller abgedeckt hatte, zu ihr gesetzt und zwei Kurze auf den Tisch gestellt.

»Wenn's gut läuft, wirkt es homöopathisch«, meinte sie und versuchte, sich nicht anmerken zu lassen, dass sie lieber noch drei Fischbrötchen gegessen hätte, als einen Schnaps zu trinken.

Nils sah sie fragend an. »Wie meinst du das?«, hakte er nach, während Tilda das kleine Glas ansah, als befände sich darin eine hochgefährliche, explosive Substanz, die bei der geringsten Erschütterung die ganze Fischerklause samt ihrer Insassen pulverisieren würde.

»Gleiches mit Gleichem bekämpfen«, erklärte sie und hob das Glas an. Nils tat es ihr nach.

»Prost!«

»Prost!«

Die Gläser klirrten zusammen.

»So, dann schieß man los«, meinte Nils, nachdem er das leere Glas abgestellt und seinen Mund mit dem Handrücken abgewischt hatte.

Tilda war so überrascht von der Aufforderung, dass eine Pause entstand, die klarmachte, dass sie keine Antwort parat hatte. Beziehungsweise gar nicht wusste, was genau er hören wollte.

»Hast Du's dir überlegt?« Er sah sie auffordernd an. »Mit dem Haus!«

»Ja. Also, ich meine, nein. Hab ich nicht«, stotterte Tilda und hatte schlagartig das Gefühl, wieder in der mündlichen Abiprüfung zu sitzen. »Ich werde aber noch ein bisschen bleiben. Im Hotel. Ein paar Tage mindestens. Vielleicht auch die ganze Woche«, schob sie schnell hinterher.

Eines musste man Nils lassen. Er bot keinen großen Interpretationsspielraum. Entweder sagte er, was er dachte. Oder man sah es ihm an. Es war eine ehrliche, klare Sache. Kein um den heißen Brei Rumgerede oder – in diesem Fall – Rumgegucke.

Und fest stand: Was er gehört hatte, gefiel ihm nicht.

»Aha«, brummte er lediglich, doch Tilda hörte mehr als diese drei Buchstaben. Sie hörte eine ganze Batterie an Fragen, die stumm auf sie niederprasselten.

Nils sah sie mit verschränkten Armen an.

»So etwas muss gut überlegt sein«, versuchte sie es noch einmal etwas diplomatischer. »Ich kann ja nicht einfach so mein ganzes Leben umkrempeln und alles stehen und liegen lassen. Das muss man sich ja mal in Ruhe durch den Kopf gehen lassen.« Sie spürte eine leichte Sicherheit, die in ihr aufflammte, und sah sich im Fernsehstudio an ihrem Tresen stehen. Die klassische Interviewsituation mit einem Studiogast während der Live-Sendung. Leicht angespannte, konzentrierte Stimmung. Nervosität aufseiten des Gastes. Man schätzt sich gegenseitig, ja, aber die unangenehmen Fragen müssen halt gestellt werden. Nützt nichts. Also, Rücken gerade, kurzer Blick auf die Karte, auf deren einer Seite für die

Zuschauer das Logo der Sendung zu sehen war, auf der anderen ihr Fragenkatalog.

»Wie lange haben Sie, ähm, ich meine natürlich du, wie lange hast du denn darüber nachgedacht, ob du die Fischerkate hier«, sie sah sich im Raum um, »bauen oder übernehmen …«

»Gar nicht«, war die knappe Antwort.

»Ach. Gar nicht?« Es war ihre Schuld. Regel Nummer eins für jedes Interview: keine geschlossenen Fragen stellen. Sie hatte es verbockt. Typischer Moment in einem Interview, wenn der Gast keine Lust hat, zu antworten.

»Ich hab es einfach gemacht«, erklärte Nils.

»Ah, ja. Das ist natürlich auch … eine Möglichkeit«, meinte Tilda kleinlaut und sah auf ihre Hände runter, die keinen Fragenkatalog festhielten. Leider. Also improvisieren. »Was kannst du denn empfehlen? Ich meine, hier auf Amrum. Was sollte man sich unbedingt mal ansehen?«

»Alles«, sagte Nils und stand auf. Er blieb stehen. Offensichtlich überkam ihn ein schlechtes Gewissen, weil er so wortkarg war. »Eine Wattwanderung. Nach Föhr«, schob er nach, schnappte sich die beiden kleinen, leeren Gläser und ging zurück zum Tresen.

Das Kreischen der Möwen über ihrem Kopf klang wie eine deutliche und nicht überhörbare Beschwerde, als sie die Kate verließ.

Ein paar neu angekommene Urlauber gingen an ihr vorbei Richtung Strand und diskutierten lauthals über die Vor- und Nachteile von Hotel und Ferienwohnung. Tilda blieb kurz stehen und sah zum Meer.

Es war Sonntag. Morgen früh, am Montag, um zehn Uhr war die Konferenz. Die Konferenz, auf der es alle erfahren würden. Sie stellte sich vor, wie die Kollegen mit ihren Zeitungen und Unterlagen in den Händen den Konferenzraum verlassen und in alle Richtungen verschwinden würden. Die einen oder anderen würden noch einen Moment bleiben, sich unterhalten. Fragte jemand nach ihr? Vermisste sie jemand? Ein Gefühl von Schwere legte sich auf ihren Brustkorb. Tilda holte tief Luft, streckte sich etwas, machte sich gerade und versuchte, das Gefühl wieder loszuwerden. Es zu verdrängen.

Als sie das Grundstück erreicht hatte und alle anderen, die hinter oder vor ihr gingen oder auf ihren Rädern den Tanenwai entlangfuhren, vorbeiziehen ließ und abbog, überkam sie ein ganz neues Gefühl. Eins, das nichts Schweres hatte. Ganz im Gegenteil. Sie spürte einen Anflug von Stolz und Glück. Das hier war nicht irgendein gemietetes Ferienhaus. Keine vorübergehende Bleibe, für die sie viel Geld bezahlen musste, um darin ein oder zwei Wochen leben zu dürfen. Keine Endreinigung. Nur eine Entscheidung.

Für einen Augenblick blieb sie stehen, spürte die warme Luft auf der Haut, den Armen, den Beinen, hörte die Vögel, roch die Kiefern und ließ all das auf sich wirken.

Es war keine bewusste Entscheidung, an der Haustür

vorbeizugehen und bei Trude zu klopfen. Es war etwas, worüber sie noch nicht einmal nachgedacht hatte. Sie tat es einfach. Dreimal hatte sie gegen die alte grüne Holztür geklopft und gewartet. Als sie gerade die Hand hob, um erneut zu klopfen, öffnete sich die Tür einen Spalt und ein kleines, faltiges Gesicht erschien an einer Stelle, an der sie es nicht erwartet hatte: auf Brusthöhe.

Bisher hatte sie Trude ja nur sehr kurz liegend gesehen. Sie hatte überhaupt nicht damit gerechnet, dass sie ihr gerade bis zum Schlüsselbein reichte. Mit ihren 1,75 Metern gehörte Tilda definitiv zum Durchschnitt und nicht zu der Kategorie »außergewöhnlich groß«. Trude hingegen war offenbar außergewöhnlich klein.

»Hallo! Guten Tag. Ich bin es, die Nichte von …«

»Ich weiß, wer Sie sind«, hörte sie die kratzige Stimme zwischen der weiß getünchten Hauswand und der Haustür. Der Spalt blieb ein Spalt.

»Ich dachte, wir könnten, wenn Sie vielleicht einen Moment Zeit haben, einen Tee zusammen trinken. Also, natürlich nur, wenn es gerade passt. Es tut mir leid, dass ich Sie so erschreckt habe. Wirklich! Das war ganz und gar nicht meine Absicht. Nils hat mir erzählt, dass Sie Bedenken haben wegen der Wohnsituation und ich …«

»Wohnsituation«, hörte sie Trude wiederholen, obwohl sie hätte schwören können, dass sich die dünnen Lippen nicht bewegt hatten.

»Ja, also die momentane Situation. Ich weiß ja auch gar nicht, wie es weitergeht. Auf alle Fälle ist es mir wichtig, dass Sie wissen, dass ich Sie hier niemals …

rauskündigen würde! Das ist mir einfach wichtig, dass Sie das wissen. Egal, wie es jetzt weitergeht. Ich möchte nur, dass Sie sich deshalb bitte keine Sorgen machen. So etwas würde ich niemals tun! Vielleicht beruhigt Sie das ja und ...«

»Ja, danke«, erklärte Trude und schob die Tür zu.

Tilda blieb wie angewurzelt stehen und starrte auf die grüne Farbe auf dem alten Holz vor ihren Augen. Was war das denn jetzt?, fragte sie sich, als sich die Tür in der nächsten Sekunde ruckartig wieder öffnete. Dieses Mal ganz. Trude ging ein Stück beiseite und bedeutete Tilda einzutreten. »Bitte. Kommen Sie rein.«

Einen Moment zögerte Tilda. Die Verwirrung war zu groß. Doch dann ging sie in den kleinen Wohnraum, den sie bereits ein wenig kannte, und sah sich um.

»Ich habe nicht mit Besuch gerechnet«, murmelte Trude und räumte Kleidung, die über den beiden Stühlen hing, weg. »Hier. Nehmen Sie Platz.« Trude drehte sich suchend um. »Ich kann Ihnen gar nichts anbieten«, erklärte sie und setzte sich auf den anderen Stuhl.

»Ach, das müssen Sie doch nicht. Ich wollte mich auch gar nicht selbst einladen. Es ist nur so ... ich war gerade in der Nähe, und da dachte ich, ich schaue mal rein.«

Trude zog ihre gestrickte Weste, die sie über der Bluse trug, zusammen und sah Tilda an, als könne sie in sie hineinsehen. »Und Sie kommen also aus Hamburg«, stellte sie fest.

Die Situation erinnerte Tilda an ein Bewerbungsgespräch, obwohl der Vergleich mehr als hinkte.

»Ja, genau. Ich wohne in Hamburg. Eigentlich immer schon. Ich war zwar während der Schulzeit ein Jahr in Amerika, aber ansonsten war ich immer in Hamburg«, fing sie an, zu erzählen, und spürte eine leichte Unsicherheit, ohne sagen zu können, warum.

»Hmmm«, machte Trude, und es klang, als hätte sie aus Tildas Antwort irgendwelche Schlüsse gezogen. Tilda wusste nur nicht, welche. »Und Sie kannten meinen Onkel gut, nehme ich an?«, fragte sie schnell, um der nächsten Frage aus dem Weg zu gehen und das Ruder an sich zu nehmen.

Trude senkte den Blick, während sie stumm nickte. »Er war ein feiner Mensch«, sagte sie schließlich und hob langsam wieder ihren kleinen Kopf. »Ein ganz feiner.«

Tilda nickte ebenfalls, obwohl sie Hannes gar nicht richtig gekannt hatte. Es war eher eine Zustimmung, eine Art Erleichterung, dass jemand etwas Gutes über ihren Onkel sagte.

Sie erklärte Trude die familiäre Situation in wenigen Sätzen, denn es gab ja nicht viel zu sagen – leider.

»Hannes hat nach der Diagnose, als er wusste, dass er nicht mehr lange hatte und es nicht schaffen würde, nur noch an *das* hier gedacht«, erklärte Trude und sah sich in ihrem Wohnzimmer um. »Die Kate. Und was daraus wird. Er hatte ja keine Kinder. Oder eine Frau.«

Es war mehr als reine Nachbarschaft, die sie verbunden hatte, erzählte Trude. Hannes war für sie da gewesen, wenn sie Hilfe brauchte. Und sie war für ihn da gewesen, wenn die Tage zu dunkel und zu lang waren und das Wetter ihn in die Einsamkeit gedrängt hatte. Dann hatte sie ihre selbst gebackenen Kekse eingepackt und bei ihm geklopft. Ob er gewollt hatte oder nicht. Da konnte sie sehr hartnäckig sein, erklärte Trude, und ihr Gesicht hellte sich mit jedem Satz etwas auf, während sie weitererzählte von einer Zeit, die noch nicht lange her war und sich doch so anfühlte. Im Winter hatte Hannes den Weg freigeräumt, ihr Holz gebracht, wenn die Heizung nicht tat, was sie sollte. Er hatte eingekauft, wenn die Helfer vom Pflegedienst nicht rechtzeitig kamen, und auch nach ihr gesehen, wenn sie eine Weile nicht an seiner Tür geklopft hatte.

»Und nun ist er weg«, sagte sie mehr zu sich selbst als zu Tilda. »Dabei wäre ich an der Reihe gewesen. Nicht er.«

Tilda wusste nicht, was sie sagen sollte. Sie sah Trude an und ahnte, es würde nicht das wiedergeben, was sie empfand.

»Wer kümmert sich denn jetzt um Sie? Ich meine, abgesehen von den Ehrenamtlichen, die mal rumkommen? Nils hat mir davon erzählt«, hakte sie nach einer Weile vorsichtig nach.

Trude schwieg.

»Ich bin noch ein paar Tage hier, und wenn Sie möchten, kaufe ich gerne mal ein. Ich fahre ja eh mit dem Rad über die Insel und schaue mir alles an. Da halte ich gern beim Supermarkt und bringe etwas mit«, bot Tilda an. »Wirklich. Kein Problem!«, schob sie nach.

»Es gibt einen Lieferservice.« Trude hob ihren Kopf,

und Tilda ahnte, was sie dachte. Es ging nicht um die Anlieferung von Lebensmitteln. Es ging um etwas, was man weder bestellen noch bezahlen konnte. Ein paar Tage war sie noch hier und dann? Dann fuhr sie wieder.

»Ich weiß noch nicht, wie ich die Bedingung, die an das Erbe von Hannes geknüpft ist, umsetzen soll. Ich habe einen Job in Hamburg und eine Wohnung«, erklärte Tilda, kam mit dem Oberkörper etwas vor und stützte ihre Ellenbogen auf der Spitzendecke, die auf dem Tisch lag, ab. »Aber ich könnte mich gern mal informieren, was für Möglichkeiten es gibt. Es wird sich bestimmt jemand finden, der sie besucht, mal mit Ihnen Karten spielt, wenn sie das mögen, oder nach Ihnen sieht. Wenn Sie wollen, schaue ich im Internet nach. Es gibt immer nette Menschen, die sich gerne mal ... kümmern.« In ihrem Kopf hallten ihre Worte nach, und sie fragte sich, ob es eventuell falsch war, falsch ausgedrückt, was sie gesagt hatte. Karten spielen, nach Ihnen sehen, kümmern. Das klang alles so nach Hilflosigkeit. Und dann diese Insel. Klar gab es Kleinanzeigen im Internet und etliche Ehrenamtlichen-Portale. Aber wer von denen lebte auf Amrum?

»Milch. Aber keine fettarme, so etwas kommt mir nicht ins Haus. Und frisches Brot«, sagte Trude. »Das könnte ich gebrauchen.«

»Klar! Hole ich Ihnen. Was für ein Brot denn?«

»Graubrot. Da ist die Rinde nicht so hart.«

»Wird gemacht«, sagte Tilda und stand auf. »Wie viel Milch?«

Trude sah sie mit großen Augen als, als hätte sie sie nicht verstanden. »Einen Liter.«

»Ja, natürlich. Ich dachte, haltbare und dann vielleicht etwas mehr. Aber kein Problem, dann hole ich frische. Der nächste Laden ist vermutlich in Süddorf, oder?«, überlegte sie laut. »Ist da überhaupt einer? Oder Wittdün?«

Trude erklärte ihr, wie sie am einfachsten zum nächsten Supermarkt kam, stand auf und kramte aus einer Schublade ihrer Küchenzeile zwei ordentlich zusammengefaltete Plastiktüten und einen 10-Euro-Schein. Auch zusammengefaltet. Warum auch immer. Ordnung musste eben sein.

»Vielleicht noch ein paar kleine Äpfel, aber nicht so viele. Aus meinen habe ich Kompott gemacht. Machen müssen. Der Baum ist einfach zu alt«, sagte sie und streckte ihr die Tüten entgegen.

»Alles klar«, sagte Tilda und steckte die Tüten in ihre Umhängetasche. »Dann bis gleich!«

Trude nickte knapp und schwieg.

Als sie eine Dreiviertelstunde später zurückkam, saß Trude neben dem Eingang auf der Holzbank.

Auf dem Rückweg hatte Tilda sich gefragt, ob sie Bent einfach anrufen sollte. Oder eine Nachricht schicken. Oder einfach gar nichts machen. Sie spürte eine Unruhe in sich wachsen. Warum meldete er sich nicht? Hatte er es vielleicht gar nicht ernst gemeint? Waren ihm die Stühle egal? War sie ihm egal? Sie kam sich vor wie mit 14, als sie in den Sohn der Nachbarin verliebt gewesen war. Leider eine sehr einseitige Liebe, da er drei Jahre älter gewesen war und sich nicht für Mädchen interessiert hatte, deren Oberweite in etwa seiner eigenen entsprochen hatte.

Sie musste sich ablenken – dringend.

»Hallihallo! Da bin ich wieder«, rief sie und stellte das große Rad ab. Langsam bekam sie ein Gefühl für das Lastending.

Ein süßlicher Duft strömte ihr entgegen, sie war sich aber nicht ganz sicher, was es war.

Trude stand wie in Zeitlupe auf, stützte sich auf der Lehne ab und kam langsam hoch.

»Ich bringe die Tüten mal rein. Okay?«

»Ja, ja. Immer rein in die gute Stube«, murmelte sie und folgte Tilda langsam.

Die Kleidung auf den Stühlen war verschwunden. Auf dem Tisch standen zwei Teller, Tassen und eine Schale mit Keksen. Auf einem Stövchen, in dem ein Teelicht brannte, stand eine Teekanne.

»Oh, das sieht ja gemütlich aus«, stellte Tilda fest und räumte die Einkäufe aus den Tüten in den Kühlschrank. Die Tüten faltete sie wieder ordentlich zusammen und legte sie auf die Arbeitsfläche der Küchenzeile.

»Na, dann wollen wir mal«, erklärte Trude, setzte sich und bedeutete Tilda, neben ihr Platz zu nehmen.

»Es muss immer so viel Kandis rein«, erklärte sie, nachdem sie Tilda und sich von dem Schwarztee einge-schenkt und einen ganzen Haufen dicke Kandissteine in ihre eigene kleine Tasse gelegt hatte, »dass etwas aus dem

Tee herausragt.« Anschließend kam pure, flüssige Sahne aus einem kleinen Porzellankännchen darüber. Tilda wagte nicht, zu widersprechen, und machte es ihr nach.

Nachdem sie alle selbst gebackenen Kekse aufgegessen und den Tee ausgetrunken hatten, lehnte Tilda sich zurück und dachte an ihre Oma. Ob Irma und Trude sich verstehen würden? Was wäre, wenn sie sie mal herholen würde? Für ein paar Tage? Vielleicht konnte daraus eine Freundschaft entstehen. Oder war es in dem Alter der beiden nicht mehr so einfach, wie sie es sich gerade vorstellte?

»Was genau machen Sie denn da eigentlich beim Fernsehen?«

»Ich bin Moderatorin«, antwortete Tilda, doch noch während sie das sagte, fiel ihr ein, dass es eigentlich nicht mehr der Wahrheit entsprach. Zumindest nicht ganz. Sie war jetzt Redakteurin für das Magazin, das sie bis vor ein paar Tagen moderiert hatte. Aber ein Schauspieler, der gerade weder Angebot noch Auftrag hatte, war andererseits auch nach wie vor ein Schauspieler. Tilda grübelte darüber nach und spürte, dass ihre Gedanken sie wieder nach Hamburg zogen.

»Aha. Tut mir leid, aber… ich kenne Sie nicht. Ich gucke aber auch kaum etwas. Eigentlich höre ich nur Radio. Oder lese«, hörte sie Trude sagen, die sie aus ihren Gedanken riss.

»Dafür müssen Sie sich nicht entschuldigen! Radio ist doch auch etwas Feines! Manchmal beneide ich die Kollegen richtig. Die können ja im Grunde im Schlafanzug moderieren, und keiner würde es merken. Na ja, bis auf die eigenen Kollegen vielleicht!«

Tilda hatte mit allem gerechnet. Aber nicht mit diesem Lachen. Diesem hohen, dünnen Lachen, das mit Sicherheit bis zur Düne zu hören war. Trude hatte offenbar für einen kurzen Moment vergessen, dass sie Tilda eigentlich gar nicht mögen wollte. Aus Prinzip. So war es Tilda zumindest bisher vorgekommen. Über den gedeckten Tisch und die selbst gebackenen Kekse hatte sie sich ja schon gewundert und das als einen kleinen Riss im sonst so gut gebauten Schutzwall angesehen – aber dieses Lachen war wie das versehentliche Abfallen einer Maske.

Es hielt nur nicht allzu lange. So schnell, wie es angefangen hatte, hörte es auf, und Trude schien sich wieder in sich zurückzuziehen, wirkte reserviert, prüfend. Nur ihr Mundwinkel sah nicht mehr ganz so verkniffen aus.

In dem Moment kündigte Tildas Handy eine neue Nachricht an. Bent? Oder doch nur Ingo oder Oma? Hastig zog sie es aus ihrer Tasche und sah auf das Display. Ein Lächeln breitete sich über ihrem Gesicht aus. Es war eine Nachricht von Bent! Tilda entsperrte es, öffnete die Nachricht und überflog sie. Er fragte, ob sie eventuell auch am nächsten Tag Zeit hatte. Es würde auch heute gehen, falls sie wieder abreisen müsse. Morgen habe er allerdings mehr Zeit.

Tilda spürte eine leichte Enttäuschung, aber in der nächsten Sekunde zugleich eine große Erleichterung. Was für ein Glück, dass sie noch bleiben würde! Im

Grunde musste sie Thomas dafür fast schon dankbar sein, überlegte sie kurz, schüttelte dann aber über sich selbst den Kopf und tippte Bent, der seine Adresse in einer zweiten Nachricht hinterhergeschickt hatte, eine Antwort. Klar könne sie auch morgen. Alles easy. Beste Grüße, Tilda. Kurz und knapp.

Sie zog die Stirn in Falten. Ob sie sich vielleicht gerade zu sehr auf das Treffen freute, das in Wahrheit nichts anderes war als ein Überbringen von Gegenständen? Sicher bildete sie sich etwas ein, das keinen weiteren Gedanken wert war. Weil es sich hier einfach nur um einen Hobby-Restaurator handelte, der alte Gegenstände sammelte.

Sie spürte Trudes Blick von der Seite, legte das Handy wieder weg und versuchte, an das Gespräch anzuknöpfen. »Vielleicht sollte ich mich langfristig beim Radio bewerben«, sagte sie, um den Raum wieder zu füllen und die Stille zu vertreiben. Einzig die Vögel draußen im Garten waren die ganze Zeit durch die geöffnete Haustür zu hören. Hin und wieder nahm man auch mal eine Fahrradklingel vom Sandweg oder ein Rufen wahr. Aber das war auch alles.

»Aha. Warum denn das?«

Sie hatte ihr Interesse geweckt, stellte Tilda fest. Die alte Dame in ihrer Strickweste sah sie neugierig an.

Und Tilda erzählte.

Von Thomas' Anruf, der sie völlig überrascht hatte, von ihrem Schock danach, ihrer inneren Zerrissenheit, was das Erbe betraf, von alldem erzählte sie ihr.

Und Trude hörte zu. »Als hätte Hannes hellsehen können«, murmelte sie schließlich.

Tilda sah sie fragend an. »Ähm, ja? Wieso?«

»Es liegt doch auf der Hand.«

Tilda verstand nicht. Oder lag es daran, dass sie mit ihren Gedanken bei drei alten Stühlen war? »Wie meinen Sie das? Was liegt auf der Hand?«

Hannes konnte hellsehen, und alles lag auf der Hand? Für ihre Gesprächspartnerin vielleicht. Aber für sie ganz und gar nicht.

»Hannes' Wunsch, dass die Kate an Sie geht«, sagte Trude knapp.

»Sorry, aber ... ich verstehe nicht ganz«, gab Tilda zu. Wobei *nicht ganz* gelogen war. Sie verstand überhaupt gar nichts. Das war die ganze Wahrheit.

»Das Erbe füllt die Lücke. Wie ein fehlendes Puzzleteil«, überlegte Trude nachdenklich. »Die Stelle ist weg. Die Wohnung wird gekündigt, und hier erben Sie ein Haus. Ein kleines, aber immerhin!«, stellte Trude fest. »Das klingt doch sehr nach ...«

»Sagen Sie jetzt bitte nicht Fügung!«, platzte es aus Tilda heraus. In der nächsten Sekunde stockte sie. »Das mit der Wohnung, das habe ich Ihnen doch gar nicht erzählt.«

Trude richtete sich in ihrem Stuhl etwas auf und sah sie irritiert an.

Tilda fragte sich in dem Moment, was Hannes' Nachbarin eigentlich früher gemacht hatte. Beruflich. Bevor sie hier in die Kate gezogen war. Wenn Trude gesagt hätte, sie habe auf dem Jahrmarkt Menschen die Zukunft aus der Hand gelesen, Tilda hätte es sofort geglaubt. Ja, das musste es sein. Vermutlich tat sie das immer noch. Und Hannes war ihr Assistent gewesen. Oder so etwas in der Art.

»Dann hat Nils das wohl erzählt«, sagte die alte Frau schließlich. »Woher sollte ich es sonst wissen?«

Ja, woher, fragte sich Tilda und zuckte lediglich mit den Schultern.

12.

Die Stuhlbeine ragten aus dem vorderen Teil der Lade-
fläche des Rads, während Tilda im Schritttempo die
schmale Straße durch Nebel fuhr. Ganz so leicht, wie sie
es sich vorgestellt hatte, war es doch nicht. Zwei Stühle
passten locker rein. Aber drei waren genau einer zu viel.

Bent hatte abends noch eine WhatsApp gesendet und
gesagt, dass er sich auf die Stühle freue. Immerhin auf die
Stühle, hatte Tilda gedacht.

Ingo war vom Sofa gesprungen, als sie ihm alles am
Telefon erzählt hatte. »Das ist nicht dein Ernst?!«, war es
aus ihm rausgeplatzt, dabei war ja noch gar nichts passiert.
Außer, dass sie einen wildfremden Mann mit einem alten
Plastikeimer von seinem Fahrrad geschossen hatte. Während der Fahrt. Nachdem er die Geschichte gehört hatte,
war Ingo mehrere Minuten nicht in der Lage gewesen,
einen zusammenhängenden Satz rauszubringen. Er hatte
solch einen Lachanfall bekommen, dass Tilda nur noch
die Geräusche seines Versuches hörte, wieder normal zu
atmen. »Melde dich bitte UMGEHEND, wenn du bei ihm
warst«, japste er. »Ich erwarte zeitnahe Berichterstattung.
Himmel. Ich fasse es nicht. Nicht, dass du ganz dableibst
und ich hier versauere! Hoffentlich kann ich mich morgen
überhaupt konzentrieren. Vermutlich mache ich Dauer-
welle statt Strähnchen, weil ich die ganze Zeit…«

»Ingo!«, war sie ihm ins Wort gefallen.

»Ja?«

»Ich bringe ihm drei Stühle rum. In sein Einfamilienhaus oder was auch immer. Ich ziehe da nicht ein. Danach melde ich mich bei dir. Okay?«

Ingo hatte sich daraufhin wieder gesetzt und lange ausgeatmet. Sehr lange.

Die Hausnummern an den kleinen Häusern mit Reetdächern waren gut versteckt. Zu gut. Wenn man hinter den hüfthohen Steinwällen und ihren Hecken, die teilweise darauf wuchsen, hin und wieder etwas von den Häusern sah, dann meist nicht das, was Tilda suchte. Sie stieg vom Rad und schob es langsam weiter. Rechts und links der verzierten Friesentüren wuchsen Rosenstöcke, hingen kleine Außenlampen. Natürlich gab es auch Häuser ohne Hecken und mit Hausnummern. Nur leider mit den falschen.

Vor einem weißen Reetdachhaus mit grüner Haustür und kleinem runden Fenster darin blieb sie stehen. Es war mehr ein Gefühl, eine Ahnung, die sie nicht begründen konnte, als die Erkenntnis, dass sie hier richtig war.

»Hallihallo«, hörte sie plötzlich Bents Stimme hinter sich.

Er trug zwei Einkaufstüten rechts und links, ging auf sie zu und strahlte sie an.

»Hallo!«, begrüßte Tilda ihn, hoffte, dass der leichte Sonnenbrand, den sie bekommen hatte, das Rot in ihrem Gesicht, das sie gerade deutlich spürte, überdecken würde, stellte das Rad ab und öffnete spontan die kleine

Holzpforte, die auf das Grundstück führte. Er hatte ja die Hände voll.

»Warte, ich mach dir kurz auf.« Tilda hatte den Griff der Pforte noch in der Hand – als sie eine kleine Holzsandkiste, Schaufel und Eimer dahinter entdeckte.

Die Enttäuschung breitete sich innerhalb eines Wimpernschlags in ihr aus.

Bent setzte die Tüten ab, wischte sich eine Haarsträhne aus dem Gesicht und reichte ihr die Hand. »Moin. Da bist du ja! Wie schön.«

»Ja, da bin ich. Beziehungsweise wir«, erklärte sie, drehte sich zu ihrem Rad um, deutete auf die Stühle, um von ihrer Gesichtsfarbe etwas abzulenken.

»Wow! Da hast du ja einen Lastenzug auf drei Rädern! Extra geliehen?«

»Klar. Mein Wagen steht auf dem Festland.«

»Wenn ich das geahnt hätte, hätte ich die Stühle abgeholt«, erklärte Bent fast schon entschuldigend.

»Ach was. So ein kleines Abenteuer ist doch lustig. Richtig praktisch, das Ding. Wenn man es denn erst mal unter Kontrolle hat«, musste sie zugeben. »Und außerdem hab ich etwas wiedergutzumachen.«

Die beiden lachten, und Bent griff nach den Tüten. »Marion ist gerade mit dem Hund unterwegs«, meinte er mit Blick auf das Haus.

Ihr Herz hatte sein Gewicht verdoppelt. Nein verzehnfacht. Als Ergebnis auf einen einfachen Satz. Entspannt ausgesprochen. Maximal drei Sekunden.

»Aber ich kann ihr kurz eine Nachricht schicken und

sie fragen, ob es für sie okay ist, wenn ich meine Sachen in ihren Kühlschrank stelle. Sie ist eine ganz Entspannte.«

Damit drehte er sich um und sah zu dem Haus direkt gegenüber, das wesentlich moderner wirkte. Es war zwar auch ein Friesenhaus, aber neuer und restaurierter.

»Oder ich packe es kurz bei mir rein«, schob er lächelnd hinterher.

Tilda fiel ein ganzer Zentner vom Herzen. Sie hoffte, dass man ihr die Erleichterung nicht ansah.

»Ich kenne Marion zwar nicht, aber wir können sie sonst nachher auch noch fragen, falls bei dir nicht alles reinpasst«, konterte sie, ging auf ihr Rad zu, wendete es umständlich und folgte ihm über die schmale Straße auf sein Grundstück.

»So wird's gemacht«, meinte er, stellte die Tüten kurz ab, während er seinen Haustürschlüssel aus seinen blauen Shorts zog, und schloss auf.

Tilda sah sich unauffällig um. Keine Sandkiste, keine Eimerchen und Schaufeln. Dafür zwei Räder. Zwei Männerfahrräder. Das eine erkannte sie sofort wieder. Aber das andere? Ihr schoss Ingo durch den Kopf. Das konnte doch nicht sein! Schwul? Hatte sie sich wirklich alles nur eingebildet? Oder völlig falsch interpretiert? Oder ging der Trend zum Zweitrad? Sie kam sich vor wie eine verdeckte Ermittlerin.

Der Garten wirkte gepflegt. Nicht unbedingt das Grundstück eines Menschen, der jede freie Minute damit verbrachte, draußen etwas zu tun oder zu pflanzen, was aber auch nicht nötig war, da es keine Beete gab. Der

Rasen war gemäht, vor dem Haus wuchsen große Hortensien, ein Stück entfernt Schmetterlingsflieder, etwas Lavendel.

»Hereinspaziert!«, hörte sie Bent sagen, der schon ins Haus gegangen war, die Tüte abgestellt hatte und jetzt zurückgekommen war. Der kurze Blick an ihm vorbei hatte gereicht, um zu wissen, was er liebte: skandinavische Möbel. Egal, wo sie hinsah: Überall fand sie Designklassiker die sie nur aus Büchern oder Zeitschriften kannte. Oder aus Cafés und Restaurants in Kopenhagen. Fritz Hansen, Hans J. Wegner, selbst der Holzaffe von Kay Bojesen hing mit einem Arm vom Holzregal im Flur.

»Alles okay?«, fragte Bent und riss sie damit aus ihren Gedanken.

»Ja, klar, total! Ich bin nur gerade etwas überrascht. Ich bin auch ein großer Fan von skandinavischem Design.«

»Ach, wie cool!« Er ging ein paar Schritte weiter in sein Wohn- und Esszimmer. »Ja, das ist eine meiner großen Leidenschaften! In Dänemark findet man mit Glück tatsächlich immer noch Ecken, in denen diese Möbel stehen und darauf warten, dass sie jemand abholt. Ist schon weniger geworden, das muss ich zugeben, aber hin und wieder entdeckt man noch wahre Schätze!«

»Fährst du echt mit dem Wagen durch Dänemark und klapperst alte Höfe ab? Auf die Idee bin ich noch gar nicht gekommen. Wobei das mit meinem Wagen vermutlich auch nicht sehr erfolgreich wäre, da bräuchte ich wohl eher einen Anhänger«, stellte sie lachend fest. »Apropos. Ich hole mal die Stühle.«

»Warte, ich komme mit. Auf dem Lieferschein stand, glaube ich, nichts von Transport der Möbel ins Haus«, meinte er und folgte ihr nach draußen.

»Du fährst gerne Rad, oder?«, fragte Tilda in einem möglichst gleichgültigen Ton beim Rausgehen mit flüchtigem Blick auf die beiden Fahrräder.

»Klar! Was willst du hier auch Auto fahren? Außer man transportiert Stühle.« Er zwinkerte ihr zu.

Mist, ärgerte sie sich, *ich hätte die Frage anders formulieren müssen. Das war nicht die Antwort, die ich hören wollte.*

»Das ist das Tolle hier bei uns auf Amrum. Du kannst alles mit dem Rad erreichen, wenn es nicht gerade stürmt und regnet. Ich weiß ehrlich gesagt gar nicht, wann ich meinen Wagen zuletzt bewegt habe«, grübelte er, als sie bei Tildas Rad angekommen waren.

Vorsichtig zog sie an einem der Stühle, die übereinandergestapelt und ineinander verkeilt waren.

»Außerdem habe ich auch ehrlich gesagt keine Lust, meinen Sohn von A nach B zu kutschieren. Der fragt schon gar nicht mehr. Es sei denn, das Wetter spielt wirklich gerade verrückt.«

Tilda hatte es geschafft, einen der Stühle rauszuziehen und hielt ihm Bent entgegen. »Du hast einen Sohn?«, fragte sie möglichst beiläufig.

»Ja, Piet. Er lebt auf dem Festland bei seiner Mutter und kommt in den Ferien und alle paar Wochenenden, wenn er mal Lust hat. Im Sommer auf alle Fälle öfter als im Herbst oder Winter. Ihm ist hier zu wenig los«, stellte er lachend fest. »Keine Disco weit und breit.« Bent hielt den Stuhl mit einer Hand und zog einen zweiten mit der anderen raus.

»Irgendwann wird er froh sein«, meinte Tilda achselzuckend.

»Ja, das hoffe ich auch. Aber das wird noch dauern. Keine Ahnung, ob ich das noch miterleben werde, so wie es aktuell aussieht. Er ist gerade 17 geworden. Da gibt es Wichtigeres als«, er sah sich um, »eine ruhige Insel mit einem langweiligen Vater drauf. Obwohl: Hin und wieder passieren tatsächlich ganz spannende Sachen.«

»Das mit dem Eimerwerfen habe ich voll unter Kontrolle!« Tilda hob die Hand und streckte Mittel- und Zeigefinger zum Schwur empor. »Ich schwöre!«

»Das ändert natürlich alles. Dann könnte es ab jetzt wieder sehr langweilig werden.« Seine Augen leuchteten, ein warmes Lächeln legte sich über sein Gesicht.

Er ging vor zum Haus, während Tilda das Rad abschloss.

Eine Sekunde zu lang, dachte Tilda. *Es war eine Sekunde zu lang. Oder zwei. Er hat einen Sohn. Aber: Der Sohn lebt nicht hier. Schlussfolgerung: Er lebt getrennt. Die Chance, dass er Single ist, steigt minütlich.* Tilda klatschte wie ein kleines Kind vor Freude in die Hände, hielt inne und sah sich unauffällig um, in der Hoffnung, dass niemand sie gesehen hatte.

Eine ältere Dame zupfte Unkraut in ihrem Garten, ein Pärchen schlenderte Hand in Hand die Straße entlang und betrachtete die hübschen, putzigen Häuser.

Erleichtert griff sie nach dem letzten Stuhl und folgte Bent ins Haus. Die anderen Stühle standen neben der Haustür. Vermutlich wollte er sie im Garten oder in dem kleinen Schuppen rechts neben dem Haus abschleifen. Tilda stellte ihren dazu und sah ins Haus.

»Komm rein. Ich mache einen Kaffee. Magst du auch?«

Sie sah auf das Namensschild: *Behrens.* Kein Hinweis auf die Anzahl derer, die hier lebten. Sie schloss die Tür hinter sich und folgte ihm den Flur entlang in die Küche, die sehr schlicht, aber schön war. Die Arbeitsplatte bestand aus einer ganzen Baumscheibe. Die Kante war nicht maschinell begradigt, sondern so, wie der Baum gewachsen war, belassen worden. Statt Oberschränken gab es ein Regal an der Wand über dem großen weißen rechteckigen Spülbecken, auf dem alle möglichen Gewürze neben Gläsern mit Teebeuteln und anderen Dingen standen. Und ein alter Rahmen mit einem Kinderfoto. Es zeigte einen kleinen Jungen auf einer Schaukel. Offenbar laut lachend, in der Sekunde, in der auf den Auslöser gedrückt wurde.

»Ist das Piet?«

Bent, der gerade dabei war, kochendes Wasser über das Kaffeepulver in dem weißen Porzellanfilter zu gießen, hielt kurz inne, hob den Kopf und sah zu dem Bild rüber. »Ja, genau. Das ist der Lütte, der gar nicht mehr lütt ist.«

»Sieht dir ähnlich«, stellte Tilda fest, nachdem sie etwas näher an das Bild herangetreten war.

Bent stellte zwei Becher, einen blauen und einen türkisfarbenen, nebeneinander und schenkte den dampfenden Kaffee ein.

»Milch?«

»Ja, gern«, sagte Tilda und beobachtete, wie er eine Glasflasche mit kalter Milch aus dem Kühlschrank zog und einschenkte.

»Wollen wir uns hinters Haus setzen?«, fragte er, die Kaffeebecher in der Hand. »Ich habe da eine kleine Terrasse.«

»Der Blick ist umwerfend«, staunte Tilda, nachdem sie sich in einen der Holzstühle gesetzt hatte. Das eigentlich recht kleine Grundstück ging beinahe nahtlos über in eine angrenzende Wiese, die bis zum Wasser reichte. Dadurch bekam man den Eindruck, es sei unfassbar groß und weit. »Das ist ja ein Traum! So etwas findet man sicher nicht mehr oft. Wahnsinn. Hier kann man es sicher gut aushalten.« Tilda konnte es gar nicht fassen. Vor dem Haus war sie schon beeindruckt gewesen, hatte aber nicht ahnen können, was für ein Schatz sich dahinter verbarg.

»Na ja. Dieses Glück erkennt nicht jeder. Oder anders ausgedrückt, es ist nichts für jeden.«

Tilda drehte sich zu ihm um und sah ihn fragend an.

»Wie meinst du das?«, fragte sie und nahm einen Schluck aus dem Becher. Man schmeckte, dass der Kaffee nicht aus dem Automaten kam. Vermutlich hatte er sogar die Bohnen selbst gemahlen, tippte sie.

»Nicht jeder ist für das Inselleben gemacht. Ich hab

hier schon manch einen kommen und wieder gehen sehen.«

»Du meinst die Mutter von Piet?«, hakte sie vorsichtig nach.

Bent nickte. »Ja. Die auch. Nach unserer Trennung ist sie direkt nach Berlin gezogen. Mitten rein«, stellte er kopfschüttelnd fest und sah über die sattgrüne Wiese, auf der ein paar Ponys grasten. »Hier hält es irgendwie keiner lange aus. Zumindest niemand, der nicht hier geboren ist oder das Glück erkennt.«

»Oder eine Kate mit Bedingung erbt«, meinte Tilda und stellte ihren Becher auf den runden Holztisch vor sich.

Bent sah sie mit seinen großen braunen Augen an.

»Stimmt. Das fehlt bei meiner Auflistung. Ist aber eben auch nicht wirklich freiwillig«, schob er hinterher.

Tilda schüttelte den Kopf. »Ne, nicht wirklich. Stimmt.«

»Klingt aber auf alle Fälle spannend. Eine Art Insel-Selbsterfahrungs-Trip, das lässt sich bestimmt gut in einem Buch verpacken. *Meine Probezeit auf der Insel.* Oder, warte: *Auszeit auf Amrum*«, schlug er als Titel vor.

Bei der Vorstellung mussten beide lachen.

»Erzähl mal. Was ist denn dein Plan? Zählst du hier Vögel, die vom Aussterben bedroht sind?«

Tilda musste an den Typen von der Fähre denken. Beinahe wäre ihr rausgerutscht: *Nein, Männer, die vom Aussterben bedroht sind.*

Stattdessen erzählte sie von dem, was in den letzten Tagen und Stunden passiert war.

»Wenn du so willst, dann ist das wirklich eine Probezeit, die mir auferlegt wurde. Für einen guten Zweck sozusagen«, schloss sie ihre Erklärung ab. »Ich muss mir nur noch überlegen, wie ich es anstelle.«

Bent hatte seine Beine übereinandergeschlagen und sah sie an. Zu lange.

Tilda hielt seinem Blick ein paar Sekunden stand, dann wich sie ihm aus, griff nach ihrem Becher und flüchtete mit ihren Augen zu den Ponys auf der Wiese.

Als sie sich weit nach Sonnenuntergang vor dem Haus verabschiedeten, gab sie ihm die Jacke zurück, die er ihr geliehen hatte, als es etwas frischer geworden war.

»Das hatte ich echt lange nicht«, stellte er fest. »Eigentlich noch nie.«

»Was? Dass dich eine Frau vom Rad haut und sich dann den ganzen Nachmittag dafür von dir bewirten lässt?«, versuchte Tilda abzulenken. Ihr Herz pochte.

Bent sagte nichts. Er sah sie nur an.

»Wir sehen uns«, durchbrach er schließlich die Stille. »Ein paar Tage bist du ja noch hier.«

Sie löste sich aus ihrer Starre, der Beklemmung, nicht zu wissen, was man sagen und wohin man gucken sollte. »Ein paar auf alle Fälle«, gab sie ihm recht. »Vielen Dank für den tollen Nachmittag. Und Abend. Das war wirklich großartig. Und lecker!«

Sie hatte das Gefühl, der Knopf ihrer Shorts würde gleich in hohem Bogen abfliegen. Bent hatte seinen ganzen Einkauf in ein leckeres Abendbrot verwandelt und die schönsten Sachen aufgetischt. So rund, wie sich ihr Bauch anfühlte, so platt war ihr Hintern vom Sitzen. Aber das war alles egal. Sie wusste, was Bent meinte, was er sagen wollte und was nicht in Worte zu fassen war. Weil es keine Worte dafür gab. Jeder Versuch einer Beschreibung würde ein nicht hundertprozentiges, authentisches Bild dessen wiedergeben können, was sie dachten.

»Komm gut heim. Immer geradeaus und einmal links. Dann müsstest du zu Hause sein.«

»Das kann ich mir merken«, lachte Tilda, hob die Hand, winkte und stieg auf ihr Rad. Seine Worte hallten in ihr nach. Zu Hause.

Gott sei Dank war es nicht dazu gekommen, dass er sie zum Abschied in den Arm genommen hatte. Sie hätte nicht gewusst, was dann passiert wäre.

364 Tage, dachte sie eine halbe Stunde später, als sie im Bett lag und aus dem Fenster in den wolkenlosen Sternenhimmel sah.

364 Tage – oder etwas mehr.

Mit diesem Gedanken schlief Tilda schließlich ein, völlig erschöpft vom Nichtstun, abgesehen von ihrer kleinen Transporttour – und dem Nachmittag und Abend bei Bent.

Sie konnte das Zimmer behalten, das Hotel war nicht völlig ausgebucht. Die Insel hatte einen unfassbar hohen Entschleunigungsfaktor, stellte Tilda überrascht fest. Ausschlafen, frühstücken, Fahrradtour zu Hannes' Haus, ein paar Stunden in seiner Wohnung, in denen sie sich umsah, einen Kaffee kochte und im Garten saß, mit Trude sprach, an den Strand ging, bei Nils ein Fischbrötchen aß, zurück zum Haus lief und schließlich wieder zurückradelte. Und jedes Mal war da dieser Gedanke, wenn sie die Tür hinter sich zuzog: *Du bist eine Perle, du kleine, hübsche Kate.*

Bent meldete sich zwei Tage nach ihrem Treffen. Er müsse zu seiner Mutter nach Lüneburg und wisse nicht, wann er wieder zurückkäme. Er würde sich aber sehr freuen, wenn sie sich bei ihrem nächsten Besuch auf Amrum melden würde.

Und als wäre das nicht genug, wechselte plötzlich auch noch schlagartig das Wetter. Und mit ihm Tildas Laune. Es regnete in Strömen, dann riss der Himmel wieder auf, und kaum war sie am Strand, prasselte es runter, als hätte es seit Monaten nicht geregnet. Das Wetter war so unbeständig wie die wachsende Unruhe in ihr. Sie hatte das Gefühl, aktiv werden zu müssen. Entspannung hin oder her. Aber da war noch etwas. Wut. Eine Wut gegen Hannes und sein gottverdammtes Testament. Gegen Thomas, der keinen Arsch in der Hose hatte, gegen ihre Eltern, die keinen Kontakt mehr zu Hannes hatten, und gegen sich selbst, weil sie nicht auf die Idee gekommen war, sich bei ihrem Onkel zu melden. Weil sie immer nur gearbeitet hatte. Und weil sie bis heute keine langen Beziehungen geführt hatte. Außer die zu Ingo.

Tilda ging nicht entspannt ihre abendliche Runde am

Deich, sobald es aufhörte zu regnen – sie marschierte. Und schimpfte. Über alle und alles und über sich selbst. Warum hatte sie nicht vorher mal Kontakt mit Hannes gehabt? Warum war sie nie hier gewesen? Warum hatte sie nicht die Chance gehabt, ein Verhältnis zu ihm aufzubauen? Dann hätte er erkannt, was für ein Mensch sie war. Und vielleicht wäre dann alles anders gekommen. Vielleicht hätte sie dann eine Chance gehabt, das Haus zu übernehmen. Eine reelle. Aber so?

Wenn wenigstens Bent noch da wäre. Aber auch von dem hatte sie nichts mehr gehört. Klar, sie hätte sich auch melden können. Abgesehen von ihrer knappen WhatsApp-Antwort. Natürlich wollte sie auf keinen Fall, dass er merkte, wie geknickt sie über seine Abwesenheit war.

Je länger sie hier blieb und je öfter sie zur Kate fuhr, die Haustür aufschloss und sich mit dem Haus anfreundete, desto schwerer fiel ihr der Gedanke, es allein zurücklassen zu müssen. Und Trude, die tatsächlich Tag für Tag etwas mehr auftaute. Die manchmal schon fertig angezogen auf der Bank saß, wenn Tilda ankam. Oder – sofern die Sonne schien – auf den Stühlen an dem runden Metalltisch im Garten unter dem alten Apfelbaum. Zufälligerweise mit zwei Tassen Tee.

Klar konnte sie noch länger bleiben. Ihre Urlaubstage reichten allemal. Aber was änderte das? Nichts.

Tilda nahm den leeren Koffer, legte ihn auf das Bett und klappte ihn auf. Es hatte keinen Sinn. Weder das Vor-den-Problemen-Davonlaufen und Versteckspielen noch das Angucken von Dingen, die man nicht haben konnte. Es war wie das Betrachten von leckerer Torte, in die man nicht reinbeißen durfte. Oder so ähnlich.

Als Tilda zwei Stunden später im Hotel-Shuttle-Bus saß und während der kurzen Strecke zum Hafen aus dem Fenster sah, überkam sie schlagartig ein schlechtes Gewissen. Sie hatte sich zwar gestern kurz von Trude verabschiedet und versprochen wiederzukommen, irgendwann, aber überhaupt nicht von Nils. Geschweige denn sich in irgendeiner Weise zu dem Erbe geäußert. Sie sah auf die Uhr. Die Fähre fuhr erst in einer halben Stunde, und in dem Shuttle war sie der einzige Fahrgast. Sie zog an dem Sicherheitsgurt, beugte sich zum Fahrer vor und fragte: »Können wir vielleicht einen klitzekleinen Umweg machen? Ich komme auch dafür auf. Ich muss nur kurz jemandem Tschüss sagen.«

»Klar! Wo soll's denn hingehen?«, fragte der Fahrer und sah sie lächelnd an.

»In den Tanenwai, zur Fischerklause von Nils ...«

»Der alte Johannsen? Klar. Liegt eh auf dem Weg.« Er zwinkerte ihr zu und setzte den Blinker. »Die Insel ist so klein, da gibt es keine großen Umwege«, erklärte er, und Tilda fragte sich, wie es wäre, hier wirklich jeden zu kennen. Sie konnte es sich einfach nicht vorstellen. In Hamburg kannte sie im Grunde auch jeden Zweiten in ihrer Gegend, aber es gab eben noch eine Unmenge an Menschen, die ihr unbekannt waren. Egal, wie lange sie in ihrer Straße lebte. Aber hier ...

Der Wagen hielt am Anfang des Sandweges, der zur Düne und zur Fischerklause führte.

»Danke, das ist lieb«, sagte Tilda, öffnete die Tür und stieg aus. »Ich beeile mich! Bin gleich wieder da!« Im Eilschritt lief sie den Sandweg entlang. Die Sonne schien ihr ins Gesicht, und sie zog die Sonnenbrille, die sie auf dem Kopf geparkt hatte, wieder runter. Durch die Reflexion des Sandes war es so hell, dass sie die Augen trotz der Brille zusammenkneifen musste, um etwas erkennen zu können.

Ausgerechnet heute, wo sie wieder zurück nach Hamburg fuhr, war der Himmel strahlend blau. Echt eine Frechheit, ärgerte sie sich und sah, dass die Tür der Fischerklause offen stand. Vor der Hütte saß ein junges Pärchen und biss gerade von seinen Fischbrötchen ab.

»Moin!«, grüßte Tilda, schob ihre Brille wieder hoch und ging rein.

Nils stand hinter dem Tresen und schenkte Apfelsaft in zwei Gläser. »Oh, sieh mal einer an. Das ist ja eine Überraschung! Ich habe gerade ganz frische Krabben! Magst du?«

»Danke, das ist lieb. Ich wollte eigentlich nur kurz Tschüss sagen«, erklärte Tilda, und es überkam sie erneut eine Welle von schlechtem Gewissen. Dabei hatte sie die Hoffnung gehabt, diese Gefühle durch den Besuch bei Nils abschütteln und froh und munter auf die Fähre hüpfen zu können. Aber aus irgendwelchen Gründen sah es gerade ganz und gar nicht danach aus.

Nils stellte die Flasche, ohne den Blick von ihr zu wenden, neben sich auf der Arbeitsplatte ab. »Du willst wieder abreisen?«, hakte er nach.

»Na ja, von wollen kann nicht die Rede sein, aber ich muss arbeiten. Wenn ich erst morgen früh die Fähre nehme, komme ich auf keinen Fall pünktlich zur Konferenz. Und in diesem Fall ist es wohl besser, ich bin pünktlich«, sagte sie mehr zu sich selbst als zu Nils, der sie mit einem Gesichtsausdruck ansah, den sie nicht einzusortieren wusste.

»Vielleicht ist es auch eher ein Auf Wiedersehen als ein Tschüss. Mal schauen«, schob sie schnell hinterher und hoffte auf eine Aufhellung in Nils' Gesicht.

Aber die kam nicht. Er nahm den Deckel und drehte ihn wieder auf die Flasche, dann stellte er sie zurück in den Kühlschrank, der sich unter der Arbeitsfläche befand. »Du hast dich also entschieden?«, wollte er wissen und sah sie mit einem bohrenden Blick an.

Tilda fühlte sich wie ein kleines Kind, das sich heimlich an der Bonbon-Packung bedient hatte und erwischt worden war. »Nein. Eigentlich nicht. Aber es geht halt nicht. Ich habe einen Job in Hamburg.« Sie spürte ein Ziehen im Magen. »Ich drehe mich im Kreis. Oder hast du eine Idee? Ich meine, wie soll ich das denn machen? Rein logistisch?«

Nils ging nicht auf ihre Frage, die eher eine Feststellung war, ein. Er nahm die beiden Gläser mit Apfelsaft und ging raus. Tilda sah ihm hinterher.

»Du hast etwas vergessen«, sagte er ohne jede Betonung, als er wieder hinter seinem Tresen stand. Er griff nach einem blau-weiß karierten Geschirrtuch und fing an, Gläser abzutrocknen.

Tilda überlegte kurz, was er meinte. »Ach, der Schlüssel!«, schoss es ihr durch den Kopf. Sie kramte in ihrer Umhängetasche, zog ihn raus und legte ihn zwischen sich und Nils auf den Tresen. »Natürlich! Danke, dass du mich erinnert hast.«

Nils sah auf den Schlüssel, dann zu ihr hoch. »Das meinte ich nicht«, stellte er trocken fest, griff nach einem nassen Glas und begann, es abzutrocknen.

Tilda wartete, aber es kam nichts. »Ähm, was denn?«

»Kann auch sein, dass du es nicht vergessen hast. Vielleicht hast du es auch einfach verloren«, murmelte er, während er das Glas prüfend gegen das Licht hielt und anschließend ins Regal stellte, um nach dem nächsten nassen Glas zu greifen.

Tilda schüttelte den Kopf. »Sorry, ich weiß echt nicht, was du meinst. Ich weiß nur, dass ich leider wirklich total dringend losmuss. Die Fähre legt gleich ab«, erklärte sie entschuldigend. »Was hab ich denn verloren?!«

»Deine Liebe zur Insel«, erklärte er, stellte das Glas ab, legte das Geschirrtuch beiseite, stützte sich mit seinen großen Händen rechts und links auf dem Tresen ab und kam mit dem Oberkörper ein Stück vor, sodass sein Kopf fast an eine der Lampen kam, die über dem Tresen hingen. »Deine Natürlichkeit. Dein Gespür für die Natur. Das meinte ich.« Er sah sie an, als suche er es in ihren Augen, irgendwo in ihrem Gesicht. »Du warst so unbeschwert, so fröhlich, so anders als die anderen Kinder.

Du hast gemacht, was du wolltest. Und du hast die Insel geliebt.« Er kam mit dem Oberkörper wieder zurück und nickte, als wolle er seinen Worten Nachdruck verleihen. »Hat Hannes gesagt«, schob er erklärend nach. »Aber diese Liebe zur Natur... tja, vielleicht verliert man all das, wenn man jeden Abend vor so einer Kamera steht.«

»Ich war ein Kind. Da ist man in der Regel unbekümmert und frei. Aber das bin ich doch jetzt nicht mehr«, protestierte Tilda kopfschüttelnd.

Nils zog eine alte Schachtel unter dem Tresen vor und stellte sie vor ihr ab.

Tilda sah auf die Holzschachtel, in der sich vermutlich mal Tabak befunden hatte. Oder Zigarren?

Sie griff danach, schob den Deckel beiseite – und entdeckte sich selbst. Auf quadratischen Farbfotos, die schon lange ihre Farbe verloren hatten. Rote Kord-Latzhose, weißes T-Shirt mit Kirschen, das rote Tuch auf dem Kopf, stand sie barfuß im Sand. Neben ihr Hannes. Hand in Hand. Tilda nahm das Foto hoch, betrachtete es, sah wieder runter, zu den anderen. Da war er, der Drachen, an den sie sich erinnert hatte. Die Düne, von der sie sich gerollt hatte. Da waren sie, ihre Erinnerungen – festgehalten auf Papier, damit sie niemals verloren gingen. Hannes hatte sie alle aufbewahrt.

»Du kannst die Kiste mitnehmen. Ich sollte sie dir sowieso geben. Es ist ja nicht so, dass ich dich nicht verstehe, aber dein Onkel hat es eben so gewollt«, sagte er.

»Ich weiß«, sagte sie, legte das Foto zurück in die Schachtel und schob den Deckel wieder zu. »Danke. Ich schaue sie mir in Ruhe an. Und ich melde mich wieder. Versprochen. Aber jetzt muss ich echt los. Sonst bleibe ich wirklich noch auf ein Krabbenbrötchen. Oder zwei!« Sie zwinkerte ihm zu, überlegte, ob sie ihrem Gefühl nachgeben sollte, ihn in den Arm zu nehmen, hob dann aber doch nur die freie Hand zum Gruß und lief mit der Schachtel den Sandweg zurück zum Wagen.

13.

Die Fahrt zurück nach Hamburg verging wesentlich schneller als die Hinfahrt, zumindest fühlte es sich so an. Auf der Fähre hatte sie sich alle Fotos in Ruhe angesehen und nach dem gesucht, was sie verloren haben sollte. Sie musste zugeben, dass sie sehr glücklich aussah. Aber welches Kind war nicht beim Drachensteigenlassen am Strand glücklich? Trotzdem hatten Nils Worte sie bewegt. Und sie taten es immer noch.

Zu ihrer großen Freude fand Tilda direkt vor ihrer Haustür einen Parkplatz, was nur daran liegen konnte, dass Sonntag war. Mitten in der Woche glich so etwas einem Lottogewinn.

In ihrer Wohnung packte sie ihre Sachen aus, stellte entspannte Musik an und legte sich aufs Sofa.

Es war ein leises »Pling«, das sie aus ihrem Nickerchen riss. Noch einmal. »Pling«. Tilda wartete. Ein drittes »Pling« folgte. Danach Stille. Irma, dachte sie, öffnete die Augen und schielte vor sich auf den Couchtisch, auf dem ihr Handy lag.

Nach einer Weile quälte sie die Neugierde und sie raffte sich auf, griff nach dem Telefon, drehte sich auf den Rücken und hörte die Sprachnachrichten ab.

Die erste: »Hallo Tildalein, hier ist Oma.«

Die zweite: »Bist du schon zurück von Amrum?«

Die dritte: »Lieber Gruß. Deine Oma Irma.«

Es klang wie eine diktierte Postkarte. Dabei kannte Irma die Diktierfunktion noch gar nicht. Tilda huschte ein Lächeln übers Gesicht. Sie wählte Irmas Nummer.

Es klingelte nur dreimal, dann ging ihre Oma ran, wie Tilda erleichtert feststellte. Es gab Tage, da kamen unzählige Sprachnachrichten, und am Ende war Irma nicht erreichbar. Das waren die Momente, in denen Tilda sich am liebsten direkt ins Auto setzen und zu Irma hinfahren wollte, um sie zu fragen, warum sie nicht ans Handy ging, wenn sie um einen Rückruf bat. Natürlich tat sie es nie. Aber sie dachte es jedes Mal.

»Mein Tildachen, das ist ja eine Freude! Und? Erzähl!«, sprudelte es aus ihrer Oma heraus, als sie endlich verstanden hatte, wer angerufen hatte.

Tilda lehnte sich auf dem Sofa zurück und erzählte von Nils, dem ersten Labskaus ihres Lebens, der viel besser geschmeckt, als er ausgesehen hatte, von dem unfassbar schönen Strand, der Weite, von Trude und der Tatsache, dass sie das Erbe nicht annehmen konnte.

»Bitte?!«

»Ich kann es nicht AN-NEH-MEN!«, versuchte Tilda es noch einmal etwas lauter.

»Warum schreist du denn so? Ich bin doch nicht taub«, beschwerte sich Irma.

»Ich dachte, du hast es nicht verstanden«, entschuldigte sich Tilda.

»Das tue ich auch nicht. Warum hat er sich denn so etwas nur ausgedacht? Was wollte er damit bewirken?«

»Keine Ahnung. Er weiß beziehungsweise wusste ja, wie alt ich ungefähr bin. Vielleicht hatte er die Hoffnung, dass ich auf die Insel ziehe und für eine Steigerung der Bevölkerungszahl sorge.« Bei dem Gedanken musste Tilda lachen. Sie stellte sich vor, wie sie – umringt von zwei, drei kleinen Kindern – im Garten neben dem alten Apfelbaum Wäsche aufhängen würde. In ihrer Vorstellung fehlte nur eine wichtige Sache. Ein Mann. Oder zumindest ein Samenspender. Obwohl – vielleicht gab es da ja sogar jemanden?!

Sie schüttelte den Kopf. »Na ja, wie auch immer. Fest steht, dass ich morgen früh wieder zur Arbeit muss.«

»Kannst du denn nicht so ein … wie heißt das denn noch gleich? Sabbatjahr nehmen? Dann erholst du dich mal von diesem ganzen Fernsehstress, danach gehört dir die Kate, und dann kannst du ja wieder zurück nach Hamburg kommen. Und ich besuche dich mal. Das wäre doch fein!«

»Ach Omi, ich glaube so ein ganzes Jahr auf der Insel – was soll ich denn da machen?«

Außer mit Bent Tee zu trinken, dachte sie.

»Da fällt dir schon was ein, Kindchen. Bist doch sonst auch immer so erfinderisch!«, meinte ihre Oma.

»Ich weiß nicht«, sagte Tilda. Mit »erfinderisch« spielte ihre Oma auf die unerschöpfliche Fantasie der Frauen in der Familie an, die auch Tilda in den Genen hatte. Sie dachte dabei vermutlich an die selbst gebastelte Tapete in ihrem Kinderzimmer, die in wesentlichen Teilen aus der geblümten Bettwäsche ihrer Eltern bestanden hatte, die sie sorgfältig ausgeschnitten und anschließend an ihre Wand geklebt hatte. Und an all die anderen Dinge, mit denen sie seit ihrer Geburt in regelmäßigen Abständen bewiesen hatte, wie einfallsreich sie war.

»Hast du eigentlich mal wieder etwas von deiner Mutter gehört«, fragte Irma in einem Ton, der sofort klarmachte, dass es sich hier nicht um eine Frage handelte. Eher um die Tatsache, dass sie etwas wusste, was Tilda nicht wusste. Noch nicht.

Tilda fragte sich, ob sie es überhaupt wissen wollte. Aber es nützte ja nichts. Früher oder später würde sie es sowieso erfahren. Also sagte sie tapfer: »Ne, warum?«

»Ach, wenn du es noch nicht weißt, dann möchte ich da nichts vorwegnehmen«, druckste Irma rum.

»Oma! Sag schon!«, drängelte Tilda, die es lieber schnell hinter sich bringen wollte. Sie kannte ihre Mutter und ahnte, dass es sich wieder um eine ihrer ständig neuen Ideen handeln musste. Es verging keine Woche ohne neue Einfälle. Apropos erfinderisch.

»Na ja, also ...«

»Bitte!«, flehte Tilda.

»Ach, so wild ist es eigentlich gar nicht. Im Vergleich zu dem, was sie sonst schon alles angestellt hat. Wenn ich da an diesen Verein denke ...«

»Irma, bitte, sag, was sie macht. Ich bekomme schon bei dem Gedanken daran Kopfschmerzen«, drängelte Tilda.

»Sie bietet Meditation für Männer an.«

Einen Moment sagte keiner etwas.

Tilda hatte mit weitaus Schlimmerem gerechnet. »Aber das geht doch noch. Also, ich meine, im Vergleich zu ihren sonstigen Einfällen«, stellte sie erleichtert fest.

»Na ja. Ich weiß zwar nicht, warum sie es nun ausgerechnet für Männer anbieten muss, aber die Sache hat einen Haken.«

Zu früh gefreut, dachte Tilda. »Und der wäre? Sag jetzt bitte nicht, dass es ein FKK-Kurs wird.«

»Gott bewahre! Nein.«

»Was gibt es Schlimmeres?«

»Sie will es hier machen. Bei mir.«

»Wie?! Bei dir? In der Wohnanlage?«

»Ja. Sie meinte, es wäre so schön ruhig bei uns. Der perfekte Ort für einen Meditationskurs – für Männer!«

»Ein Altenheim?« Tilda schüttelte den Kopf und holte tief Luft. »Na ja, solange sie dich nicht samt Stuhl auf den Flur schiebt, ist doch alles bestens.« Ihre Mutter war verrückt. Aber das war ja nicht neu. Es hatte Zeiten gegeben, als Tilda gerade angefangen hatte, zu moderieren, da hatte ihre Mutter bei wildfremden Leuten geklingelt und gefragt, ob sie mal kurz bei ihnen aufs Sofa könne. Ihr Fernseher spinne und ihre Tochter sei gerade auf Sendung. An einer Tankstelle hatte sie dem Tankwart Geld zugesteckt, damit er das Programm umschaltete, und bei einer Live-Sendung auf dem Rathausplatz plötzlich vier Sekunden vor Beginn der Sendung vor der Kamera gestanden und wild gewunken. Das war Inge.

Tilda versuchte, ihre Oma zu beruhigen, in deren Vorstellung wildfremde alte Männer mit geschlossenen

Augen im Schneidersitz um ihren Couchtisch saßen und Mantras murmelten. Sie versprach, bald wieder zu Besuch zu kommen, und wünschte ihr noch einen schönen Sonntagabend.

Irma war ein Schatz. Eine Bilderbuchoma.

Tilda legte das Telefon neben sich, sah aus den hohen Fenstern in den strahlend blauen Himmel und musste an Trude denken. Sie fragte sich, was die alte Frau jetzt wohl gerade machte. Lag sie wieder einmal hinter dem Vorhang oder war sie aus ihrem Versteck gekommen und hatte sich in den Garten gesetzt?

Ihr Handy plingte. Bent?

Nein, es war eine Nachricht von Ingo. Er wollte wissen, ob sie schon zurück sei. Tilda tippte ihm kurz eine Antwort. Sie war todmüde. Wovon auch immer. Ihr Blick wanderte über die Bücher in ihrem Regal, das bis unter die hohe Decke reichte, über die Palme in der Ecke, die Möbel, all diese Dinge, die ihr Zuhause waren.

Drei Monate, dann musste sie hier raus sein. Der Gedanke verursachte einen üblen Druck in der Bauchgegend. Und was dann?

14.

Tilda war eine der Ersten, die sich an den großen Konferenztisch stellten. Sie griff nach einer der Tageszeitungen, die sich in der Mitte befanden, und tat so, als würde sie darin lesen. Dabei huschte ihr Blick nur über die Fotos, die Headlines, die Bildunterschriften. Sie musste sich ablenken und vor allem verhindern, dass ihr irgendwer ansah, wie es ihr ging. Ihr war flau im Magen. Nur warum? Sie wusste längst, dass eine andere jetzt ihren Job machte. Warum also Angst? Wovor? Vor den Blicken? Dem Mitleid?

Thomas näherte sich, gefolgt von Justus, einem Volontär, lachend, gut gelaunt, professionell wie immer, nickte ihr kurz zu, als er sie sah, und stellte sich an das Kopfende.

Nach und nach strömten die anderen Kollegen aus ihren Räumen herein und versammelten sich um den rechteckigen Stehtisch.

»Guten Morgen«, begann ihr Chef die Begrüßung, und Tilda bemerkte, wie ihr Blick sich mit jedem Wort ein Stück weiter von ihm entfernte, zu den Buchstaben in der Zeitung vor ihr auf dem Tisch floh, sich darin zu vergraben versuchte und sich schließlich an dem aktuellen Sendeplan für heute festhielt, der gerade ausgeteilt wurde und jetzt direkt vor ihr lag. Sie überflog das

Schwarzgedruckte. Datum, Name der Sendung, Zeiten, Producer, Regie, Moderation. Ihr Blick stockte. Natürlich war es nicht ihr Name, der dort stand. Was hatte sie erwartet? Und trotzdem war es – so klar, schwarz auf weiß, gedruckt vor ihr – noch einmal eine neue Bewusstseinsstufe, die sie in dieser Sekunde erreicht hatte. Eine Stufe auf dem Weg des Realisierens. Des Verstehens, was eben nicht zu verstehen oder zu realisieren war, weil sie es gar nicht wollte.

Thomas' Worte verhallten, erreichten sie nicht mehr, verpufften irgendwo im leeren Raum, in dem sie sich jetzt befand. Tilda hörte ihn nicht mehr, sie griff wie in Zeitlupe nach ihrem Handy, das sie auf lautlos gestellt und vor sich auf den Tisch gelegt hatte, und ging. Ging an allen Kollegen vorbei durch den lang gezogenen Raum, raus in den Flur, weiter in den Newsroom, zu ihrem Schreibtisch, der nicht mehr ihr Schreibtisch war, öffnete Schubladen, nahm Fotos, Postkarten, Stifte, die ihr gehörten, sah über die matte graue Plastikfläche, an der sie so viele Stunden, Tage, Wochen, Monate, Jahre gesessen und gelesen, geschrieben hatte. Sie nahm den pinkfarbenen, runden Notizblock, den Ingo ihr irgendwann mal geschenkt hatte, die kleine Pflanze in dem Terrakotta-Topf neben dem Bildschirm und das dicke Buch über die Hafencity, das ihr ein Zuschauer gesendet hatte – und ging. Die angebrochene Teepackung und die Kekse ließ sie stehen. Für wen auch immer.

Im Treppenhaus kam ihr Michi entgegen, der es eilig zu haben schien. Vermutlich ein Drehtermin, schätzte

Tilda, und lächelte ihn müde an. Er sagte ihr, wie geschockt er sei und dass man so nicht mit Leuten umgehe und es sicher noch ein Nachspiel haben werde für Thomas. So etwas mache man nicht, hörte sie ihn sagen, und noch viele andere Dinge, die nett gemeint waren und hilflos klangen. Etwas sagen, obwohl man selbst nicht wusste was, dachte Tilda, während sie ihn ansah, lächelte und nicht zuhörte. Obwohl man wusste, dass es eigentlich nichts zu sagen gab. Tilda dankte ihm, deutete auf die Sachen auf ihrem Arm, die ihr jeden Moment runterzurutschen drohten, da es viel zu viele waren, und verabschiedete sich.

Völlig ferngesteuert fuhr sie die kurze Strecke zurück nach Hause. Zwischendurch kam ihr der Gedanke, ob sie sich hätte krankmelden oder Urlaub einreichen müssen. In der nächsten Sekunde war es ihr wieder egal.

Zu Hause parkte sie den Wagen in der Nebenstraße und nahm nur das, was wirklich wichtig war, mit.

An der Ecke im Café war noch ein Platz direkt in der Sonne frei. Tilda stellte die Pflanze vor sich auf den Bistrotisch, bestellte sich einen Cappuccino und starrte auf ihr Handy, das sie aus der Hosentasche gezogen hatte. Sie stellte es wieder auf laut und wählte Ingos Nummer. Heute war der Salon geschlossen, die Chancen standen also gut, dass er Zeit hatte.

»Hi, guten Morgen!«, hörte sie seine überschwänglich fröhliche Stimme. Pause. »Ich höre Autos … Es ist gleich 10 Uhr. Bist du nicht im Sender?«

»Nein.«

»Und warum nicht?«

»Du weißt, warum.«

»Nein. Sonst würde ich nicht fragen«, konterte er, und Tilda hörte, wie er einen Stuhl vom Tisch zog und sich setzte.

»Ich war da. Aber ... ich weiß auch nicht. Es geht nicht. Was soll ich denn da? Mir wird ein Sendeplan vor die Nase geschoben, auf dem mein Name nicht mehr steht.«

Ingo holte hörbar lange tief Luft. »Du warst also da und dann bist du wieder gegangen?«

»Cappuccino?«, fragte die kleine dunkelhaarige Kellnerin.

»Ja, danke.« Tilda wartete ab, bis die junge Frau die Tasse vor ihr abgestellt hatte, dann griff sie danach und nahm einen Schluck. »Ja«, bestätigte sie seine Frage.

»Und was hast du jetzt vor?«

»Keine Ahnung«, sagte Tilda und schob nach: »Ich dachte, das sagst *du* mir.« Ingo war als Küchen-Psychologe mindestens genauso gut wie als Friseur. Auch, wenn das schrecklich klischeehaft war. Wenn nicht sogar noch wertvoller. Haare konnte man schließlich einfach wachsen lassen, aber Probleme ...

»Bleib da sitzen, wo du bist. Ich komme.«

»Du weißt doch gar nicht, wo ich bin!«

»Doch. Du sitzt draußen vor dem Café bei dir an der Ecke.«

Tilda überlegte, was sie sagen sollte, doch Ingo hatte schon längst aufgelegt.

Es war ihr dritter Cappuccino, als Ingo eine halbe Stunde später vor ihr stand. Er sah sie an wie ein Kleinkind, das etwas ausgefressen hatte und bei dem man nicht wusste, ob man nun schimpfen oder es einfach umarmen sollte.

»Hi«, grüßte er sie, beugte sich zu ihr runter und nahm sie fest in den Arm. So blieben sie eine Weile, bis Tilda sich vorsichtig aus der Umarmung befreite, bevor sie gleich noch anfing, zu heulen.

Ingo studierte ihr Gesicht, wobei es da eigentlich nicht viel zu interpretieren gab. Die Lage war recht klar. Es ging ihr scheiße.

»Also. Fassen wir zusammen. Thomas hat das umgesetzt, was er dir schon am Telefon mitgeteilt hatte. Du bist gegangen und hast auch nicht vor, heute wieder zurückzukehren. Oder morgen. Richtig?«

»Fast.«

Ingo sah sie fragend an.

»Übermorgen auch nicht«, erklärte sie.

»Okay.«

»Und überübermorgen auch nicht.«

»Alles klar. Ich vermute überüberübermorgen dann ebenfalls nicht.«

»Richtig.«

Er nickte und sah wie ein Pfarrer auf seine gefalteten Hände. »Du brauchst allerdings einen Plan für die Zeit nach der Trotzphase.«

Jetzt nickte Tilda. Sie schob ihm ihren Cappuccino rüber. »Willst du? Ist noch warm. Ich hatte schon zwei. Wenn ich den noch trinke, bekomme ich Herzrasen. Ich glaube, ich brauche mal ein Wasser«, erklärte sie und sah sich nach der Kellnerin um.

»Klar, danke«, murmelte Ingo nachdenklich und zog die Tasse zu sich heran. »Ich verstehe ja, dass es hart ist für dich, dass er dich einfach ohne Vorwarnung von der Sendung abgezogen hat – keine Frage! Aber willst du nicht wenigstens Beiträge machen? Das hatte er dir doch angeboten.«

»Er mochte mich noch nie wirklich. Thomas hat nur immer so getan. Und nachdem der Direktor gegangen ist, war es klar, dass er die nächstbeste Chance nutzen würde«, erklärte Tilda verbittert.

»Aber warum bleibst du nicht trotzdem? Vielleicht ergibt sich etwas anderes?«

»Mein Zweijahresvertrag läuft demnächst aus. Er wird ihn nicht verlängern. Und bis dahin hält er mich mit irgendwelchen Sachen an der langen Leine, damit er behaupten kann, er hätte mir eine Alternative angeboten. Ich kenne diese Spielchen. Durfte ich oft genug beobachten.«

»Hmmm … aber nicht mehr hingehen bringt dich auch nicht weiter. Du musst wenigstens Urlaub einreichen. Oder dich krankmelden.«

»Ich könnte meine Wohnung ausräumen, alles in einen dieser Miet-Lagerräume stellen und ein Sabbatjahr machen«, dachte sie laut. Tilda war sich selbst nicht sicher, ob sie es ernst meinte.

Ingo offensichtlich auch nicht. Er sah sie mit großen Augen an. Wenn irgendwer nicht in der Lage war, nichts zu tun, dann sie.

»Okay. Und wohin? Ich bin dann mal weg. Nach Indien?«

»Nee, Amrum.«

Ingo zog seine Augenbrauen hoch und sah sie an, als hätte sie innerhalb von Sekunden rote, runde Flecken im Gesicht bekommen. »Meinst du das ernst?«

Tilda zuckte mit den Schultern. »Warum nicht? Was soll ich noch hier? Aus meiner Wohnung muss ich raus, meine Mutter macht Männer-Meditation im Altenheim, und mein Chef hat mir den Stuhl unterm Hintern weggezogen.«

Die Kellnerin ging auf sie zu, um am Nebentisch etwas zu servieren. Tilda hob die Hand und fragte: »Können Sie so lieb sein und mir bitte ein stilles Wasser bringen?« Und zu Ingo gewandt: »Möchtest du auch noch etwas?«

»Nein, danke«, erklärte er und lächelte die Kellnerin freundlich an. »Hmmm«, brummte er dann und tippte einen Augenblick auf seinem Handy herum. »Zehn bis 20 Quadratmeter kosten 43 Euro im Monat. Wobei du diesen Stellraum ja eigentlich erst in drei Monaten brauchst. Solange können deine Möbel noch in deiner Wohnung bleiben.«

»Ja, klar. Aber ich glaube, ich hätte lieber einen Schlussstrich. Und einen Neuanfang. Keine halben Sachen«, überlegte sie laut. »Fühlt sich besser an.«

15.

Im Grunde war es nicht die Frage, was wehtat, sondern was *mehr* wehtat. Tilda hatte einen Ganzkörper-Muskelkater. So fühlte es sich zumindest an, als sie sich eine Woche später am Samstagnachmittag auf das alte Sofa ihres Onkels im Tanenwai fallen ließ. So musste man sich nach einem Marathon fühlen, dachte sie. Nein, Triathlon.

Der Umzug hatte mit allem Drum und Dran drei Tage gedauert. Egal, was sie bewegte, es schmerzte. Selbst der kleine Finger. Und das, obwohl sie so viele Helfer gehabt hatte. Ingo hatte gleich nach ihrem Gespräch im Café am vergangenen Montag einen seiner Kunden aus dem Salon angehauen, der eine kleine Speditionsfirma besaß, und ihn gebeten, einen guten Preis für Tildas Umzug zu machen. Der Preis für den Transport ihrer Möbel und Kisten in den Mietlagerraum war so gut, dass sie gar nicht anders konnte, als das Angebot anzunehmen. Sie vermutete, dass mindestens ein Jahresabo für einen kostenlosen Haarschnitt dahintersteckte. Wenn nicht sogar ein lebenslanges Abo. Oder einen eigenen, privaten Stuhl im Salon mit eingraviertem Namen. Schließlich waren ihr die restlichen, wenigen Kisten, die übrig geblieben waren und die sie mit nach Amrum nehmen wollte, auch noch bis vor die Tür der Kate geschleppt worden.

Von Nils war sie, wenn sie ehrlich war, etwas enttäuscht gewesen, als sie den Schlüssel wieder abgeholt hatte. Schließlich hatte sie einiges auf sich genommen, den ganzen Tag Taschen, Blumentöpfe und anderen Krempel von A nach B geschleppt, war dem Wagen der Spedition bei gefühlten 60 Stundenkilometern auf der Autobahn stundenlang artig hinterhergefahren, hatte auf die Fähre warten müssen und stand nun vor ihm. So wie ihr Onkel es sich gewünscht hatte. Wohnung aufgegeben, Job an den Nagel gehängt. Okay, nicht ganz freiwillig, aber immerhin. Da konnte man doch schon etwas mehr als ein »Na, wieder da« erwarten, fand Tilda.

Tilda musste eingenickt sein. Es war nicht mehr so blendend grell draußen – eher sanft, dämmrig.

Die Sonne ging vermutlich gerade unter. Langsam reckte und streckte sie sich und legte ihre Hände hinter ihren Kopf. Das ganze Geschleppe, die Fahrt... es war einfach zu anstrengend gewesen.

Während sie den Tag in Gedanken Revue passieren ließ, schoss ihr ein Gedanke durch den Kopf: Trude. Sie hatte durch den ganzen Umzugsstress gar nicht bei ihr Hallo gesagt. Trude war auch nicht rumgekommen. Tilda hatte weder etwas von ihr gehört noch gesehen. Und das, obwohl die Männer wirklich laut gewesen waren. Sie hatten sich immer wieder etwas zugerufen, während sie den Wagen ausgeräumt hatten. Das hätte doch ihre Neugierde wecken müssen! Zumal Tilda sich ja auch nicht angekündigt hatte. Mit einem Ruck saß sie senkrecht auf dem Sofa, wartete kurz, bis ihr Kreislauf sich stabilisiert hatte, und stand schließlich auf. Sie griff nach ihrem Handy, das sie neben sich auf dem kleinen Tisch abgelegt hatte, verließ das Haus, ging forschen Schrittes um die Ecke nach hinten und klopfte an Trudes verschlossene Haustür.

Nichts geschah.

Noch einmal klopfte sie an das Holz, wartete, ging schließlich zum Fenster, das sich rechts neben der Tür befand, legte die Hände wie Scheuklappen an die Seiten und sah sich im Innern des Wohnraumes um. Alles Mögliche entdeckte sie, nur keine Trude. Der Vorhang zu ihrem Schlafbereich stand offen. Das Bett war leer. Tilda nahm die Hände von den Augen, drehte sich um und scannte mit ihrem Blick den Garten. Die Stühle unter dem alten Apfelbaum waren leer, über ihr kreischten Möwen, der Wind wehte sanft durch die Kiefern.

»Truuude!«, rief Tilda und überlegte, ob es albern war, was sie tat. Aber die Abwesenheit der alten Dame machte sie von Sekunde zu Sekunde nervöser. Nils hätte doch was gesagt, wenn etwas mit ihr wäre. Oder nicht?

Tilda ging um das Haus rum, sah noch einmal durch alle Fenster, um einen anderen Blickwinkel, eine neue Perspektive zu erlangen, doch es blieb dabei. Trude war weg.

Noch einmal rief sie, so laut sie konnte, als wäre ihr Hund weggelaufen. Schließlich lief sie zum Sandweg, zog das Handy raus und suchte gerade nach Nils Nummer, als sie jemand von der Seite ansprach. Ein älterer Herr stand mit langer Gartenschere bewaffnet ein paar Meter von ihr entfernt auf dem Nachbargrundstück und sah sie an. Zwischen ihnen standen wilde Hecken, die wohl eine Art Grenze anzeigen sollten.

»Moin!«

Tilda sah von ihrem Handy auf. »Moin«, grüßte sie in Gedanken zurück.

»Sie suchen Trude«, stellte er fest.

Tilda nickte zustimmend. »Ja, genau. Mir ist gerade aufgefallen, dass ich sie gar nicht gesehen habe, und als ich klopfte, hat niemand aufgemacht. Ich habe auch durch die …«

»Trude wurde abgeholt«, unterbrach er sie trocken.

»Abgeholt?«, wiederholte Tilda verwundert. »Na, dann kann ich ja lange suchen. Wissen Sie, wer sie abgeholt hat?« Sie hatte weder Kinder noch einen Mann, überlegte Tilda. Und so wie sie es verstanden hatte, gab es nur die Pfleger und die Ehrenamtlichen, die nach ihr sahen. Warum hätte sie jemand abholen sollen?

»Hatte sie vielleicht einen Arzttermin?«, überlegte sie laut.

Der Mann schob seinen Strohhut aus der Stirn, die Unterlippe vor und schüttelte den Kopf. »Das kann ich Ihnen nicht sagen, junge Frau. Tut mir leid.«

»Okay, dann warte ich mal. Sie wird ja irgendwann wiederkommen. Vielen Dank! Sie haben mir auf alle Fälle sehr geholfen. Ich wollte mir gerade schon Sorgen machen«, sagte Tilda. Wobei sie sich eingestehen musste, dass sie die Situation trotzdem nach wie vor merkwürdig fand, ohne konkret sagen zu können, warum. Es passte einfach nicht.

»Gern geschehen«, sagte der Mann und schnitt weiter an der Hecke.

»Ach, sorry. Ich hab mich gar nicht vorgestellt. Ich bin Tilda. Meinem Onkel hat die Kate gehört«, erklärte sie und wies mit dem Kinn in Richtung des Hauses.

»Ach, Sie sind die Nichte!«

Die Nichte, das klang, als wisse er etwas von ihr, was sie selbst nicht wusste.

»Ja, genau. Die bin ich.«

»Ehrlicher«, sagte der Mann und Tilda fragte sich, was er ihr damit sagen wollte, doch die Erklärung folgte sofort: »Egon Ehrlicher. Meine Frau Rosa«, er drehte sich zu seinem Haus um, »ist gerade in der Küche, glaube ich. Vermutlich backt sie wieder. Ihre Lieblingsbeschäftigung! Wir bekommen morgen Besuch von Freunden.« Er zwinkerte ihr zu.

»Ach, das ist doch ein prima Hobby«, stellte Tilda fest und spürte, wie ihre Gedanken abschweiften.

»Dann einen schönen Abend für Sie«, sagte sie, hob kurz die Hand und drehte sich langsam um. »Wir sehen uns.«

»Ja, mit Sicherheit. Schönen Abend noch!«

»Danke!«, rief sie ihm über die wilden Hecken zu und schlenderte gedankenverloren zurück zur Kate.

»Ich glaube, sie ist zum Strand gefahren«, hörte sie plötzlich Egon Ehrlicher rufen.

Tilda blieb stehen, drehte sich um und ging ein paar Schritte zurück. »Zum Strand?!«, hakte sie ungläubig nach.

»Ja, ich denke schon. Der Pfleger, so'n junger, etwas korpulenter Typ, hat sie in einem dieser Rollstühle abgeholt, mit so großen Rädern aus Plastik. Ich glaube, die sind extra für den feinen Strandsand konzipiert. Ist aber schon ein paar Stunden her.« Er nickte, als wollte er sich selbst recht geben. »Eigentlich müsste sie längst zurück sein. Die Sonne geht ja bald unter.«

»Ja, das stimmt. Merkwürdig, das habe ich gar nicht mitbekommen«, wunderte sich Tilda und hob dankend erneut die Hand zum Gruß.

Egon Ehrlicher drehte sich um und verschwand mit einem Haufen grüner Zweige unter dem Arm.

Kurzerhand holte Tilda auf dem Weg zurück zur Kate ihr Handy raus und wählte Nils' Nummer.

Es klingelte nur dreimal, dann nahm er ab. Offensichtlich war die Fischerklause nicht allzu voll. »Moin.«

»Moin Nils! Sag mal, weißt du vielleicht, welcher Pflegedienst sich um Trude kümmert?« Noch während sie die Frage stellte, überlegte sie, ob dort jetzt noch jemand abnahm oder ob es wohl so etwas wie eine Notfallnummer gab.

»Ja«, brummte er in den Hörer.

Tilda zog ihre Augenbrauen hoch. »Prima. Welcher denn?«

»Warum? Stimmt was nicht?«

»Trude ist weg«, erklärte Tilda knapp.

»Wie? Weg?«

»Weg. Der Nachbar hier neben uns, Herr Ehrlicher, meint, jemand vom Pflegedienst hätte sie abgeholt. In so einem Rollstuhl, der extra für den Strand gemacht ist. Mit dicken Rädern.«

Am anderen Ende war nichts weiter zu hören als ein lautes Ein- und Ausschnauben.

»Macht sie so etwas öfter mal? Solche Ausflüge? Ich meine, ist ja grundsätzlich eine gute Sache, frische Luft, mal rauskommen und so, ich hab nur… ach, ich weiß nicht. Ich hab ein komisches Gefühl.«

»So was hat sie noch nie gemacht«, hörte sie Nils sagen. »Früher ist sie ständig am Strand gewesen, aber seitdem sie es nicht mehr selbst über die Düne schafft…«

»Vielleicht hat sie die große Sehnsucht gepackt«, überlegte Tilda und fragte sich, was eigentlich dagegensprach, dass eine alte Frau an den Strand gefahren wurde. Eigentlich nichts.

»Ist nur die Frage, welche Sehnsucht«, murmelte Nils nachdenklich.

»Wie meinst du das?«, wollte Tilda wissen und sah in Richtung der Düne, die sich hinter den Kiefern, dem Tanenwai und den gegenüberliegenden kleinen Sommerhäusern befand, deren Grundstücke direkt in sie übergingen. Eine unüberwindbare Hürde für eine kleine alte Frau. Irgendwo dahinter ging langsam die Sonne unter und färbte alles magenta.

»Na ja, es ist wohl kein Geheimnis, das sie keine Lust mehr hat.«

»Wie meinst du das? Worauf?« Tilda ahnte, während sie es fragte, was kommen würde.

»Auf das Leben.« Nils machte eine Pause. »Kann man

ja auch verstehen. Sie sitzt den ganzen Tag da hinten in ihrer Wohnung und wartet, dass es endlich vorbei ist.«

Hannes!, dachte Tilda. Er war vermutlich ihr ganzer Lebensinhalt, ihr Freundeskreis, ihr Ersatz für alles gewesen, was nicht mehr da war. Und als er dann gestorben war, als er auch weg war, hatte sie Angst gehabt, ausziehen zu müssen. Und dann kam sie, Tilda, wusste nicht, wie sie das Erbe annehmen sollte, fuhr zurück nach Hamburg und ...

»Wir müssen zum Strand! Ich komme zu dir, und dann müssen wir sie suchen!«

Ohne eine Antwort abzuwarten, legte sie auf, steckte das Handy weg und lief über das Grundstück zwischen den Hecken und Kiefern hindurch, links in den Tanenwai bis zu dem Weg, der zu Nils Fischerklause führte.

Völlig außer Atem kam sie Minuten später bei ihm an. Sie musste sich dringend wieder ein Rad leihen. Nein. Kaufen.

»Ich hab alle abkassiert«, erklärte er und zog seine Tür zu. Auf der Terrasse waren vier Tische besetzt. Alle Blicke waren auf sie gerichtet.

»Ich hab den Pflegedienst angerufen. Ein neuer Mitarbeiter hat Trude auf ihren eigenen Wunsch hin tatsächlich an den Strand gefahren. Sie hat stock und steif behauptet, dort mit ihrem Sohn und dessen Familie verabredet zu sein. Auf ihr Drängen hin ist der Mitarbeiter dann wieder zurückgefahren.«

»Sie hat doch gar keinen Sohn!«, ärgerte sich Tilda.

Wie konnte es sein, dass dieser Mitarbeiter das nicht wusste?

»Nö«, gab Nils ihr recht.

»Und dann hat er sie da allein sitzen lassen?! Das glaube ich jetzt nicht! So ein Vollidiot! Das war ja wohl sein letzter Arbeitstag! Und wenn ich persönlich dafür sorge! Wo hat er sie denn hingefahren?«

»Komm mit, ich weiß, wo sie ist. Ich hoffe nur …« Nils stockte und ging mit ernster Miene den Sandweg zurück zur Straße, wo vermutlich sein Wagen stand.

»Was?!«, wollte Tilda wissen, die ihren Blick nicht von ihm ließ.

»Dass die Flut noch nicht bei ihr angekommen ist.«

»Bitte?«

»Ich kenne den Gezeitenplan nicht auswendig, aber heute Abend ist auf alle Fälle Flut. Frag mich jetzt bitte nur nicht, wann der höchste Stand erreicht ist. Keine Ahnung!« Er ging, so schnell er konnte, aber Tilda war es trotzdem zu langsam. Warum konnte er denn nicht einfach rennen? Klar war es anstrengend in diesem Sand, aber es ging hier ganz offensichtlich um jede Minute!

»Was heißt das konkret? Ich meine, wie hoch ist das Wasser denn dann? Oder wie viel höher als sonst?«

»Das können schon zweieinhalb Meter werden«, sagte Nils und ging schnaufend weiter.

»Scheiße!«

»Ja.«

Sie fuhren in seinem alten Kombi, der definitiv Mittel zum Zweck war und nichts anderes und sicher seit seinem Baujahr noch nicht in Berührung mit einem Staubsauger gekommen war.

Die Minuten kamen ihr vor wie Stunden. Es dauerte einfach alles zu lange. Ihre Unruhe stieg von Moment zu Moment.

Tilda fragte sich, warum sie solche Angst hatte. Warum war ihr diese kleine, alte Frau so ans Herz gewachsen? Sie kannte sie kaum. Und doch war da eine Verbindung zwischen ihnen gewesen. Aber hatte nur sie das gespürt? Trude eventuell nicht? Und selbst, wenn sie es ähnlich empfunden hatte – Tilda war wieder gefahren.

Auf einem kleinen Parkplatz an einer Düne im Norden stiegen sie aus.

»Hier lang!«, befahl Nils und lief jetzt tatsächlich den Sandberg hoch, bis er oben die Hände auf den Oberschenkeln abstützte, ein paarmal ein- und ausschnaubte, dann langsam hochkam und sich suchend umsah.

»Warum hier?«, wollte Tilda wissen.

»Von hier aus kann man bis nach Sylt schauen, wenn die Sicht stimmt«, erklärte er und zeigte aufs Meer. »Trude ist dort geboren.«

Tilda scannte den Strand mit ihren Augen, der viel schmaler war als sonst. Die Flut war längst da. Sie näherte sich in Wellen, die kontinuierlich an den Strand gespült wurden. Schäumend.

Links gingen vereinzelt Menschen in der Abenddämmerung – die unter anderen Umständen wunderschön gewesen wäre – am Strand spazieren. Tilda rannte auf das ältere Paar, das ihr am nächsten war, zu und kam schwer atmend kurze Zeit später bei ihnen an.

Die beiden blieben stehen und sahen sie erstaunt an.

»Alles gut bei Ihnen? Brauchen Sie Hilfe?«, wollte die Frau wissen, während Tilda ihre Hände rechts und links in die Seiten stemmte und nach Luft schnappte. Sportlich war definitiv anders.

»Danke, nein, ich nicht, aber ich suche meine Nachbarin. Sie ist hier irgendwo«, Tilda sah sich um und deutete auf den Strandabschnitt Richtung Sylt, »in einem Rollstuhl. Haben Sie sie vielleicht gesehen? Oder ist Ihnen irgendetwas aufgefallen?«

»Eine Frau im Rollstuhl? Hier?! Nein«, erwiderte die Frau, während ihr Mann zustimmend den Kopf schüttelte. »Tut mir leid. Wir sind aber auch gerade erst über die Düne«, sie deutete zu der, die sich hinter Tilda den Strand entlangzog, »hier runter zum Strand gegangen. Es kann natürlich sein, dass Sie dort hinten mehr Glück haben!«

»Vielen Dank, ich lauf mal weiter.« Tilda hob kurz die Hand, dann rannte sie, so schnell sie konnte, weiter durch den feinen Sand, was anstrengender war als alle Stunden im Fitnesscenter in der Summe. Nils war bereits ein ganzes Stück weiter als sie. Er war ja auch nicht stehen geblieben, tröstete Tilda sich, wunderte sich aber trotzdem über die große Entfernung und Nils' Kondition. So viel Power und Ausdauer hätte sie ihm gar nicht zugetraut. Während sie weiterlief und ihr der Schweiß über die Stirn lief, suchte sie mit den Augen weiter den Strand ab, versuchte, etwas zu entdecken. Vielleicht hatte schon längst jemand Trude gefunden, und sie war bereits versorgt? Keine Menschenseele zu sehen. So ein Mist, dachte sie verzweifelt. So ein verdammter Mist! Warum hatte sie nicht gleich nach ihrer Ankunft nach ihr gesehen?

»Lass uns hier lang, in die Richtung!«, schlug Nils vor, als sie ihn endlich erreicht hatte, und zeigte nach rechts, wo nichts war. Außer Sand und Wasser. Tildas Herz pochte so stark in ihrer Brust, dass es beinahe schmerzte. Sie blieb kurz stehen, versuchte, ihre Atmung zumindest wieder ein Stück weit zu beruhigen, dann lief sie ihm hinterher, über den flachen weichen Sand, der bald in harten, nassen Sand überging.

Plötzlich blieb Nils stehen, hielt sich die Hand vor die Stirn und schrie »Scheiße!«, dann sprintete er in einem Tempo los, das Tilda erneut völlig überraschte. Sie lief hinter ihm her und sah angespannt in die Richtung, in die sie rannten. In der Sekunde entdeckte sie, was er entdeckt hatte. Eine Person, die etliche Meter von ihnen entfernt mit dem Oberkörper aus dem Wasser ragte, den Kopf zur Seite geneigt.

Sie rannten, so schnell sie konnten. Nils hatte das Wasser erreicht und lief mit allem, was er anhatte, hinein.

Tilda stoppte kurz, stieg hektisch aus ihren Sandalen, öffnete ihre Bermuda, schlüpfte raus, schleuderte sie ein Stück entfernt an den Strand, damit das Wasser ihr Handy nicht erreichen würde, und rannte ihm hinterher ins Wasser. »Truuude! Trude!«, schrie sie immer wieder, hob ihre Beine, um über das Wasser steigen zu können, was nicht lange klappte. Bereits nach ein paar Metern musste sie sich weiter vorkämpfen.

Sie sah, wie Nils nach Trudes Schulter griff, sie sanft schüttelte, laut auf sie einredete.

Tilda war hin und hergerissen zwischen der Hoffnung, dass Trude gerettet war und der Angst vor dem, was sie in wenigen Sekunden sehen würde, sobald sie um den Rollstuhl, der vom Wasser bereits vollständig umspült war, herumgegangen war. Sie wurde langsamer, kämpfte sich das letzte Stück weiter durch das Wasser, bis sie schließlich bei Nils und Trude angekommen war.

Trude war kreidebleich. Ihre kleinen Augen waren geschlossen, der Kopf war nach vorn gekippt, der Mund leicht geöffnet.

»Was ist mit ihr?«, rief Tilda. »Lebt sie noch?!«

Sie stellte sich neben Nils und versuchte, etwas zu erkennen, ein Lebenszeichen zu deuten, eine Bewegung, die sich hebende und senkende Brust, irgendetwas. »Trude! Hörst du mich? Bitte, sag etwas. Bitte!«

Wie soll man sie beatmen, wenn sie hier im Wasser sitzt?, fragte Tilda sich und spürte, wie die Verzweiflung sie sekündlich stärker überkam.

Nils hob Trudes Kopf, hielt ihn fest, legte seine Finger flach an ihren Hals, versuchte, ihren Puls zu fühlen, ließ ihren Kopf vorsichtig wieder sinken, griff ihr unter die Arme, hob sie schließlich hoch und trug sie durch das Wasser zurück zum Strand.

Auf der Rückfahrt vom Krankenhaus zur Kate schwiegen sie. Die Fenster waren runtergekurbelt, und der warme Fahrtwind wehte durch ihre Haare. Tilda hatte ihren Kopf zurückgelehnt, die Augen geschlossen und versuchte, sich langsam etwas zu entspannen – was nicht leicht war nach so viel Anstrengung und Aufregung.

Trude hatte Glück gehabt. Oder auch nicht. Je nachdem, wie man das sehen wollte. Zumindest Tilda empfand es als großes Glück. Die Erleichterung war körperlich spürbar gewesen, als die behandelnde Notärztin zu ihnen kam und erklärte, dass Trude zwar stark unterkühlt sei und auf alle Fälle im Krankenhaus bleiben müsse, aber inzwischen wieder bei Bewusstsein sei. Sie habe eine schwere Lungenentzündung, so viel konnte sie ihnen schon sagen.

Tilda war aus dem Stand in ihren nassen Sachen rückwärts auf den Besucherstuhl in der Notaufnahme geplumpst. Die Anspannung, die Angst, die Vorwürfe hatten an ihr gezerrt, hatten ihre letzten Energiereserven aufgebraucht – nach diesem eh schon so anstrengenden Tag. Eine Lungenentzündung war definitiv nichts Gutes, vor allem nicht in dem Alter, aber Trude lebte!

»Kommen Sie morgen gern wieder«, hatte die junge Ärztin ihnen empfohlen. »Für heute braucht sie erst mal Ruhe und Wärme. Ich habe ihr zusätzlich ein Beruhigungsmittel gegeben. Sie wird sicher gleich einschlafen.«

Und obwohl sie ihr das Leben gerettet hatten, war Tilda nicht sicher, wie Trude reagieren würde, wenn sie

sie morgen besuchen würden. Ob sie es auch als Glück empfand, noch zu leben?

Die letzten Tage und vor allem Stunden hingen wie Gewichte an Tildas Gliedern. Sie sehnte sich nach einer Wanne mit warmem Wasser – die es in der Kate nicht gab. Aber zumindest eine heiße Dusche.

»Vielen Dank«, sagte sie, nachdem sie aus dem alten muffigen Kombi ausgestiegen war. Sie hielt die Autotür in der Hand, beugte sich noch einmal zu Nils runter und sah ihm in seine dunkelblauen Augen. »Wir sehen uns!«

»Jo. Das machen wir. Und … danke!«

»Wofür?«

»Ohne dich würde sie jetzt nicht mehr leben. Du hast gespürt, dass etwas nicht stimmt. Wenn du nicht gewesen wärst, hätte sie heute ihre eigene Seebestattung organisiert.«

»Beinahe erfolgreich«, murmelte Tilda.

»Apropos, das ähm, ja, das wollte ich dir sowieso noch sagen«, meinte Nils und sah gedankenverloren auf sein Lenkrad, als spräche er mit sich selbst. »Hannes ist zurück«, erklärte er und sah zu ihr auf.

»Bitte?!«, platzte es aus Tilda heraus. Sie hatte das Gefühl, der Sand unter ihren Füßen würde jeden Moment nachgeben, und klammerte sich noch fester an die Autotür.

»Na, seine Urne«, schob Nils nach. »Wir können jetzt die Seebestattung planen. Wenn du willst.«

Tilda holte tief Luft und schnaubte alles wieder aus. »Ach so! Ich dachte schon … ich glaube, ich muss mir was Trockenes anziehen, sonst hol ich mir noch den Tod, und du kannst du mich gleich noch hinterherkippen – bei der Seebestattung. Würde ich dir übrigens auch dringend raten.« Sie sah auf seine nassen Klamotten, die inzwischen stellenweise wieder getrocknet waren, und zwinkerte ihm zu.

»Und wegen Hannes – ich bin ja jetzt hier. Wir können uns also einfach einen Tag aussuchen, um uns von ihm zu verabschieden«, schlug sie vor und fragte sich, wie es wohl sein würde, sich von jemandem zu verabschieden, den man nie richtig kennengelernt hatte. Jemandem Tschüss sagen, dem man nicht Hallo gesagt hatte.

»Ich schnack mal mit Matti«, sagte Nils.

»Sorry, aber wer ist Matti?«

»Der macht die Seebestattungen hier.«

»Ah, okay, dann …«

»Wir sehen uns morgen!«

»Ja, bis morgen«, sagte Tilda, hob die Hand noch einmal kurz zum Abschied und schlug die Tür zu.

16.

»Noch drei Minuten!«, rief die Aufnahmeleiterin durch das Studio, während die Maskenbildnerin ihr hektisch mit dem Puderpinsel übers Gesicht flog. Genau in der Sekunde, als sie sich fragte, warum sie einen Morgenmantel anhatte statt ihrer Bluse, die sie extra rausgesucht hatte, und wo um Himmels willen ihre Moderationskarten mit den einzelnen Texten blieben, klingelte es. Tilda beachtete es nicht, während sie sekündlich nervöser wurde, und fragte sich, wo dieser hässliche, völlig unpassende Bademantel überhaupt herkam, den sie trug. Altrosé mit Blumenmuster. Schlimmer ging es nicht.

Das Klingeln ließ nicht nach, und je länger sie es hörte, desto nerviger und aufdringlicher klang es. Wo war überhaupt ihr Handy? Sie nahm es doch nie mit ins Studio! In dem Moment, als die Aufnahmeleiterin »Noch eine Minute!« rief, wachte Tilda schweißgebadet auf.

Mit einem Ruck setzte sie sich auf und sah sich um. Dies hier war definitiv nicht das Studio. Keine grellen Lampen, kein Moderationstresen, keine Aufnahmeleiterin. Nur eins stimmte mit ihrem Traum überein. Das Klingeln ihres Handys.

Sie war auf dem Sofa eingeschlafen, stellte sie völlig irritiert fest. Tilda drehte sich zur Seite und griff neben sich auf den kleinen Beistelltisch. Auf einem Haufen alter Zeitschriften lag ihr Handy. *Ingo* stand auf dem Display.

»Hallo«, murmelte Tilda, während sie sich langsam wieder zurückfallen ließ. Das hier war definitiv kein Ort, an dem man öfter übernachten sollte. Das alte Leder war kalt und hatte in ihrem Gesicht einen Haufen Abdrücke hinterlassen. Das wusste sie, auch ohne in den Spiegel zu schauen. Sie fühlte sich wie nach dem Campingurlaub in Südfrankreich, als ihr damaliger Freund und sie den allerletzten freien Platz ergattert hatten, der leider direkt an der Düne lag, sodass das Zelt leicht schräg gestanden hatte, und sie Mühe gehabt hatten, nicht übereinandergerollt am Fußende zu liegen. Wie Rollmöpse.

»Oh, hab ich dich geweckt?«, fragte Ingo vorsichtig.

»Schon gut. Ich hätte es eh keine Minute länger ausgehalten. Dieses Sofa ist ein Albtraum.«

»Warum schläfst du auf dem Sofa?!«

»Glaub mir, das war nicht geplant!«, stöhnte Tilda und versuchte, etwas Bewegung in ihre Gelenke zu bringen, was nicht schmerzfrei klappte.

»Oh, auch so kaputt gewesen gestern? Verstehe ich. Ich war auch völlig hinüber«, stöhnte Ingo in seinem ganz eigenen, speziellen Tonfall, bei es Tilda so vorkam, als stünde er direkt vor ihr.

»Ich weiß gar nicht, wie ich das wiedergutmachen kann. Vielen Dank noch mal!«

»Na ja, ich habe ja jetzt die Schlüssel für deine leere

Wohnung. Vielleicht schmeiße ich mal ne Party oder so ...«

Tilda musste lachen. »Viel Spaß! Räum nur die leeren Flaschen nachher weg«, witzelte sie und sah sich müde im Raum um. Überall standen Kisten, Kartons, Klamotten, Wäschekörbe, die mit allem Möglichen gefüllt waren, nur nicht mit Wäsche. Irgendwo in diesen Bergen aus Pappe musste ihre Kaffeemaschine sein. Die kleine, in die man das Pulver gab, es mit heißem Wasser aufgoss und den Kaffeesatz dann runterdrückte. Fertig. Die Frage war nur: wo?

»Kleiner Scherz«, lenkte Ingo ein. »Aber untervermieten, das wäre doch eine Idee!«

»Fühl dich wie zu Hause. Hauptsache, du gibst den Schlüssel rechtzeitig ab und streichst vorher noch mal die Wände.«

»Wie ist es denn bei dir?«, wollte Ingo wissen, während Tilda sich langsam vom Sofa erhob, sich zwischen den Kisten durchschlängelte und Richtung Hausflur kämpfte. Sie öffnete die quietschende Holztür. Die Sonne schien ihr direkt ins Gesicht. Die Hand schützend vor die Augen haltend ging sie einen Schritt raus. Draußen war es definitiv wärmer als drinnen.

»Keine Ahnung. Ich glaube ziemlich sommerlich. Ich brauche erst mal einen Kaffee«, stellte sie fest. »Und meine Sonnenbrille!«

»Mach das! Und denk immer daran: Genau JETZT beginnt dein neues Leben!«

Tilda dachte an Trude, deren Leben gestern um ein

Haar geendet hätte. Sie setzte sich auf die oberste Steinstufe und erzählte Ingo von dem ganzen Drama, das immer noch in jeder Faser ihres Körpers saß.

Ingo, der fassungslos zugehört hatte, holte schließlich tief Luft und meinte: »Mach dir keinen Kopp, fahr zu ihr. Tief in ihrem Herzen freut sie sich, dass ihr sie da rausgezogen habt!«

»Keine Ahnung, ich weiß es wirklich nicht. Vielleicht ...«

»Ja?«

»Vielleicht ist es besser, wenn Nils heute erst mal allein hinfährt, und ich besuche sie in den nächsten Tagen«, dachte sie laut. Klar war das feige – aber warum sollte man nicht auch mal feige sein?

»Gib dir einen Ruck. Kauf ihr ein paar Blümchen und dann fahrt ihr da zusammen hin!«

Tilda sah zu den langen Gräsern zwischen den Kiefern, die sich wie in Zeitlupe unter dem leichten Wind der See hin und her bewegten, nachgaben, sich wieder aufrichteten, um sich im nächsten Moment wieder geschmeidig zur Seite zu biegen.

Sie unterhielten sich noch einen Augenblick, dann verabschiedete Tilda sich.

Jedem Anfang wohnt ein Zauber inne, dachte sie, als sie wieder zurück ins Haus gegangen war. »Oder ein Haufen Kartons«, stellte sie ernüchtert fest.

Der Kühlschrank war leer und außerdem ausgestellt. Sie musste dringend einkaufen. Tilda griff nach ihrer Tasche neben dem Sofa, zog kleine Kulturtasche raus, die

sie für den Fall, dass sie alles andere nicht sofort griffbereit hatte, vorsorglich eingesteckt hatte, und ging nach
oben ins Bad.

Die Dachschräge war nach dem Sofa die zweite unan-
genehme Erfahrung des Tages und sicher nicht die letzte
Sache, an die sie sich hier noch gewöhnen musste. Mit
der Zahnbürste im Mund öffnete sie das kleine schräge
Fenster hinter sich, um gerade stehen zu können und
wenigstens etwas mehr Platz zu haben, und sah sich um.
Alles war so, wie es beim Bau des Hauses eingebaut worden war. Also uralt. Wobei es uralt in sehr unterschiedlichen Varianten gab. Schön und so wie hier. Es machte
keinen Sinn darüber nachzudenken, was getan werden
musste, damit sie sich eines Tages wohlfühlen würde. Im
Grunde musste alles raus. Ohne Kompromisse. Nachdem Tilda den überschüssigen Schaum in das kleine
Waschbecken gespuckt hatte, sah sie sich um und rechnete innerlich, was es kosten würde, ein neues Bad ein-
zubauen. Dusche, Toilette, Miniwaschbecken. Vermutlich ein kleines Vermögen. Außerdem brauchte das Haus
nicht nur ein neues Bad. Die Küche war auch dringend
überholungsbedürftig. Von den Wänden ganz zu schweigen, wobei das Streichen vermutlich noch das Gün-
stigste von allem war. Ob es hier auf der Insel einen …
nein, sicher nicht, dachte Tilda. Der nächste Baumarkt
war hundertprozentig auf dem Festland. Warum hatte
sie daran nicht früher gedacht? Sie spülte ihren Mund
mit Wasser aus, wusch sich das Gesicht, fuhr sich mit
den Händen durch die Haare und hoffte, dass niemand

die Moderatorin erkennen würde, wenn sie jetzt in den Supermarkt fuhr.

Der Kühlschrank brummte so laut auf, dass Tilda erschrak. *Da kann man nur hoffen, dass das die Begrüßungsmelodie ist und nicht so bleibt*, betete sie innerlich und fing an, die Reste ihres Frühstücks, das sie draußen auf der Holzbank vor der Kate eingenommen hatte, einzuräumen. In der Hoffnung, dass er auch funktionierte und nicht nur brummte. Ihre Einkäufe mussten dringend gekühlt werden. Es war wirklich warm. Tilda öffnete die Fenster, zog ihr Sweatshirt aus, warf es über einen der Kartons und fragte sich, wo sie anfangen sollte. Sie hatte gar nicht in Erinnerung, dass es so viel war. In Hamburg war es ihr viel weniger vorgekommen. Egal. Sie öffnete die erste Kiste, schaute rein und überlegte, wo sie einräumen oder besser *hinräumen* wollte. Während sie sich umsah, fiel ihr auf, dass sie die Sachen ihres Onkels im Grunde erst aus den Regalen rausräumen musste, bevor sie überhaupt die Chance hatte, irgendetwas von sich selbst hinzustellen. Sie ließ den Deckel des Kartons los und fragte sich, ob sie sich eventuell etwas zu viel vorgenommen hatte. Oder war es einfach die Nacht auf dem alten Sofa, dass sie plötzlich das Gefühl hatte, alles bräche über ihr zusammen?

Sie dachte nach. Die richtige Reihenfolge wäre, Hannes Sachen in leere Kartons packen, alle Möbel raus, renovieren, Möbel wieder rein, ihre Kartons auspacken. Für den Fall, dass sie sich für diese einzig sinnvolle Reihenfolge entscheiden sollte, bräuchte sie definitiv Hilfe. Ob Bent schon zurück war? Sie überlegte, ihn anzurufen, verwarf den Gedanken dann aber wieder. Nein, auch wenn er Hilfe angeboten hatte – das wäre wirklich etwas zu plump. Sie kratzte sich am Kopf, massierte ihren steifen Nacken und beschloss eine Pause einzulegen und mindestens einen weiteren Kaffee zu trinken.

Bei Nils in der Fischerklause.

»Na, wen haben wir denn da?«, hörte sie ihn schon, bevor sie die Terrasse erreicht hatte. Der Sand war heute viel schwerer zu durchwandern. Ein älteres Paar in beigem Partnerlook überholte sie. Er von rechts, sie parallel von links. Als hätten sie sich abgesprochen. Tilda hob kurz den Kopf, dann sah sie wieder runter in den Sand.

Nils saß im Schatten auf seinem Platz neben dem Eingang und stopfte seine Pfeife. Die restlichen Tische waren unbesetzt. »Du siehst ja aus, als wäre eine Dampflok über dich hinweggefahren«, stellte er amüsiert fest.

Tilda ließ sich auf dem leeren Platz neben ihm fallen. »Ist sie auch. Mehrfach. Hast du mal einen Kaffee? Mit Milch, bitte«, schob sie schnell hinterher, als ihr die teergleiche Brühe von Nils einfiel.

Nils legte seine Pfeife in den Aschenbecher vor sich auf dem Tisch, stand auf und verschwand in der Hütte.

Tilda legte den Kopf zurück, lehnte ihn gegen die Hauswand und schloss die Augen. Bis auf den leichten Wind und die Möwen hörte man nichts. Abgesehen von Nils Geklapper war es total ruhig. *Wahnsinn*, dachte Tilda. *Einfach nichts.*

Als sie die Augen wieder öffnete, stand ein Becher Kaffee vor ihr. Daneben ein kleines Gefäß mit Milch. Sicher von den Kühen auf der Wiese, an der sie vorhin vorbeigefahren war.

Tilda musste an ihren Vater denken. Er hatte ihr immer warmen Kakao gemacht. Den echten, aus Holland, mit Honig gesüßt. *Die Zeit heilt keine Wunden*, dachte sie wieder einmal. Wann war sie zuletzt an seinem Grab gewesen? Die Frage fand keine Antwort. Es war zu lange her. Und was sollte sie dort auch? Er war nicht dort. Er war überall. Aber nicht an diesem künstlichen, viereckigen Platz, den fremde Leute pflegten, die dafür Geld bekamen.

»Danke!« Tilda kippte die gesamte Milch in ihren Becher, nahm einen großen Schluck, verzog ganz kurz das Gesicht und sah dann zu Nils. Vielleicht mochte sie ihn deshalb so, trotz seiner schroffen Art? Weil er sie an ihren Vater erinnerte?

»Hast du schon etwas von Trude gehört?«, fragte sie, um sich abzulenken.

Nils schüttelte den Kopf. »Ich fahre nachher hin.«
Einen Moment schwiegen sie.

»Wo ist eigentlich der nächste Baumarkt?«, fragte Tilda, nachdem sie den Becher wieder abgestellt hatte.

Nils nahm seine Pfeife aus dem Mund und sah sie fragend an. »Du meinst es also wirklich ernst?«

»Das mit dem Streichen? Auf alle Fälle. Und das Bad

ist auch in einem katastrophalen Zustand«, erklärte sie. »Er, ich meine, Hannes hat es doch so gewollt. Jetzt bin ich hier. Aber ganz allein schaffe ich es nicht. Ich kann die Wände streichen und alles Mögliche andere auch, aber vorher müssen die Möbel raus.« Sie sah ihn mit dem überzeugendsten Dackelblick an, den sie draufhatte – unter erschwerten Bedingungen, das durfte man nicht vergessen.

Nils zog erneut an seiner Pfeife, die wunderbar nach Vanille roch und deren Rauch Tilda ganz und gar nicht störte, wie sie feststellte. Dann nahm er sie aus dem Mund und sah sie mit zusammengekniffenen Augen ernst an. »Und was willst du mit seinen Sachen machen?«

»Hannes' Sachen? Na, ich packe sie in Kisten und hebe sie auf. Was soll ich denn sonst damit machen?«, fragte sie und nahm noch einen Schluck Kaffee. »Dachtest du, ich schmeiße alles weg?!« Sie stellte den Becher ab und sah ihn fragend an. »Nicht dein Ernst, oder?«

Nils drehte sich weg und sah geradeaus zu dem Weg, der durch die Düne zum Strand führte. »Wann soll ich kommen?«

Tilda huschte ein Lächeln übers Gesicht. Erleichtert lehnte sie sich zurück. Der alte Mann und das Mädchen, dachte sie, bis ihr einfiel, dass sie kein Mädchen mehr war. Aber jetzt, hier, fühlte sie sich so. Ein müdes Mädchen.

Natürlich gab es einen Baumarkt auf Amrum. Nils hatte sie, nachdem Tilda erneut gefragt hatte, angeguckt, als hätte sie gefragt, seit wann es Strom auf der Insel gab. Nur ein paar Hundert Meter entfernt befand sich ein gut sortierter Baumarkt. Tilda war nicht nur überrascht, sie war auch ganz froh, dass sie keine Wette abgeschlossen hatte. Die hätte sie nämlich verloren.

Während sie vom Baumarkt Umzugskartons, Farbe, Abdeckfolien, Pinsel, Rollen und alles andere, was dringend benötigt wurde, holte, fing Nils an, alles auszuräumen. Und das bei einer Affenhitze, die sich inzwischen über die ganze Insel gelegt hatte wie ein schweres Tuch. Würde nicht hin und wieder eine frische Brise vom Meer herüberwehen, konnte man meinen, man befände sich in einer Biosauna. Tildas Deo hatte schon lange versagt. Aber wen interessierte das schon? Nils sicher nicht.

Der alte Seebär hatte seinen Laden tatsächlich viel früher geschlossen als sonst. Und das, wo heute wirklich jeder, der konnte, an den Strand und damit vorbei an seiner Fischerklause ging. Bei dem Gedanken überkam sie schlagartig ein schlechtes Gewissen. Sobald sie hier fertig waren, würde sie es wiedergutmachen und ihn – ja, was eigentlich? Zum Essen einladen? Labskaus für Fortgeschrittene? Auf alle Fälle würde sie sich bedanken. Mit mehr als nur Worten.

Tildas Angebot, beim Raustragen mitzuhelfen, beachtete er gar nicht, packte Kisten, Tische, Stühle und stellte alles vors Haus. Es hatte keinen Sinn. Und tief in ihrem Herzen war sie unendlich dankbar darüber, dass er es allein machte – bei ihrem Muskelkater, der durch die gestrige Rettungsaktion nicht wirklich besser geworden war.

Bevor sie Hannes' Sachen einpacken konnte, musste wirklich alles raus. Lediglich die Kisten mit ihrer Kleidung und den Badezimmerartikeln brachte Nils hoch unters Dach.

Tildas Einwand, was passieren würde, wenn es vielleicht nachts regnete, überhörte Nils stur. »Dann is' das so«, sagte er nur und räumte weiter raus.

Im Baumarkt packte Tilda vorsichtshalber lieber ein paar mehr Abdeckfolien in den Einkaufswagen. Wetter-App hin oder her. Sicher war sicher.

Mit den zusammengefalteten Umzugskartons kämpfte Tilda sich durch Möbel und Kisten vor dem Haus hindurch und schleppte alles die Stufen hoch. Sie musste an Trude denken. Wie es ihr wohl ging? Nils hatte gesagt, er wolle abends zu ihr fahren. Nach der Aktion hier. Die Frage, ob sie mitfahren sollte, hatte sie sich immer noch nicht selbst beantwortet.

Sie blieb in der geöffneten Tür stehen und vergaß bei dem Anblick von Hannes' Sachen für einen Augenblick Trude. Seine Sachen und die Frage, wie sie das alles mit ihrem Muskelkater in die Kartons bekam.

Neben einem aufgebauten Karton verharrte sie einen Moment andächtig vor den alten Büchern, während Nils hinter ihr weiterräumte, dann griff sie nach den ersten drei, vier Exemplaren und begann, die Kiste zu füllen. Nicht ganz voll mit Büchern, damit man sie noch heben konnte.

Mit feuchtem Lappen und Handtuch bewaffnet, machte sie sich schließlich daran, die Regalböden auszuwischen. So wie der Lappen nach dem ersten Mal Wischen aussah, hatte das noch keiner vor ihr getan. Tilda stöhnte laut auf und ließ sich aufs Sofa fallen. Sie brauchte eine Pause. Oder Abendbrot. Oder alles auf einmal.

Es kribbelte in ihrer Nase, und sie musste lauthals niesen.

»Gesundheit!«, hörte sie Nils' dunkle Stimme hinter sich und drehte sich zu ihm um. Er sah abgekämpft aus.

»Magst du ein kaltes Bier? Ich habe extra welches für dich mitgebracht«, bot sie ihm an und legte den Lappen weg.

»Ja, gerne!« Nils wischte sich mit seinem Stofftaschentuch über die nasse Stirn. »Das müsste jetzt alles gewesen sein. Bis auf den Karton da. Aber sonst ist alles draußen.«

»Super! Vielen Dank! Ohne dich hätte ich das nie im Leben geschafft!«

Tilda ging zum Kühlschrank, der Gott sei Dank aufgehört hatte, zu brummen, und holte zwei kalte Bier heraus. Sie öffnete die Flaschen und reichte Nils eine.

»Und das willst du jetzt alles allein streichen?«, fragte er und sah sich in dem nahezu leeren Raum um.

»Ja, klar. Ich habe vorhin noch mal auf die Wetter-App geguckt. Heute Nacht bleibt es auf alle Fälle trocken, und ich glaube, die nächsten Tage auch. Dann kommt irgendwann ein Gewitter, aber bis dahin bin ich fertig. Da können die Sachen ruhig draußen stehen bleiben.«

»Wetter-App«, wiederholte Nils.

Tilda sah ihn fragend an. »Ähm, ja.«

»Na denn, Prost!« Nils hob die Flasche, streckte sie ihr entgegen.

»Prost!«

Die beiden tranken in gierigen Zügen. Die eiskalte Flüssigkeit rann ihre Speiseröhre runter, und Tilda spürte, wie sie sich langsam in ihrem Innern ausbreitete. Das tat gut. Wann hatte sie das letzte Mal ein Bier getrunken? Auf alle Fälle war es so lange her, dass sie sich nicht mehr daran erinnerte. Eigentlich trank sie immer Prosecco oder Weißwein. Gerne auch auf Eis als Schorle an so heißen Tagen wie heute.

»Wollen wir uns raussetzen?«, schlug sie vor und deutete mit der Flasche zu der offen stehenden Tür. »Jo«, brummte Nils. »Dat mok wi!«

Die Sonne ging langsam hinter den Kiefern unter, die Temperatur ließ allmählich etwas nach.

So kann es bleiben, dachte Tilda und lehnte sich entspannt zurück. *Genau so kann es bleiben.*

17.

Es war ein Rumpeln und Poltern, das sie am nächsten Morgen aus dem Schlaf riss. Tilda hatte nach langem Hin und Her doch oben in Hannes' Zimmer geschlafen. Auf ihrem Gästebett, das im Grunde eine dreiteilige Schaumstoff-Liege war, die man zusammenklappen und als Sitzhocker nutzen konnte. Sehr praktisch für spontanen Übernachtungsbesuch. Oder für alte Betten, in denen man nicht wirklich liegen wollte – als Matratzenersatz. Die alte Matratze hatte sie noch am Abend die Treppe runtergezerrt und vors Haus gestellt. Eine weitere Nacht auf diesem unfassbar unbequemen, alten Sofa war definitiv nicht möglich!

Mit dem Erdgeschoss würde sie eine ganze Weile beschäftigt sein und, so wie es hier aussah, sich eventuell auch etwas übernehmen. Dann würde es oben auf alle Fälle weitergehen. Komme, was wolle, hatte sie auf dem Rückweg ins Schlafzimmer gedacht und sich einen kurzen Moment gefragt, ob jemand sie wohl vermisste. Im Sender. Ob es Zuschauer-Mails gab, mit der Frage, wo sie sei. Und vor allem: Was der Sender als offizielle Version antworten würde. Das interessierte sie außerordentlich. Dann hatte sie über sich selbst den Kopf geschüttelt. »Wie albern ist das denn, bitte schön, Frau Wagner?«, hatte sie sich gefragt und war ins Bad gegangen. Zähne putzen bei geöffnetem Fenster mit Blick in die Dünen. Tausendmal besser als jeder Prompter dieser Welt!

Es rumpelte erneut. Tilda musste sich kurz orientieren. Wo war sie? Sie öffnete die Augen einen Spalt, schloss sie wieder, dachte nach. Sie war auf Amrum. In Hannes' Kate. Und unten rumpelte es. Die Frage war nur, warum.

Mit einem Ruck saß sie senkrecht im Bett. Noch einmal. Rumms. Tilda sah sich nach etwas um, das sie als Waffe nutzen konnte. Wofür auch immer. Langsam stand sie auf, schlüpfte schnell in ihre Jogginghose, öffnete die Tür und schlich zur Treppe. Das alte Holz unter ihren nackten Füßen knarrte. In gebückter Haltung versuchte sie, zu erkennen, wer oder was da unten Krach machte. Dann fiel ihr Blick auf Füße … Nils!

»Was machst du denn hier?!«, rief sie überrascht, während sie die Holzstufen runter ins Wohnzimmer ging, das komplett verhüllt war. Alle Fenster, Türen, die Küchenzeile waren abgeklebt mit durchsichtiger Folie.

»Moin«, grüßte er, ohne sich umzudrehen, und befestigte den letzten Klebestreifen an einem Stück Folie auf den Einbauschränken. »Ich hab schon mal alles vorbereitet.« Er drehte sich zu ihr um. »Die Tür war offen.«

»Offen?!« Hatte sie wirklich die Tür offen stehen lassen, nachdem sie die olle Matratze rausgeschmissen hatte?

»Na ja, nicht abgeschlossen«, sagte er.

»Auch nicht besser«, murmelte Tilda. »Ich war so platt … da habe ich es wohl vergessen. Wahnsinn. So etwas ist mir noch nie passiert. Was, wenn hier jemand reingekommen wäre!«

»Wer denn?«

Tilda zuckte mit den Schultern. »Keine Ahnung. Ein Einbrecher. Ein … was weiß ich wer.«

»Haben wir hier nicht«, erklärte Nils trocken und drehte sich wieder zur Küchenzeile um.

Tilda wurde das Gefühl nicht los, dass Nils mehr als erleichtert und froh darüber war, dass sie zurückgekommen war. Auch, wenn er es natürlich niemals sagen geschweige denn zeigen würde. Zumindest nicht direkt. Er machte es auf seine Weise.

»Das ist ja der totale Wahnsinn! Danke, Nils! Da hast du mir echt einen Gefallen getan. Ich hasse abkleben«, gab sie zu. Dann sah sie zur eingepackten Küchenzeile. »Ich wollte eigentlich gerade einen Kaffee machen. Magst du vielleicht auch einen?« Sie war ihm ja wirklich dankbar, aber Wände streichen ohne Kaffee – undenkbar.

»Oh! Natürlich. Moment!« Nils sah auf die Folienwand, vor der sie standen, ging darauf zu und riss sie mit einer Handbewegung runter.

Tilda sah ihn mit großen Augen an. »Ähm, also, so war es jetzt auch nicht gemeint. Aber danke! Willst du auch einen?«

»Im Grunde schon, ja. Ich muss nur gleich los.« Er sah auf seine Armbanduhr. »Aber ein Kaffee geht noch!«

»Warst du eigentlich gestern noch bei Trude?«, wollte Tilda wissen, nachdem sie ein paar Minuten später beide einen Kaffeebecher in der Hand hielten und sie Milch einschenkte.

»Danke, das reicht«, meinte Nils und hob die Hand.

Tilda brachte die Milch zurück zum Kühlschrank und wartete gespannt auf seine Antwort.

»Ja, ich bin noch kurz hin. Es geht ihr eigentlich ganz gut. Sie war nicht sonderlich redselig, aber das war sie ja noch nie«, meinte er und trank einen Schluck Kaffee.

»Hat sie, ich meine, hat sie denn etwas dazu gesagt, dass wir sie gerettet haben?«

Nils schüttelte den Kopf. »Aber du kannst sie selbst fragen. Wenn es ihr weiter so gut geht, soll sie in ein paar Tagen entlassen werden.«

»Echt? Und die Lungenentzündung?«

»Offenbar nicht so wild, wie anfangs angenommen. Die ist zäh, glaub mir!«, meinte er und zwinkerte ihr zu. Es fühlte sich an, als gäbe es seit ihrer gemeinsamen Rettungsaktion ein unsichtbares Band zwischen ihnen. Etwas, das man nur spüren, nicht greifen konnte. Aber es war da.

Er trank den Rest aus seinem Becher und reichte ihn Tilda. »So, ich muss. Soll ich dir die Folie noch schnell wieder da oben anbringen?«

»Nee, das ist lieb. Aber ich muss ja auch noch kurz etwas frühstücken, danach klebe ich sie wieder fest. Danke!«

»Kein Problem.«

Nils sah ihr in die Augen, ohne etwas zu sagen. Tilda wartete, doch es kam nichts.

»Dann mach's man gut«, sagte er schließlich und ging.

»Du auch. Bis später!«, rief sie ihm hinterher. Sie würden sich so oder so später sehen. Davon war sie fest überzeugt. Wenn nicht heute, dann morgen. Vermutlich würde sie spätestens morgen früh im Bad mit ihm zusammenstoßen, wenn er die Fliesen abklebte, damit sie streichen konnte. Bei dem Gedanken musste sie schmunzeln.

»Jo. Bis später«, hörte sie ihn murmeln.

Einen Augenblick sah sie ihm noch nach, dann schloss sie die Tür, stellte die leeren Becher in die Spüle und ging hoch duschen.

Die Wände machten einen trockenen Eindruck, als Tilda ein paar Stunden später die Fenster schloss und die Folien von der Küchenzeile abzog.

Ihr Pony war gewachsen und hing wie ein zugezogener Vorhang auf ihren Augenlidern. In regelmäßigen Abständen wischte sie ihn mit den Händen zur Seite, aber das hielt ihn nicht davon ab, wieder zurückzufallen. Tilda öffnete eine der Schubladen, wühlte darin rum, bis sie gefunden hatte, was sie suchte. Sie nahm das Gummiband, griff nach ihrem Pony, zog ihn hoch und machte sich einen Minizopf. So ließ es sich definitiv einfacher arbeiten, stellte sie erleichtert fest.

Mit der zusammengeknüllten Folie blieb sie einen Moment in der Mitte des Raumes stehen, sah sich um und überlegte in Gedanken, wo sie ihre Möbel hinstellen würde. Die wenigen, die sie mitgebracht hatte. Auf keinen Fall sollte der Raum vollgestellt wirken. Ganz im Gegenteil. Am liebsten hätte sie wirklich nur das Nötigste hier. Sofa, Tisch, Stühle. Das Regal würde sie von Hannes übernehmen. Die Küche könnte man abschleifen und überstreichen.

Sie musste an das Haus von Bent denken, an seine Einrichtung, an ihn. Was hatte sie zu verlieren? Gar nichts. Sie legte die Folie beiseite und griff nach ihrem Handy.

Sechs Nachrichten schrieb sie, sechsmal löschte sie sie. Tilda holte tief Luft. Dann drückte sie auf das kleine Symbol für Sprachnachrichten und quatschte einfach drauflos. Das konnte sie schließlich. War ja ihr Job. Im Grunde.

»Hi Bent, Tilda hier. Du wolltest doch so gerne helfen und jetzt, wo ich hier bin und überlege, wie ich was wo hinstelle... Vielleicht bist du ja zurück und hast Lust, mich zu beraten. Ich würde mich freuen von dir zu hören. So oder so. Lieber Gruß!« Schnell drückte sie auf Senden.

Mal schauen, wann er antwortet, dachte sie gespannt und legte das Handy weg.

Sie brauchte dringend einen weiteren Kaffee, sonst würde sie gleich gefühlt im Stehen einschlafen, so fertig war sie. Diese körperliche Arbeit war sie einfach nicht gewohnt.

Den Becher in den Händen, die Augen geschlossen und die Sonne genießend, hörte sie ihr Handy brummen. Mit einem Satz sprang sie von der Treppe auf, stellte den Becher beiseite und lief ins Haus.

»Bent«, stand auf dem Display.

»Na, das ging ja schnell«, stellte sie zur Begrüßung fest.

»Ja, ich dachte mir, ich nutze die Pause und melde mich mal. Wie sieht's denn aus bei dir?«

»Etwas leer, aber sonst ganz gut«, erklärte sie und sah sich in dem Raum um, der mit jedem Meter an den Wänden, den sie mit der Farbrolle geweißt hatte, mehr ihr Raum geworden war. Oder weniger Hannes' Raum.

»Ich meinte eher zeitlich«, erklärte er, und Tilda hörte sein Schmunzeln in den Worten. »Ich bin gerade auf dem Weg zu einem Kunden und könnte eben mal bei dir halten.«

Tilda sah an sich runter. Die älteste, abgeschnittene Jeans, die sie finden konnte, ein dreckiges T-Shirt. Weiße Farbe an den Händen, Beinen und vermutlich – so wie sie sich kannte – auch sonst irgendwo am Körper verteilt. Beste Voraussetzungen für ein Treffen. Aber es war ja auch kein Candle-Light-Dinner, versuchte sie sich zu beruhigen und schnupperte an ihrem T-Shirt. Frisch war anders.

»Ja, klar!«, sagte sie und hoffte, er würde ihre Unsicherheit nicht spüren. »Komm rum!«

»Prima!«, hörte sie Bent im nächsten Moment sagen. Allerdings nicht im Handy, das sie sich ans Ohr drückte, sondern aus dem Garten.

Tilda hatte das Gefühl, ihr Herz würde stehen bleiben, während ihr Puls in der gleichen Sekunde ins Unermessliche stieg. Was natürlich Blödsinn war.

»Moin, moin. Kleine Überraschung!«, rief er, winkte mit dem Handy, lehnte sein Rad an eine der Kiefern und kam auf sie zu.

»Hi!«, grüßte Tilda zurück, während sie sich fieberhaft fragte, was man innerhalb von drei Sekunden an seinem Äußeren verbessern konnte. Die Antwort war: nichts. In fünf Minuten konnte man wahre Wunder vollbringen. Eine komplett neue Identität schaffen. Oder zumindest ein neues Äußeres. Eines, dass ein klitzekleines bisschen attraktiv ist. Aber innerhalb von ein paar Sekunden? Während jemand sein Rad abstellte und auf einen zuging?

Wo war der verdammte STOPP-Knopf auf dem Mischpult im Schnittraum? So ein Mist!

Vor ihrem inneren Auge fror Bent in der Bewegung ein, blieb, wo er war, alles stand still, nichts bewegte sich mehr. Kein Vogel, kein Ast im Wind. Nur sie. Schnitt. Sie stellte sich vor, wie sie in Windeseile die Treppe hochlief, auf dem Weg bereits ihr T-Shirt über den Kopf zog, die Shorts im Gehen öffnete und auszog, dabei fast stolperte, die Unterwäsche hinterher, zack, ab in die Dusche sprang, sich einshampoonierte von oben bis unten. All you can wash sozusagen. Schnitt. Zack, hüpfte sie in ihrer Vorstellung wieder aus der Dusche, trocknete sich ab, jedenfalls so gut wie, lief rüber ins Schlafzimmer, wo irgendwo die Tasche mit den frischen Klamotten lag. Aufgerissen, rausgewühlt, angezogen. Und wieder runter. Schnitt.

Kurz tief Luft geholt, sammeln, lächeln und wieder auf PLAY gedrückt. Sie stellte sich vor, wie Bent sich aus der Starre löste, hörte die Möwen wieder kreischen, spürte wieder den warmen Wind auf ihrer noch feuchten Haut. Schnitt. Bent blieb stehen, sah sie irritiert an und sagte, er könnte schwören, dass sie gerade noch etwas anderes angehabt hatte. Dann lachten beide und fielen sich in die Arme. Schnitt.

»Alles klar?«, hörte sie Bent fragen, kniff kurz die Augen zusammen und sah ihn vor sich stehen. Live und in Farbe.

»Sorry, ich war gerade in Gedanken. Ähm, ja, schön, also, klasse, dass du da bist, du bist ja echt ein Überraschungsei«, stammelte Tilda, ging auf ihn zu und streckte ihm ihre Hand entgegen. Oder hätte sie ihn einfach in den Arm nehmen sollen? So wie eben, in ihrer Vorstellung?

»Hi!«, grüßte er noch mal, nahm ihre Hand und lächelte sie an, als hätte er gerade eine Reise in die Karibik gewonnen. Dann sah er an ihr vorbei zur Kate, deren Tür offen stand.

Himmel, er roch gut. Richtig gut sogar.

»Wow! Was für ein schönes Haus! Glückwunsch!«, stellte er begeistert fest. »Ich hab es ja schon kurz gesehen, aber jetzt – wirklich schön!« Er drehte sich um und sah auf die Möbel, an denen er vorbeigegangen war. »Na, das sieht ja richtig nach Arbeit aus«, stellte er fest, nachdem er sich wieder zu ihr umgedreht hatte.

»Ja, das war nicht ohne«, gab Tilda zu und betrachtete ihre Sachen.

Sie spürte seinen Blick von der Seite.

Bent lächelte sie an. »Ich meine eher dich«, sagte er und zeigte auf ihren Kopf.

Tilda strich sich über die Haare. »Ah! Mein neuer Pinsel. Ja, das trägt man jetzt so«, erklärte sie verlegen, strich sich über den Stummelzopf, zuckte lachend mit den Schultern. »Nützt ja nichts. Man muss eben mit der Mode gehen. Egal ob in der Weltstadt oder auf der Nordseeinsel!«

»Ich muss dich warnen! Es besteht natürlich die Gefahr des Nachahmens, und nächstes Jahr laufen hier alle so rum. Alle Frauen, meine ich. Kann passieren! Vielleicht langfristig auch die Schafe. Von den Kühen ganz zu schweigen«, sagte er schmunzelnd.

Tilda hob die Hand und winkte ab. »Kein Problem. Dann stell ich da vorn«, sie deutete auf den Weg, »ein kleines offenes Holzregal hin, mit einem Glas für die Groschen und einem mit Haargummis. Macht man doch hier so. Oder?«

»Perfekt! Spätestens dann zählst du hier zu den Locals!«, meinte er lachend. »Genau so würde ich es auch machen. Da kannst du sicher eine Marktlücke schließen! Immer nur selbst gemachte Marmelade von Insulanern am Wegesrand zu kaufen, finden die Urlauber sicher auch irgendwann langweilig.« Dann sah er wieder auf die Möbel, die im Garten standen. »Wenn das Wetter so bleibt, könnte man es einfach so lassen«, stellte er fest. »Sieht doch hübsch aus! Hat etwas Wildromantisches.«

»Ja. Auf alle Fälle. Ich bin auch ein großer Fan von frischer Luft. Aber man weiß ja nie«, gab sie zu bedenken und sah zum Himmel. »Mein Gefühl sagt mir, ich bringe die Sachen lieber rein. Komm mit«, forderte sie ihn auf und ging die Steinstufen rauf. »Ich zeig es dir von innen!«

»Wow!«, staunte er, als sie im Haus waren, und sah sich begeistert um. »Echt schön! Nicht groß, aber der Raum ist harmonisch. Schwingt gut! Was hat die Hausherrin denn für Ideen und Wünsche?«

»Na ja, als Hausherrin fühle ich mich ehrlich gesagt noch nicht, aber«, sie zeigte in die rechte Seite, dorthin, wo vorher der Tisch von Hannes gestanden hatte, »ich dachte, hier wäre mein Esstisch vielleicht ganz gut aufgehoben.« Sie ging ein Stück weiter nach links. »Und hier mein Sofa.«

Bent lief durch den Raum, blieb stehen, nickte, ging weiter. Tilda vermutete, dass er den Raum in Gedanken bereits einrichtete. »Komm, wir tragen die Möbel rein und schauen mal, wie es wirkt. Du bist doch fertig mit dem Streichen, oder?« Er sah auf den Eimer in der Ecke, die zusammengeknüllte Folie, die Pinsel.

»Ja, klar. Gern!«, freute Tilda sich und war schon wieder überrascht. Bent war nicht nur spontan. Er war auch begeistert, und vor allem wollte er sie wirklich unterstützen und helfen.

»Und dein Kunde?«, hakte sie nach.

»Ach. Das ist ein guter Freund. Außerdem sind wir auch erst«, er sah auf seine Armbanduhr, »in einer Stunde verabredet.«

Ein anderes Haus, ein anderer Raum, ein anderes Gefühl, dachte Tilda, als sie eine knappe Stunde später neben Bent auf ihrem Sofa saß und beide ein Wasser tranken. Bent hatte natürlich sofort erkannt, was sie gemeint hatte, als sie bei ihm gesagt hatte, dass sie das Skandinavische auch so sehr liebe.

»Klasse! Nächstes Mal machen wir oben weiter«, meinte er zufrieden, trank den letzten Schluck Wasser und stand auf.

Tilda spürte, wie ihr Gesicht rot wurde. Leider. Sie hielt die Luft an und versuchte, einen Lachanfall zu unterdrücken. Aber es war aussichtslos. Sie war müde, erschöpft, und das war keine gute Kombination, um ernst zu bleiben.

Bent sah sie belustigt an. »Hab ich etwas nicht mitbekommen?«

Tilda stand auf. »Doch, doch. Alles bestens.« Sie versuchte wieder, langsam ein- und auszuatmen. Wie sie es im Yogaunterricht gelernt hatte. Ganz lange in den Bauch einatmen und ganz langsam wieder ausatmen. »Es ist nur so … oben ist nur ein Raum.«

»Und?« Bent sah sie fragend an. Dann verstand er.

»Ahhh … Oben ist das … okay. Sorry. Nein, also, ich meinte …«

Tilda prustete los. Es hatte keinen Sinn. Sie hielt sich die Hand vor den Mund. »Sorry. Total albern. Aber ich bin wohl etwas durch.«

Bent sah sie mit zuckenden Mundwinkeln an. Dann kam er langsam auf sie zu, nahm sie in den Arm und flüsterte ihr ins Ohr: »Ich liebe dein Lachen. Mit Pinsel auf dem Kopf.«

Dann hielt er ihr Gesicht in seinen Händen und küsste sie.

18.

»Uijuijui«, hörte Tilda es hinter sich, als sie am nächsten Vormittag gerade dabei war, die letzten Bücher ins Regal zu räumen.

Sie war so in Gedanken bei Bent, bei ihrem ersten Kuss, der nicht hatte enden wollen, bei seinem Geruch, diesem ganzen Nachmittag, dieser unfassbaren Begegnung, die sie immer noch nicht richtig begreifen konnte – dass sie erschrocken zusammenzuckte.

Trude stand, etwas in ihren kleinen, faltigen Händen haltend, im Türrahmen und sah sich mit weit aufgerissenen Augen um. Sie trug, obwohl es warm war, eine dicke dunkle Strickjacke, die ihr bis zu den Knien reichte. Sie wirkte darin verloren. Wie ein kleiner Vogel, der aus dem Nest gefallen war.

»Trude! Du bist ja wieder da! Wie schön! Wie geht es dir denn?«, freute Tilda sich, legte das letzte Buch beiseite, wischte sich die Hände an ihrer Bermuda ab, ging auf Trude zu und wollte sie in den Arm nehmen.

Doch die streckte ihr etwas entgegen. Es sah fast so aus, als wolle sie sich vor einer Umarmung schützen. Mit einer Dose. »Bitte. Für dich«, murmelte Trude kaum hörbar.

»Oh, danke!«

Hinter ihr kam Nils die Treppe mit schleppenden Schritten hoch und blieb im Türrahmen stehen.

»Moin!«, grüßte er knapp, trat näher und sah sich um. »Mensch, Kindchen, da hast du ja echt was geschafft in der kurzen Zeit«, staunte er ehrlich beeindruckt.

»Ja, das stimmt. Aber ohne dich hätte ich das nie im Leben hingekriegt!« Tilda sah sich in ihrem eigenen Wohnzimmer um. »Na ja, und die Möbel habe ich natürlich auch nicht allein hier reinbekommen. Da hat mir ein ... Bekannter geholfen, der ist ... gestern mal vorbeigekommen.«

»Ein Bekannter«, wiederholte Nils, als handele es sich dabei um eine vom Aussterben bedrohte Fischart.

»Ja. Ein Freund.«

Ein schiefes Lächeln huschte über Nils' Gesicht.

»Wenn ihr möchtet, dann mache ich uns einen Tee. Obwohl, ich glaube, ich habe nur Kaffee, um ehrlich zu sein.«

»Nein, nein«, winkte Trude ab. »Ich wollte nur kurz Hallo sagen und ...« Sie brach ab und sah auf das, was sie in den Händen hielt.

Tilda spürte, dass Trude etwas sagen wollte, etwas, das mit dem, was sie festhielt, nichts zu tun hatte. Etwas, das ihr nicht leichtfiel.

Alle drei schwiegen, bis Trude ein Stück auf Tilda zukam und ihr die runde Dose in die Hand legte. Nein, drückte. »Ich wollte dir nur etwas vorbeibringen.«

»Oh, danke«, freute sich Tilda und war gerührt von dieser Geste. »Das ist ja lieb!« War da etwas Fürsorgliches in ihrer Stimme? Etwas Weiches?

Tilda betrachtete die weiße Dose mit dem blauen Friesenmuster. Sie ähnelte dem Geschirr von Trude.

»Eigentlich gehört ja noch Brot mit Salz dazu. Bei so einem Einzug. Aber Kekse sind auch etwas Feines.«

»Genau«, winkte Tilda ab. »Und ich freue mich sowieso viel mehr über Kekse! Glaub mir.«

»Hab ich gebacken«, brummte es hinter Trude.

»Du?«, fragte Tilda und merkte in der gleichen Sekunde, dass ihr Tonfall darauf schließen ließ, dass es völlig abwegig war, dass Nils in der Küche stand und backte. Vor allem Kekse. Dabei stand er ja nun täglich in seiner Küche und zauberte dort Seemannskost. Warum also nicht auch Kekse?

»Jo«, erklärte er knapp, ging an den beiden vorbei in den Raum und sah sich um.

»Danke! Ich glaube, ich kann euch wirklich nicht viel anbieten. Aber wollt ihr nicht doch kurz reinkommen? Wollt ihr vielleicht ein Glas Wasser?«

»Du bleibst also«, stellte Trude fest.

»Ja, das ist zumindest der Plan. Gekommen um zu bleiben, sozusagen.«

»Und dein Job? Die Wohnung? Du sagtest doch ...«

»Ach, das hat sich«, Tilda hob die freie Hand und machte eine wegwischende Bewegung, »erledigt.«

»Das ging ja dann doch ... fix.« Trude sah sie skeptisch an. So, als würde sie der ganzen Sache nicht trauen.

Ihre Augen sahen müde aus. Das schmale Gesicht war noch eingefallener, die Haut grau. Es machte den Eindruck, als hätten die Wellen etwas von dem bisschen Leben, das noch da war, von ihr weggespült in dem Moment, als sie in ihrem Rollstuhl im Meer gesessen hatte.

»Ja. Kann man wohl so sagen«, stimmte Tilda ihr zu und überlegte parallel, ob der Pfleger, der Trude zum Strand gebracht hatte, eigentlich mit irgendwelchen Konsequenzen rechnen musste. Oder ob er überhaupt noch Pfleger war. Oder inzwischen arbeitslos.

»Sobald ich hier wieder alles eingerichtet habe, lade ich euch zu Friesentee und Kuchen ein«, versprach sie, statt das zu fragen, was sie gern gefragt hätte.

Es war mehr als offensichtlich, dass Trude nicht über den Vorfall sprechen wollte. Die ganze Unterhaltung, jeder Satz hatte nur einen einzigen Sinn. Ablenken von dem, was im Raum stand: Trudes Versuch, zu gehen.

»Verheb dich nicht mit den Kisten«, warnte sie. »Lass Nils das lieber machen. Der kann so was.«

»Der arme Nils hat schon alles rausgeschleppt«, erklärte Tilda. »Aber danke. Ich pass schon auf. Keine Sorge.«

»Du packst hier man gar nix an. Ich mach das nachher!«, befahl Nils und sah sie mahnend an.

»Ach was, ich weiß ja langsam gar nicht mehr, wie ich das wiedergutmachen soll«, sagte Tilda und freute sich insgeheim über so viel Fürsorge.

»Na ja, so ein Mann im Haus, das wäre natürlich praktisch«, meinte Trude.

Praktisch, dachte Tilda und musste schmunzeln. Ja, so konnte man es auch sehen.

»Ich schaue mal, ob ich einen auftreiben kann«, witzelte sie, halb ernst, halb im Spaß. »Und vielen Dank noch mal, ihr beiden«, sie hob die Hand an, »für die selbst gemachten Kekse!«

»Gerne geschehen. Und fass hier nichts an. Ich mach das!«, wiederholte Nils noch einmal.

Trude drehte sich zu ihm um, sichtlich müde und mitgenommen, griff nach dem Handlauf, hakte sich bei Nils ein und schritt Stufe für Stufe in Zeitlupe wieder runter, in den Garten.

Tilda sah ihnen hinterher, bis sie unten waren. »Wir sehen uns!«, rief sie und wartete auf Trudes Antwort.

»Ja, das machen wir«, murmelte die alte Frau und verschwand zusammen mit Nils hinter der Hausecke, ohne sich noch einmal umzudrehen.

19.

Die Sonne schien Tilda am nächsten Morgen direkt ins Gesicht. Sie zog die Decke ein Stück höher. Es brachte nichts. Sie würde nicht mehr einschlafen können – ohne Luft. Und ohne Rollo. Einen Moment blieb sie noch liegen, ging in Gedanken die letzten Tage durch und fragte sich, wo der Haken war. Es war definitiv alles zu perfekt. Ingo kam ihr in den Sinn, der irgendwann einmal zu ihr gesagt hatte: Deine Gedanken formen deine Realität. Also pass auf, was du denkst!

Recht hatte er. Warum sollte sie nach einem Haken suchen, statt sich darüber zu freuen, dass sie hier war, die Sonne schien, Trude noch lebte, sie seit Jahren, nein, Jahrzehnten das erste Mal wieder einen waschechten TT – einen Tilda-Typen, wie ihre alte Schulfreundin Lisa damals immer gesagt hatte –, gefunden hatte, der sie mochte. Und der küssen konnte. Und gut roch. Und sie so anfasste wie vorher noch keiner. Und… ach, egal. Das reichte jedenfalls fürs Erste, beschloss sie, warf die Decke zur Seite, stand auf und öffnete das Fenster. Diese frische Luft, die es hier rund um die Uhr gab, war einfach umwerfend. So eine Luft gab es nur am Meer. Sie fragte sich, ob es überhaupt möglich war, wieder in die Stadt zu ziehen, wenn man einmal auf einer Insel gelebt hatte. Offenbar schon. Die Ex-Frau von Bent war der Beweis.

Tilda versuchte, es sich vorzustellen, wieder mitten in Hamburg zu leben. Es funktionierte nicht. Aber vielleicht war sie dafür auch einfach zu kurz hier. Sie sah in den Garten runter, nach links, und entdeckte Trude, die auf einem der Stühle unter dem alten Apfelbaum saß.

»Guten Morgen«, grüßte sie eine Viertelstunde später ihre Nachbarin, die beinahe immer noch genauso dasaß wie in dem Moment, als Tilda aus dem Dachfenster geschaut hatte.

Trude hatte ihre dicke Strickjacke an, obwohl es wunderbar warm war, drehte ihren Kopf zu ihr und lächelte sie milde an. Es machte den Anschein, als wäre sie in Gedanken ganz woanders, dachte Tilda, und spürte wieder die Erleichterung, die sie, seit sie Trude aus dem Wasser gezogen hatten, durchströmte. Sie war so unendlich froh, sie hier sitzen zu sehen.

»Ach, guten Morgen«, grüßte Trude etwas zeitversetzt zurück und deutete auf den Stuhl neben sich.

Tilda setzte sich, schlug die Beine übereinander und sah Trude glücklich an. »Ich bin so froh, dass du hier bist«, sagte sie und fasste nach der knochigen, kalten Hand, die auf der Stuhllehne ruhte. »Soll ich dir eine Decke holen? Du bist ja ganz kalt.«

»Nein, nein, alles gut. Vielen Dank. Magst du einen Schluck Tee?« Trude deutete auf die Kanne und die zweite Tasse.

Tilda stellte jetzt erstaunt fest, dass für sie gedeckt war. Teller, Tasse, eine Schale mit Keksen, die so aussahen wie die aus der Dose, die Nils gebacken hatte.

»Gerne! Danke. Ich hab zwar noch nicht gefrühstückt, aber gegen Kekse bin ich sowieso völlig machtlos«, scherzte sie und nahm sich einen. Dann schenkte sie Trude nach und sich selbst ein.

Einen Moment sagte niemand etwas. Sie saßen da, und Tilda spürte, dass es nichts zu sagen gab. Es war ein angenehmes Schweigen, kein bedrückendes. Es fühlte sich richtig an. Hier zu sitzen und den Augenblick zu genießen.

»Dein Onkel war ein feiner Kerl«, durchbrach Trude irgendwann die Stille. Sie stellte ihre Tasse zurück auf den Tisch und sah in den Garten, während sie erzählte, wie sie ihn kennengelernt hatte, damals, als sie hier eingezogen war. Sie erzählte von dem Versprechen, dass sie bleiben dürfte, egal, wann er gehen müsste. Von ihren Gesprächen, bei dem einen oder anderen Likörchen, Glas Wein oder auch einem Kurzen. Abends, wenn es dunkel wurde und keiner allein sein wollte. Vor allem nicht in den letzten Wochen, als er wusste, dass ihm nicht mehr viel Zeit bleiben würde.

»Alles bestens«, hatte er immer gesagt, wenn sie mal wieder fragte, wie es ihm gehe. Keine Beschwerde, kein Jammern, kein Wehklagen war von ihm zu hören gewesen. Er wurde stiller mit der Zeit, nachdenklicher. Aber beschwert hatte er sich nie. Nicht ihr gegenüber.

»Das hat er mit sich selbst ausgemacht«, schloss Trude ihre Erinnerung ab. »Er war immer für mich da, wenn ich ihn gebraucht hatte. Immer.«

Dann erzählte sie von ihrem eigenen Mann. Von den

Kindern, die sie nicht hatte – die sie sich gewünscht hatte, lange. Von dem Tag, an dem ihr Mann gestorben war. Und von den Jahren ohne ihn. Von der Zeit vor 90 Jahren. Von dem Leben damals. Von den Rezepten ihrer Mutter, die sie immer noch nachbackte. Von ihrem Wunsch, zu gehen, erzählte sie nichts.

Tilda hörte ihr zu, lauschte und spürte, wie sie Trude mit jedem Wort mehr in ihr Herz schloss. Etwas von ihrer herben Art war verschwunden, irgendwann zwischen ihrem Beinahe-Tod und heute, dachte Tilda, lehnte sich zurück, trank Tee und lauschte.

»Hallo!«, rief plötzlich jemand hinter ihr und riss Tilda aus ihren Gedanken, die mit Trude auf Zeitreise gegangen waren.

Bent stand, das Lenkrad seines Rades in den Händen, auf dem Grundstück und sah in ihre Richtung. Er trug ein geringeltes Kurzarm-Shirt, kurze Shorts und den dunkelbraunen Riemen einer Tasche quer über den Oberkörper, die hinten auf seinem Rücken lag. Mit der einen Hand hielt er das Lenkrad, mit der anderen fuhr er sich durchs Haar.

»Hallo!«, grüßte Tilda zurück. »Das ist ein Freund von mir. Ich komme gleich wieder«, erklärte sie Trude, stand auf und ging auf ihn zu.

»Guten Morgen!«, grüßte Bent an Tilda vorbei Trude aus der Ferne und hob die Hand. »Ich dachte, ich schaue mal um die Ecke. Weit konntest du ja nicht sein, wenn die Tür offen steht.«

»Stimmt. Hey! Was machst du denn hier?«

»Ach, ich mache mal meine Runde, den ganzen Tag am Rechner, das hält ja keiner aus. Zumindest ich nicht. Und da dachte ich, ich fahr mal kurz bei dir vorbei und küsse dich.«

»Das ist eine ausgesprochen gute Idee«, sagte sie, kam ein Stück weiter auf ihn zu und gab ihm einen Kuss.

»Heute Abend ist Sonnwendfeier am Strand in Nebel«, sagte er, als sie sich wieder ansahen.

»Sonnwendfeier?«

»Ja, immer am 21. Juni. Wir haben heute den längsten Tag beziehungsweise die kürzeste Nacht. Und beste Voraussetzungen«, er sah hoch zu dem strahlend blauen Himmel. »Letztes Jahr musste es tatsächlich wegen schlechten Wetters um ein paar Tage verschoben werden. Da hatten wir so einen Wind, dass an ein Feuer gar nicht zu denken war, aber heute sieht es perfekt aus. Hast du Lust? Um 19 Uhr geht es los«, erklärte er und sah sie so an, wie er es bisher jedes Mal getan hatte. Lange, intensiv, anziehend. »Es gibt ein großes Feuer, etwas zu essen, einen Shanty-Chor«, schob er nach, als sie nicht sofort reagierte.

»Einen Shanty-Chor?«, hakte Tilda nach und überlegte schmunzelnd, ob das wirklich ein Argument war zuzusagen. Aber im Grunde war es völlig egal, wo sie hingingen. Hauptsache, er war bei ihr.

»Ja. Und unsere Trachtengruppe. Die suchen übrigens noch neue Mitglieder. Wer weiß? Vielleicht entdeckst du bisher unentdeckte Talente in dir? Ich meine, neben der Sache mit dem Eimerwerfen. Wir müssten dann nur zeitnah nach einer Tracht für dich schauen.«

Tilda musste lachen. »Sehr witzig. Wenn du dich weiter über mich lustig machst, gründe ich wirklich noch eine Selbsthilfegruppe!«

Bent ließ den Blick nicht von ihr. Keine Sekunde. Er griff mit seiner warmen Hand nach ihrer und hielt sie.

Jetzt, hier, in diesem Moment, hatte sie das Gefühl, wieder 14 zu sein. Das erste Mal verliebt. So wie damals, als sie sich ausgerechnet in den Schönsten von allen vergucken musste, der älter war als sie und definitiv kein Interesse an ihr hatte. Was sicher nicht nur an dem damals so unüberwindbar erscheinenden Altersunterschied von drei Jahren lag, sondern vor allem an der Tatsache, dass sie in seiner Anwesenheit einfach nicht in der Lage war, einen normalen Satz rauszubekommen. Es war eher ein Gestotter. Erschwerend kam hinzu, dass es leider auch ohne Sinn und Verstand war.

»Das mit dem Singen überlege ich mir noch mal, aber Essen und Feuer am Strand, das klingt sehr gut!«

»Dann hole ich dich kurz vor 19 Uhr ab.«

»Das ist doch ein Umweg.«

»Quatsch. Es gibt keine Umwege. Es gibt nur Wege. Und die führen immer irgendwohin.«

»Wenn das so ist, gern. Mit dem Rad?«

»Klar. Wie denn sonst?«

»Ach, stimmt. Da war ja was«, meinte Tilda und erinnerte sich, dass sie sich ein Rad besorgen wollte.

»Du hast doch ein Fahrrad, oder?«

Tilda kratzte sich am Hinterkopf. »Nicht wirklich. Letztes Mal hatte ich mir eins in Nebel geliehen. Mein altes habe ich in Hamburg gelassen. Das war mehr oder weniger hinüber.«

»Dann kommst du halt in den Anhänger. Damit transportiere ich sonst meine Einkäufe, aber das kriegen wir schon hin.«

Tilda sah ihn mit großen Augen an. »Wenn man so auf Amrum Frauen abschleppt – okay.«

Er zog sie zu sich und küsste sie noch einmal.

Als sie sich wieder voneinander gelöst hatten, sah er sie an und meinte: »Ne, das mit dem Abschleppen funktioniert anders. Aber wenn du magst, ich kann dir auch ein Kissen reinlegen. Dann ist es etwas bequemer. Die Federung lässt nämlich ehrlich gesagt etwas zu wünschen übrig.« Er ließ sie los, drehte sein Rad um und setzte sich auf den Sattel. »Bis später! Und vergiss die Tracht nicht!«

»Ich gebe mir Mühe!«, rief sie ihm hinterher, sah ihm nach, wie er langsam zwischen den Kiefern zurück auf den Tanenwai fuhr und hinter der großen Hecke des Nachbarn verschwand.

»Na, wer war das denn?«, wollte Trude wissen, noch bevor Tilda sich wieder zu ihr gesetzt hatte. »Ich wusste ja gar nicht, dass du hier *solche* Bekannte hast.« Sie sah sie verschmitzt an. Ein ganz neuer Gesichtsausdruck, freute sich Tilda.

»Ich auch nicht, ehrlich gesagt. Es ist ein ziemlich neuer *Bekannter*«, erklärte sie mit einem Lächeln im Gesicht, das keiner weiteren Erklärung bedurfte.

»Ah! Ein neuer Mann in deinem Leben«, fiel Trude mit der Tür ins Haus.

»Ich würde eher sagen: Überhaupt mal ein richtiger Mann in meinem Leben«, konterte Tilda freundlich und nahm einen Schluck Tee, um irgendetwas zu tun. Die Sonne schien ihr ins Gesicht, und sie drehte den Stuhl ein wenig, um Trude besser ansehen zu können.

»Und der andere junge Mann, von dem du mal erzählt hast?«, hakte Trude nach und kam mit dem Oberkörper ein Stück vor. So, als wäre sie schwerhörig und hoffte, besser zu verstehen, was gesagt wurde.

»Ingo? Der ist meine beste Freundin«, erklärte Tilda.

»Ach, so was«, murmelte die alte Frau.

Tilda erzählte kurz, wie sie Bent das erste Mal getroffen hatte. Wortwörtlich.

Da war es wieder. Dieses freie, losgelöste, helle Lachen, das aus tiefstem Herzen kam und das Trude so selten rausgelassen hatte, seit Tilda sie kannte. Ihr schmaler Brustkorb hob und senkte sich. Die Augen geschlossen, den Kopf leicht in den Nacken gelegt, lachte sie und lachte. In sich hinein – und raus. Tilda beobachtete sie und freute sich über diesen Gefühlsausbruch. Was auch immer es war, das ihre neue Nachbarin sich so hatte verschließen lassen, es schien, als falle die Schutzmauer Stück für Stück in sich zusammen. Und über jeden einzelnen Brocken, der sich löste und die wahre Trude zeigte, war Tilda dankbar. Und glücklich.

Der Strand war voller Menschen, als Bent kurz nach 19 Uhr ihre Räder zusammenschloss. Zu ihrer Überraschung hatte Tilda tatsächlich noch ein altes dunkelgrünes Hollandrad im Schuppen entdeckt, auf das Trude sie aufmerksam gemacht hatte, nachdem sie von ihren Plänen erzählt hatte. Der Vorderreifen war platt gewesen, hatte aber kein Loch. Es fehlte nur Luft. Seitdem Tilda ihn aufgepumpt hatte, war nichts mehr entwichen, hatte sie erleichtert festgestellt. Schläuche flicken war definitiv nicht ihre Stärke. Vorher hätte sie sich eher noch ein Rad geliehen und dieses in die Reparatur gebracht. Aber das alte Rad mit dem großen Lenkrad hielt trotz aller Befürchtungen, die Tilda ein Stück des Weges zu Bent und auch später noch nach Nebel begleitet hatten.

Ein riesiges Lagerfeuer loderte auf dem breiten Strand, das sie an die großen Osterfeuer am Elbstrand erinnerte. Ein Stück entfernt positionierten sich gerade die Folkloretänzerinnen, strichen über ihre weißen Röcke, ihre Trachten, kontrollierten ihre Position und warteten auf ihren Auftritt.

»Da kommen wir ja gerade noch rechtzeitig für deinen Auftritt!«, meinte Bent und drehte sich zu Tilda, die mit den Achseln zuckte.

»Sorry! Keine Tracht bei meinem Onkel im Schrank gefunden.«

»Komischer Onkel. Hier besitzt doch sonst jeder eine Tracht«, stellte er mit einem Augenzwinkern fest.

»Ach. Du auch?«

»Ähm, ja.«

»Oh, jetzt wird es spannend!«, meinte Tilda und folgte Bent, der ihre Hand genommen hatte und sie sanft runter an den Strand zog zu dem Stand, an dem es Getränke gab.

»Was magst du trinken? Bier? Sekt? Wein? Limo?«, wollte er wissen und zog sein Portemonnaie aus der Jeans.

Tagsüber war es zwar wieder traumhaft schön gewesen, aber jetzt fühlte sich der Wind, der vom Meer kam, doch merklich kühler an. Tilda hatte noch überlegt, sich dann aber doch ihre Jacke um die Hüfte gebunden und war jetzt froh darüber.

»Ich glaube, ich würde tatsächlich gern ein Bier nehmen«, stellte sie mit Hinblick auf die praktische Seite des Getränkes fest. So eine Flasche in der Hand war hier am Strand einfacher zu handhaben als irgendwelche Pappbecher. Während Bent bestellte, sah Tilda zwischen all den Menschen, den Urlaubern und Insulanern hindurch zum Meer, das wie eine Fotografie wirkte. *Ich befinde mich in einer Postkarte*, dachte sie und hatte für einen kurzen Moment das Gefühl, das hier sei alles nicht wirklich, nicht echt.

»Bitte schön«, hörte sie Bent neben sich sagen und dreht sich wieder ihm zu.

»Danke!« Tilda nahm Bent die Flasche ab, wartete, bis er sein Geld weggesteckt hatte und ihr zuprostete.

»Auf das Leben!«, verkündete er und schlug mit seiner Flasche vorsichtig gegen ihre.

»Ja, auf das Inselleben!«

20.

Was war das? Es drückte seit Stunden in ihrem Rücken, dann auf den Rippen. Egal, wie sie sich auch drehte, es tat weh.

Es war eine gefühlt schlaflose, viel zu kurze Nacht gewesen. Tilda versuchte, die Augen vorsichtig zu öffnen, schloss sie aber sofort wieder. Es hatte keinen Sinn. Ihr Kopf drohte, zu platzen. Sie drehte sich von den Sonnenstrahlen weg und tastete nach dem, was sie seit Stunden so sehr gestört hatte. Es war eine Hand, die unter ihr lag. Tilda riss die Augen auf und folgte dem nackten, muskulösen Arm bis zur Schulter. Der Rest war von der blauen Bettwäsche abgedeckt.

Vorsichtig schob sie die Decke ein Stück beiseite.

Bent lag auf die Seite gedreht und schlief – offensichtlich tief und fest.

Tilda hob ihre eigene Decke ein Stück. Sie war in Jeans und T-Shirt eingeschlafen! Kein Sex. Nur … irgendwas. Aber was? Er hatte schließlich keine Jeans an. Nur schwarze Boxer-Shorts und ein weißes T-Shirt, das erahnen ließ, wie durchtrainiert alles darunter war.

Langsam ließ sie ihren Kopf wieder auf das Kissen sinken, schloss die Augen und versuchte, sich an das zu erinnern, was letzte Nacht passiert war. Am Strand und auch hier.

Sie hatten sich mit ein paar Leuten unterhalten, die Bent kannte, ein sympathisches Pärchen und noch ein paar andere Typen, hatten den Trachtentänzerinnen zugesehen, beim Shanty-Chor alle lauthals mitgesungen und sich irgendwann in die Dünen gesetzt und das Fest beobachtet. Und Bier getrunken. Zu viel Bier. Bent hatte ihren Kopf mit seinen Händen umfasst, über ihr Haar gestrichen und sie geküsst. Und geküsst. Und geküsst. Es war der längste Kuss ihres Lebens gewesen. Und der Aufregendste. Noch nie zuvor hatte sie beim Küssen das Gefühl gehabt, sie habe bereits Sex.

Aber was war dann passiert? Zwischen der Düne und ihrem Bett?

Wenn er schon so gut küssen konnte, dann konnte alles andere ja nur noch besser sein. Umso ärgerlicher, wenn man sich dann nicht daran erinnerte! Tilda versuchte es noch einmal. Was war hier im Bett passiert? Oder unten? Auf dem Sofa?

Es nützte nichts. Darüber nachzudenken führte zu nichts, außer zu einem Kopf, der dröhnte. Ein dumpfer Schmerz, der nicht zu orten war. Er füllte den ganzen Kopf aus, gleichmäßig.

Vorsichtig, wie in Zeitlupe, stand sie auf, schlich sich aus dem winzigen Zimmer mit der Dachschräge, schloss, so leise es ging, die alte Tür und verschwand im Bad.

Die kalte Dusche machte aus ihr wieder halbwegs einen Menschen. Einen Menschen mit nach wie vor grässlichen Kopfschmerzen und circa 20 Prozent Zurechnungsfähigkeit. Wenn überhaupt. Mit einem Handtuch-Turban auf dem Kopf und einem großen Badelaken um den müden Körper ging sie wie ferngesteuert die Treppe runter, hielt sich am Handlauf fest und hoffte inständig, dass ihr einfallen würde, wo sie die Tabletten hingepackt hatte.

Die Suche beginnt im Kopf, pflegte ihre Mutter immer zu sagen. Aber selbst wenn dem so war – in ihrem Kopf gab es definitiv nichts, wonach sie hätte suchen können. Es herrschte allgemeine Leere. Er fühlte sich wie ein kleiner, schwerer Medizinball an. Mit alter, abgestandener Luft gefüllt.

Tilda ging zur Haustür, öffnete sie, um Sonne und Luft reinzulassen, und begann die Schubladen, Regale und Fensterbänke nach der Packung abzusuchen. Sie war sich absolut sicher, dass sie sie aus ihrer Handtasche rausgenommen und hier irgendwo hingelegt hatte.

Es ergab keinen Sinn. Langsam schlurfte sie über den Holzfußboden zur Küchenzeile, sah sich auch hier noch einmal um und beschloss, die Suche zu beenden, einen Kaffee zu trinken und dann Trude zu fragen. Sicher hatte sie eine Packung Kopfschmerztabletten bei sich in der Wohnung. Bei einem ihrer letzten Besuche hatte Tilda in einer der Schubladen der Küchenzeile, die zufälligerweise leicht offen stand, eine ganze Sammlung von Medikamenten entdeckt.

Mit der frischen Wäsche, die sie gestern noch auf die Leine in die Sonne neben das Haus gehängt hatte, bekleidet, ging Tilda die Treppe in den Garten runter, links die Längsseite des Hauses entlang zu Trudes Eingang. Es war – wie sie mit Schrecken festgestellt hatte – bereits mittags. Wecken würde sie die alte Frau also auf keinen Fall.

Gedankenverloren hob Tilda ihren Kopf, blieb stehen und fragte sich, ob sie sich vielleicht doch getäuscht hatte.

Trude saß in dem Gartenstuhl unter dem alten Apfelbaum, die Hände in den Schoß gelegt, den Kopf vorgeneigt, und hielt offensichtlich ein Nickerchen. Ein Lächeln huschte über Tildas Gesicht, während sie überlegte, ob sie eine leichte Strickdecke aus ihrem Wohnzimmer holen und Trude um die Schultern legen sollte, damit sie nicht auskühlte, hier hinterm Haus, im Schatten.

Langsam ging sie weiter auf sie zu und mit jedem Schritt, mit dem sie sich der alten Frau näherte, wich das Lächeln, das Gefühl des Entzücktseins aus ihrem Gesicht. Eine Ahnung, die sich in Angst verwandelte, breitete sich in ihr aus. Vor dem Stuhl betrachtete sie Trudes Hände, die nicht mehr die Hände waren, die sie kannte, die ihr Tee eingeschenkt, Kekse gegeben und Geschichten erzählt hatten. Diese kleinen, faltigen zierlichen Hände gehörten einer Frau, die lange auf dieser wunderschönen Insel gelebt und die sich heimlich davongeschlichen hatte.

Tilda traute sich nicht, sie zu berühren. Das musste sie auch nicht. Sie kniete sich vor sie hin, sah ihr ins Gesicht, sah die geschlossenen Augen, die eingefallenen Wangen.

»Das war so nicht abgemacht. Du wolltest mir doch noch deine Lieblingsrezepte geben. Und mir die alten

Fotos zeigen...«, flüsterte Tilda, während die Tränen über ihr Gesicht liefen.

Das Weinen schnürte ihr die Kehle zu. Und obwohl Trude so alt geworden war und schon lange »auf diesen ganzen Zirkus keine Lust mehr hatte«, war Tilda zutiefst traurig. Ihr Brustkorb bebte, sie weinte, bis keine Tränen mehr kamen.

Nur langsam beruhigte sich ihre Atmung wieder. *Was mache ich jetzt*, fragte sie sich. *Ich muss Bent wecken. Und Nils Bescheid sagen. Und einem Bestatter. Oder soll ich einen Arzt rufen?*

Tilda wischte sich die Tränen aus dem Gesicht und sah zu Trude. Und je länger sie so stehen blieb, desto ruhiger wurde sie.

Es gab keine Eile. Es gab keinen Grund, diesen Moment, diese Ruhe zu beenden.

»Noch einen Tee, Trude. Einen letzten Tee. Nur wir beide. Okay?«, fragte Tilda, wartete kurz auf eine Antwort, die nicht kommen würde, und ging dann in die Wohnung ihrer Nachbarin. Die Tür stand offen, und sie fragte sich, wann sie gestorben war. Nach ihrem letzten Besuch? Die Teetassen standen in der Spüle. Die Keksschale daneben. Tilda füllte wie in Trance den Wasserkocher und entdeckte, während sie wartete, die nicht ganz geschlossene Schublade mit den Medikamenten. Sie zog sie ein Stück weiter auf und entdeckte die Schmerztabletten. Trude würde nichts dagegen haben, überlegte sie, fühlte sich aber trotzdem wie ein Dieb, weil sie nicht mehr danach fragen konnte.

Mit dem alten Tablett in den Händen, auf dem der Tee und die zwei ausgewaschenen Tassen standen, ging sie zurück unter den Apfelbaum, hielt kurz inne, schloss die feuchten Augen, hörte die Möwen, die Vögel, die Radfahrer auf dem Tanenwai und versuchte, sich daran zu erinnern, was sie zuletzt zu Trude gesagt hatte. Sie versuchte, diesen Moment einzufangen. Den Duft, die Geräusche, den leichten Wind in ihren Haaren, die Traurigkeit.

Dann öffnete sie die Augen wieder, stellte das Tablett langsam vor sich auf dem runden, kleinen Tisch ab, nahm Tassen, Teekanne und Kandisbehälter herunter, lehnte das Tablett gegen das Stuhlbein und füllte erst Trude und dann sich Tee ein. Schwarztee mit Kandis. So viel, dass er aus dem Tee herausguckte. So viel, dass es wie eine Insel aussah, die aus dem Meer ragte. Eine Insel, dachte Tilda. Eine Insel, eine Kate und keine Trude. Einfach davongeschlichen. Heimlich.

Epilog

Drei Wochen später

Die Schiffsglocke erklang und riss Tilda völlig aus ihren Gedanken. Sie hatte sich mit Bent an die Reling gelehnt und auf das offene Meer geschaut, das an diesem wolkenverhangenen Tag aufbrauste. Wellen schlugen gegen das kleine Schiff, das sich hin- und herbewegte wie eine weiße Schüssel ohne jeden Halt. Tilda war übel. Das Wetter passend zur Stimmung.

Schau zum Horizont, hatte Nils ihr geraten, als er ihr angesehen hatte, dass ihr versteifter Gesichtsausdruck nicht nur an der Trauer lag. Der Trauer um zwei Menschen, die sie kaum gekannt hatte.

Nils hatte sich fein rausgeputzt, das war Tilda gleich aufgefallen. Zumindest für seine Verhältnisse. Sie fand ihn putzig, den alten Seebären, der seine brummige Art völlig abgelegt hatte. Jedenfalls so weit, wie es ein echter Seebär eben konnte.

Langsam schritt der Kapitän jetzt zu ihnen ans Heck und stellte die Urnen auf. Tilda hatte das Gefühl, die ganze Situation sei nicht echt, entspringe einem Drehbuch. Jede Sekunde würde ein hektischer, schlecht gelaunter Regisseur händefuchtelnd auf sie zulaufen, »Cut! Cut!«, schreien und erklären, dass es *so* auf keinen Fall ginge! Bei diesem Gedanken musste sie lächeln. Das erste Mal heute.

Als der Kapitän mit seiner Rede nach Seemannsbrauch, von der sie nichts mitbekam, fertig war, wurden die Urnen an Tampen ins Wasser gelassen. Erst Trudes, dann Hannes'. Ladies first.

Sie spürte Bents warme Hand in ihrer, die er leicht drückte.

Zusammen mit Nils, ein paar Freunden aus der Nachbarschaft, Inge, Bent und zwei älteren Damen, die Trude gut gekannt hatten, warfen sie Blütenblätter ins Meer – oder versuchten es zumindest. Der Wind wirbelte alles hoch, dann wieder runter und quer über das Meer, irgendwo dahin, wo keine Urne war.

Als Tilda sich zu Bent umdrehte, musste sie lachen.

»Alles gut?«, fragte er und sah sie irritiert an.

»Du hast Konfetti in den Haaren«, erklärte sie, strich ein Blütenblatt von seinem Kopf und gab ihm einen Kuss.

»Ich werde mich nicht an Hannes' Vorgaben halten, was das Testament betrifft«, erklärte sie knapp, nachdem sie sich wieder voneinander gelöst hatten.

Bent sah sie fragend an. »Wie… meinst du das?«, hakte er vorsichtig nach.

»Ich werde nicht 365 Tage bleiben.«

»Sondern?« Bent sah sie mit großen Augen an.

Tilda lächelte. »Ich glaube, ich bleibe für immer.«

– ENDE –

Labskaus – durch den Fleischwolf gejagt

Seeblick Genuss und Spa Resort Amrum

Zutaten (für 4 Personen)

- 500 g gepökelte Rinderbrust (vom Metzger)
- 300 g Rote Bete geschält
- 800 g Kartoffeln geschält
- 150 g Zwiebeln geschält
- 2 Gewürzgurken
- Salz/Pfeffer

Obendrauf

- 2 Gewürzgurken
- 4 Eier
- 4 Rollmöpse (wahlweise Matjesfilet oder eingelegter Hering)

Und so wird's gemacht

Die Rinderbrust wird in längere Stücke geschnitten (die später in den Fleischwolf passen) und in einen Topf mit Wasser gegeben, welches das Fleisch nur knapp bedeckt. Wir brauchen nicht viel Sud – lieber einen intensiven.

Das Ganze einfach ca. 30 Minuten köcheln lassen und dabei den sich bildenden Schaum abschöpfen. Die geschälte und in grobe Stücke geschnittene Rote Bete dazulegen, nach weiteren 30 Minuten folgen die geschälten und in grobe Würfel geschnittenen Kartoffeln sowie Zwiebeln in den Topf. Alles zusammen so lange köcheln lassen, bis die Rote Bete und die Kartoffeln weich sind.

Nun kann alles abgegossen und in einem Sieb eine halbe Stunde lang ausgekühlt werden. Den Sud für später aufbewahren. Anschließend wird alles – auch die Gewürzgurken – durch den Fleischwolf in einen Kochtopf durchgelassen.

Der Topf landet wieder auf dem Herd und wird bei geringer Temperatur mit dem Sud aufgegossen, bis die gewünschte Konsistenz erreicht ist (bei uns hat diese eine Festigkeit wie Kartoffelpüree). Noch eben mit Salz und Pfeffer den Labskaus abschmecken, so, wie Sie es mögen.

Kleiner Tipp: Wenn man einen richtig roten Labskaus haben will, kann man eine Flasche Rote-Bete-Saft so lange reduzieren, bis dieser ganz dickflüssig wird, und diese Soße dann vor dem Anrichten dazugeben.

Anrichten

Spiegeleier in der Pfanne anbraten, die Gurke in Fächer schneiden. Erst den Labskaus auf dem Teller anrichten, das Spiegelei obenauf legen, Gurke und Fisch schmiegten sich von der Seite an. Fertig – und nun: »Guten Appetit«!

DANKE

Ich danke meiner Agentin Céline Meiner für ihre Sicht, ihr feines Gespür und ihre hochprofessionelle Arbeit.

Steffi Korda danke ich für die entspannte, wertvolle Zusammenarbeit, die mir immer wieder Spaß macht.

Jutta für ihren unermüdlichen Einsatz.

Außerdem ein ganz großes Dankeschön an Maren Blome-Gerrets, die Trudes und Nils' Passagen in Öömrang übersetzt hat. Danke, Maren!

Nicole, Angelika und Gunnar – den Seeblickern – danke ich für ihre freundschaftliche Unterstützung!

Auch dem Bestattungsinstitut Wollny ein ganz herzliches Dankeschön für die freundliche Auskunft.